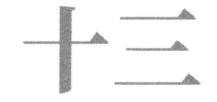

谢六逸全集 十三

谢六逸 著
刘泽海 主编

贵州出版集团
贵州人民出版社

模范小说读本（上册）

《模范小说读本》(上册)

谢六逸编选,上海:光华书局,1933年4月版;1936年再版。
《谢六逸全集》以上海大光书局1933年4月版为底本。

目 录

001　　自序
001　　凡例

001　　赫克透战死
008　　百世长春的乐国
022　　愚蠢的厨子证明白鹭只有一只脚
026　　骑士
040　　失业
049　　软项圈
064　　乡愁
072　　海上
084　　女难
113　　樊凯
119　　父亲拿洋灯回来时候
133　　老牛

140	复仇的话
153	乞丐
159	爱犬故事
179	父亲在亚美利加
185	鼻子
194	地狱变相
227	学生
247	在施疗室
270	人名索引

自　序

因为我在学校里担任"小说研究"一门课程的原故,光华书局主人便要我编选一部《小说读本》,作为教本之用。我费了几个月的光阴,结果编成这一册书。

我原定的计划,想把翻译和创作都列入。后来"翻译"部分印成,已有十余万字,超过原定的篇幅,书局方面将它分为上下两册,上册专收翻译小说,下册则收创作。翻译小说的编选由我担任,创作部分则让于友人。

我国的新文学运动,虽然自有其独特的发展,可是受翻译文学的影响甚大。这种倾向,不外证明一国的国民文学终须与世界文学合流;同时国外作品的移植,必能促进本国文学的发展。

本书的主旨,在以代表各种倾向的国外作家的作品,介绍于我国的文学青年,使他们在作文或欣赏小说时能够得到一些自己的暗示。至于书中的材料,除了我自己的一两篇译文之外,都出自国内的翻译名家,严复氏所说的"信、达、雅",总可于此求之吧。

1933年4月10日于江湾复旦大学

凡　例

(一)本书选作学校教本或课外参考之用。

(二)各篇的排列,略依时代的顺序,以表示小说的进化。

(三)除依时代的顺序而外,并注重代表一种倾向的作家,以便比较的研究。

(四)正文后面附有"作者传略""注释""解说""习题"等,教师讲解或学生自修,较为便利。

(五)编者对于本书所选各文的原作者与译者,表示十分感激的意思。他们的氏名,已见于每篇之首,恕不一一列举。

赫克透战死

[古希腊]荷马 作　　谢六逸 译

特洛[注1]人屯兵在城外的小山上，见希腊[注2]人进兵，他们下了小山，列阵迎敌。忽然瞥见亚克里斯[注3]驰着战车，身先士卒向他们杀来，特洛人惊惧不已。这时宙斯[注4]在俄令普斯[注5]山上，见两军交绥[注6]，他召集了诸神，对他们说："今天的战争，我暂且束手旁观，你们可以随自己的喜欢去帮助希腊人、特洛人。"诸神听了这一句话，无不喜笑颜开，各自分头准备。希拉[注7]与雅典拉[注8]即时到了希腊军的旁侧，波色顿[注9]、赫尔麦斯[注10]与赫非司妥[注11]跟着下界。只有麦斯[注12]与阿波洛[注13]二神相约加入特洛军中，阿波洛的妹阿尔台米斯[注14]与维纳司[注15]随在他二人的后面，同到特洛。于是两军相遇于平原，恐怖的战争起了，四处八方，都是杀伐的声音。女神雅典拉进希腊军中，以勇力鼓励众人。战神麦斯则站立在特洛的城壁上，发出暴风一般的声音，激动特洛人。海神波色顿兴波作浪，摇撼大地，特洛城与希腊军的船舶都颠簸起来。亚克里斯与敌人接触之后，专一寻觅赫克透[注16]厮杀，好替至友复仇。他驰着战车，来往敌阵，杀了敌将数员,后来与赫克透相遇,二人遂大战。阿波洛神见了,恐怕赫克透有失,便降下大雾,救出赫克透。亚克里斯刺了三枪,都未命中,只在雾里冲撞。他大怒起来,骂了阿波洛神几声,就回车在敌阵里追杀。他这时如疯似狂,见人即杀,一直冲过平原。敌人不支,分作两股逃窜,一股向特洛城而逃,一股向散妥司河走去。兵卒见后面有人追来,连人带马,跳下河里,亚克里斯不管三七廿一,也跳下河内,拔出剑来,杀了无数的敌人,河水染成红色,积尸甚多,河水因此不流。河神在水底感觉不安,他叫道:"亚克里斯,劳你离去这里,到平原去吧,死尸填塞我的河水,不能流到海中去了。"亚克里斯不顾他的请求,河神大怒,使河水涨高,冲激死尸。亚克里斯的左右浪大如山,他急忙去抱着一根榆树,不料那榆树连根倒下,他便倒在水中,翻身起来,往岸上便逃。但是洪水怒吼的声音仍紧追随他,他便向神祈求,海神波色顿和女神雅典拉听着了他的声音,便跑来救他。接着神后希拉又叫赫非司妥放了天火,烧着特洛的原野,河神见了火焰,才止住不追,退回他的洞府去了。一面亚克里斯重振勇气,追杀敌人,直逼特洛人的城下。城上有老王朴尼耶[注17]在那里观战,他见亚克里斯追杀他的人马,急忙跑下城去,吩咐守门的人,叫他们快些开城,放本国的人马进城。但是亚克里斯紧随在特洛军的后面,特洛人进了城,希腊军不免也要跟着杀进去的。正在危迫的当儿,阿波洛神看见了,急忙变做特洛人的模样,挡住亚克里斯,故意挑逗他厮杀,杀到这里,一会又逃向那里,弄得亚克里斯莫名其妙,特洛军便趁这机会逃进城内,将城门紧紧关闭起来。

赫克透这时逃到司克亚城[注18]外,他不即进城,立在那里等候敌人。亚克里斯被阿波洛神捉弄,他大怒着向城边走来。老王朴尼耶见了,便叫他的儿子赫克透道:"儿啊,你不可单独一人去斗亚克里斯,你若不听话,你不免被他杀害的,因为他比你强。你快点进城来,救护城中的男女们吧,你莫使我这年老的人看这些悲惨的结局。"他母亲听了这话,也流着泪叫赫克透进城,可是他立在城外动也不动。想今天这一战,被亚克里斯杀了多人,损失甚大,如果他就这样进城,有何面目去见城中的父老呢,所以他决心和亚克里斯拼命,不是他死,就是亚克里斯亡。他蠢立在城外,有如一堵石岩,专等亚克里斯走近,以便厮杀。亚克里斯果然来了,手中执着长枪,满脸怒气,身上的甲胄眩耀于日光中。赫克透见了他不免也有几分惧怯,正待逃走,亚克里斯的枪已经到了,于是二将沿着城壁大战,绕了特洛城三次。赫克透欲罢不能,欲战又不能取胜,真苦恼极了。这时宙斯在山上见二人绕特洛城到了第四次上,将近泉水时,他拿着计量人类运命的黄金天秤,一皿放了亚克里斯的命运,一皿放了赫克透的,权衡轻重。只见赫克透的一皿向下,渐趋死之国土;亚克里斯的一皿却向上,将近天空。他知道了这一次决战的胜负,分明就在眼前,他急忙止住阿波洛,不用再帮助赫克透,令他悄悄地离开,又另差雅典拉到战场去,立在亚克里斯身旁,低声向他说道:"亚克里斯,赫克透的末日不远了,就是阿波洛神也不能救他了。你姑且歇息一会,等我去引诱赫克透。"她说毕,就变成赫克透的兄弟模样,走到他身旁,厉声鼓舞他的勇气,于是二人又重新决斗起来。当长枪与盾搏击时,赫克透说道:

"今天不是我死就是你亡,不过我要和你约好,如果你被我杀了,我只剥下你的甲胄,将你的尸身送还给希腊人,希望你对我也能如此。"亚克里斯怒目厉声答道:"我们有什么相约的呢,拿出你的本领来好了,我看你是不能逃遁的了。我今天不杀你,我友人[注19]的仇何日得报呢?"赫克透听了大怒,叫道:"看枪!"他一枪朝亚克里斯刺去,可惜没有刺穿敌人的盾,从盾面滑过,因为用力太猛,那枪便从手中跳到一边去了,赫克透没有别的枪掉换,着急起来,急忙回身叫他的弟弟取枪,不料弟弟的踪影全无。赫克透这才知道受了神的欺骗,他悲伤地叫道:"我赫克透一世的英名,就只在今朝了,我须拼死一战,以留美名。"说时,从腰间拔出宝剑,再和亚克里斯杀去,亚克里斯便用盾招架,二人扭做一团。亚克里斯乘隙刺了赫克透一枪,正中他的颈上,从铠甲的缝里刺进,于是赫克透受了致命的伤,往地上便倒。亚克里斯见自己获胜,自夸似的叫道:"赫克透,今天我可替巴特洛克拉士报了仇了,你的尸身让那鸷鸟来当作食物,巴特洛克拉士的,我倒要厚葬他。"赫克透听说,呻吟着断续地说道:"亚克里斯,你休得这般残忍,你可以用我的死骸为质,向我的父母去掉换赔偿金吧!"可是亚克里斯全然不听,怒目叫道:"狗!卑怯的家伙!就吃你的肉,还嫌不洁,只有拿去喂狗吧。你的尸身,就是朴尼耶拿黄金来赎,我也不送还的。"赫克透张开眼睛,恨怒地呻吟道:"好,我知道的,你是如冷铁一般的人,我有句话姑且说在这里,任你怎样强悍,神总会为我复仇的,你不免被伯黎[注20]与阿波洛杀死于司克亚城门之下。"说完,赫克透便瞑目而死。亚克里斯见敌人已死,便从尸骸上剥甲胄。那些在远处围观二人决斗的希腊人都集拢来了，他们见了赫克透伟大的身躯，不知如何措手。亚克里斯的心中想一气将特洛城攻下，既而转念好友巴特洛克拉士的尸身尚未安埋，他又觉得攻城不能不稍展缓了。他解了赫克透足踝上的带子，把尸首拴在他自己的战车后面，鞭了马，曳着向船舶而去。特洛人在城壁上见灰尘飞扬，赫克透被拖在车后，大家放声悲号。老王朴尼耶如发狂一般的，从城上跑下，要想单身到希腊营中，取回儿子的尸首，被众人止住了他。赫克透的爱妻安杜洛马克这时正在宫内织锦，以待丈夫战胜归来，忽然听得城上男女哭泣的声音，便投梭跑出。她到了城壁上，遥见亚克里斯的车后，曳着丈夫的尸首，她大恸气绝，也随她丈夫到黄泉去了。

（选自《依里亚特的故事》）

〔注释〕

[注1]Troy，古城名，在小亚细亚的西北角，早已埋没土中，五十余年前，即1870年德国的考古学者谢尼曼博士曾掘出此城的遗址和许多古人的遗物。

[注2]Gracia，Hella，欧洲文化的发源地。

[注3]Achilles，希腊联军中的大将，以骁勇善战著名。

[注4]Zeus，希腊神话里的神父。

[注5]Olympus，希腊北部的山脉，希腊人想像他们所崇拜的神，住在这山上。

[注6]打仗。

［注7］Hera，宙斯的妻子，即希腊神话里的神后。

［注8］Athena，女神之名，为宙斯之女，司智慧之神；又为家庭工业（例如纺纱、织布等）的保护者。

［注9］Poseidon，海神之名。

［注10］Hermes，司交通、牧畜、商业之神，又为神国的使者。手中持杖，足踝生羽。

［注11］Hephastue 为 Zaus 与 Hera 之子，司"火""锻冶"之神，为诸神制武器。

［注12］Mars，战争之神。

［注13］Apollo，日神。

［注14］Artemis，月神，与 Apollo 为双生兄妹。

［注15］Venus，司爱的女神。

［注16］Hector，特洛军的大将。

［注17］Priam，特洛城主。

［注18］特洛的城名。

［注19］友人名巴特洛克拉士（Patroclus），被赫克透所杀。

［注20］Paris，特洛城主朴里耶的次子，相貌俊美。因事到希腊的斯巴达，与斯巴达的王妃海伦相爱，二人同回特洛。斯巴达王默尼洛斯当时不在国内，返国后知道此事，便召集希腊各邦人马，攻打特洛。

〔解说〕

这篇故事的材料，采自希腊诗人荷马（Homer，850 BC）的著名叙事诗《依里亚特》（*The Iliad*）第二十二卷，此卷原名《亚克里斯杀赫克透》（*Achilles Slays Hector*）。原诗共有二十四卷，一万九千六百五十三句，与《奥特赛》（*The*

Odyssey）同为荷马的二大名作,为世界古典的极峰。陈旧的材料,可以写成新鲜的故事,这篇故事就是依照这个主旨写成的。同时,叙事诗是"故事""小说"的祖先,本文又显示从叙事诗取材写作故事的一例。本文值得注意的地方,就是作者将复杂的人物与分歧的动作压搾成一篇简短的故事,而人物与动作,都布置得妥当。

〔习题〕

选择性质与本篇相同的材料,用自己的文字,作一短篇故事。参考书如下。

1.《奥特赛冒险记》(谢六逸,商务印书馆出版)

2.《希腊罗马的恋爱故事》(郑振铎,同上)

3.《海外传说集》(谢六逸,世界书局出版)

4.《北欧神话》(方璧,同上)

5.《欧洲的传说》(钟子岩 译,北新书局出版)

6.《十日谈选》(柳安 译,光华书局出版)

百世长春的乐国

——埃塞王和圆桌骑士的传说

[日本]松村武雄 作　钟子岩 译

〔**解题**〕中世纪的作家所最喜欢讴歌的,是埃塞王(King Arthur)。他们以关于王的零碎的传说为骨子,作了富于可惊的荒诞与雄壮的长篇故事。于是,王的故事遂广为全欧洲人所爱诵了。

埃塞王是否实有其人?被称为他所做的许多伟业是否历史的事业?这是欧洲学者所常常论究的。有的以王为虚构的人物,有的断定他是实在的人物(例如有人从在威尔斯、苏格兰、英吉利有许多与王有密切关系的场所这个事实推测起来,断定王是实在有过的一个不列颠人)。但是这种考证的研究,和关于埃塞王的许多故事圈的价值,是全然没有干系的。不论王是虚构的人物也罢,实有的人物也罢,这些传说终究有着值得我们玩赏的兴味和文学的价值。

埃塞王与圆桌骑士有密切的、不可分离的关系。埃塞王是圆桌骑士的中心,圆桌骑士则侍在埃塞王的周围,立了赫赫的功勋。

真的,如加斯吞·巴里斯(Gaston Paris)氏所说,王的宫廷最初也并无颇惹人目的事件发生,它不过是追求危难和功名的许多骑士的出发所和歇宿所罢了。在宫廷里,也并没有做出什么光荣的事业来。可是,等到王妃姬尼维亚(Guenever)和兰斯罗得(Lancelot)间一度燃起了情火,王的宫廷,遂一跃而为兴味的焦点了。

因为王和圆桌骑士之间,有着这样密切的关系,所以在"圆桌骑士的传说"这个名目之下,是总括了两者来叙述的。

埃塞王和圆桌骑士把绝好的题目给予了许多诗人。像英国19世纪的大诗人丹尼生(Tennyson)曾以华丽的笔致讴歌了埃塞王、兰斯罗德(Lancelot)、加莱斯(Gareth)和盖兰德(Geraint)。此外,如德莱登(Dryden)、烈东(Lytton)、赫尔德曼(Hartmann)、蔼利斯(Ellis)、拉野蒙(Layamon)那样,为埃塞王与圆桌骑士染笔者,几乎不胜枚举。我希望愿知道圆桌骑士的详情的人,自己去把这些诗人的作品翻阅一下。

一

给欧洲中世纪的传说[注1]以美丽的、浓厚的色彩的,是圆桌骑士[注2]的故事。为圆桌骑士故事之中心而更出色的,则为埃塞王(King Arthur)。

和一切英雄的出生为奇怪的故事所包一样,埃塞王的诞生,也是带着不可思议的色彩的。乌推尔自其弟沛次拉拱死后,合了他的名字,称为乌推尔·沛次拉拱。梅尔灵替他筑了一座宏丽的宫殿,在宫殿的一室里设了圆桌,许多骑士围住了圆桌坐着。圆桌造成时,乌推尔将各处的骑士召进宫来，开了一个非常盛大的宴会。骑士们各人带了妻子，聚集到乌推尔的宫里来，其中有一个容姿窈窕、使满座注目的女子，那是康瓦尔（Cornwall）贵族的妻伊孤蔼隆。乌推尔见了她的容姿，就起了热烈的爱着之念。骑士乌尔芬将这情形向伊孤蔼隆漏泄出来。伊孤蔼隆吃了一惊，把这事告知丈夫。心狭的康瓦尔的贵族骤然面红耳赤起来，一从乌推尔的宫殿归来，就领了兵马来挑战了。

　　乌推尔听到反旗已逼近自己的宫城来，弄得惊惶失措了。那时，奉仕乌推尔的预言者梅尔灵，走到主君的前面，密献其计。乌推尔对于他的片言只语都倾耳听着，不绝地点头。梅尔灵立即站起来，手里拿着魔杖向空斩了三次，乌推尔便变作康瓦尔的贵族，梅尔灵和乌尔芬便变成了奉仕贵族的骑士了。于是，三人同到伊孤蔼隆的邸舍去。伊孤蔼隆深信乌推尔就是自己的丈夫，把他留在邸中，第二天伊孤蔼隆的亲夫和乌推尔的军士起了激战，在乱军中死了。她是在梦里也想不到这件事情的，只是和乌推尔度着快乐的生活。这期间两人生了一个秀丽的孩子。

　　乌推尔秘密地将幼儿交给梅尔灵。梅尔灵带了幼儿，到海科托尔的城堡去了。这个在奇妙的运命之下生下来的幼儿，为海科托尔所养育，当作他的儿子，取名为埃塞。

　　过了几年，乌推尔死了。乌推尔的家臣不晓得主君已生下了埃塞，弄得束手无策，只管与梅尔灵商议后事。梅尔灵在基督降诞的祭日，把他们召集到伦敦的一个寺院里来。因为这位预言者富有不可思议的魔力,他的用意很难推测,他们到寺院来时,都浮了不安的面色。在寺中放着一块大石子,石上载着很重的锻铁砧,一口锋头很锐的剑插在上面;剑柄上嵌着一颗宝石,发出灿烂的光来。

梅尔灵冷然看着那些惊疑的人,厉声说道:"叫你们来,是为看这口剑呀!"

人们静静地走到石子旁边去看剑。在灿然的剑柄上刻着细小的文字:"有能拔出此剑者,应登王位。"人们为好奇心所动,交相攫住了剑柄,奋力地拔,然而剑竟一点也不动。

几年以后,海科托尔带了亲子凯和埃塞到伦敦来,听到在开盛大的比武会,年青的凯高兴得手舞足蹈起来了。然而可惜他把那口使用惯了的剑遗忘在家里,不曾带来。他记起了这事,便咬着牙齿,只是"可惜!可惜!"地喊。埃塞看到凯那种失望的神情,觉得难受,便独自转回凯的家里去了。可是,家里的门紧紧地锁着,因此,埃塞只得悄悄地回了转来。后来他听到在某寺院的石子上,有一口剑插在那里,便急忙跑到那边去。他抓住剑柄一拉,剑便从石子里拔出来了。

埃塞带了那口剑,回到凯的地方来。凯的父亲海科托尔一看到此,觉得非常惊异,将这事告知人们。人们听到埃塞这一个乡下骑士,竟轻易地拔出了那口剑,没有一个相信的,他们带了埃塞到寺院里来,再将剑插在石上,交相引拔,然而无论怎样用力,剑总是一动也不动。他们呆呆地向埃塞丢了个眼色,他便悠悠地走到剑的旁边,一把剑柄抓住,剑已离开了石子。人们一齐发出赞叹声来,把埃塞拥戴为王了。

可是，在许多武士之中，拒绝拥戴埃塞为王的也很不少。王振起了盖世的勇力，和这些武士交战，不久便都平定了。

二

埃塞王受着梅尔灵的帮助，好好地治理国事。人民因王行着助弱挫强、赏善罚恶的仁政，一齐赞颂他。

王为要惩罚傲慢和邪恶的人，屡次拿了那不可思议的剑临战。当亮晃晃的剑光在空中闪烁的时候，就是勇猛的敌手，也会感到仿佛被一种无形的重物压着似的，抵挡不住，所以胜利总是在王一方面。

某时，王误信了阿谀者的诳语，去袭击无罪的骑士沛里诺尔。当王举起那口不可思议的剑来，发矢似的向骑士的鍪兜刺去时，剑从王的手里飞脱，立即落在地上打碎了。原来这口惩罚邪者的剑，是不可以斩正义者的。真是多么危险啊！王失却了剑，几将在沛里诺尔的利刃之下丧命了！这当儿，梅尔灵仰看着天空，念起奇怪的咒语来，沛里诺尔的手立即垂下，将剑丢落，沉在酣睡之中。王就乘隙静静地转回去了。

王自从失了那珍贵的剑以后，他的颓唐，真是非同小可。有一天，他怀了愁闷的心情，伫立在湖畔，茫然瞧着湖面。忽然静止的湖水流动起来，一只玉手执着一口嵌着宝石的剑，突然出现了。过了一会，一个被白衣裹着的水妖，将半身浮出在水面上，用手招王。王像是被一种不可抗的强力牵引着似的，急忙跳在一艘系在湖边的船上，摇起橹来。当船驶出到湖的中央时,水妖用了澄清得和秋空一般的声音说:"将这口剑赠给好义的国王。"于是,剑像在海上飞跳的鱼的银鳞似的,突然在空中放出一道闪光,落在船中了。王慌忙把它拾了起来,用感谢的眼光向着水面。水面上是连那水妖的影子都已看不到了。

水妖的剑,成了王的秘藏品了。王提着这口剑向四邻振威。征服傲慢的萨克森(Saxons)人,是这口剑的力量;助苏格兰(Scotland)王惩罚爱尔兰(Ireland)王的放荡行为,也是这口剑的力量。

苏格兰王有一个美貌的女儿,名叫姬尼维亚(Gelever),埃塞王娶她为妃。至于结婚仪式的如何庄严,如何华丽,一读诗人德莱登(Dryden)的《波里阿尔俾永》就可明白。

长于魔术的梅尔灵,替埃塞王筑了非常牢固的坎麦罗特城(Camclot)。在华丽的大厅中,圆桌重重地在地板上摆着。许多敬服埃塞王的武威的王者的雕像,手里捧着苍白的光的蜡烛,在围住桌子的壁旁肃然立着。据魔术师梅尔灵说,在圣杯(关于圣杯的传说,揭示在后面,请读者参考)幻影似的在这大厅里出现以前,这些蜡烛将尽管燃着,虽有狂风从窗外吹来,也决不会熄灭的。

放在大厅中央的圆桌,是只许曾立过他人全都承认的赫赫的功勋骑士就座的。梅尔灵靠着他的懂得天地的隐秘的魔力,选了一百三十个骑士。在一百三十个座位上,用黄金精美地刻着一百三十个骑士的名字。坎特布里(Canterbury)的副僧正,做着虔诚的祈祷,为圆桌和围绕在圆桌周围的骑士祝福。

圆桌给一百三十个骑士坐下,还有二个座位空着。一个是为圣杯留着的,还有一个座位上,则用黄金的文字鲜明地刻着"Siege Perilous"。就这座位者,非纯洁的骑士不行。纵使犯了和罂粟的果实一般小的罪恶,如不受过可怕的灾祸,是不能坐在这座位上的。

有一天,一个瘦弱的女子走到圆桌的旁边,叫兰斯罗德(Lancelot)到附近的森林中去,兰斯罗德默默地跟在她的后边走去。在那里,有一个威风凛凛的青年挺立着。女子回过头去,托兰斯罗德向这位青年施以骑士的仪式。他欣然容纳了她的意思,使那青年做了骑士。

兰斯罗德一回到圆桌的座位上,喧扰的人声就传遍了宫中,高叫:"看奇迹哪!看奇迹哪!"一百三十个骑士面面相觑着,不觉竖起眉来。埃塞王本来是端然靠在金椅上的,这时也慢慢地站起,从石阶上走下。人声近拢来了:"有一块大石子浮在河面上流着呢。"王跟着骑士,悠扬地到了那条围绕着王宫的河流旁边。

一块很大的石子,在波上轻轻地漂着流了过来;一口华丽的锋头很锐的剑,在石子的中央插着。正当人们喧哗着的时候,石子流近王的脚边来了。人们凝了眼看剑,只见剑上刻着细小的文字:"只有无罪的骑士,可以获得这口剑。"一百多个骑士竭力赞美剑的华美,然而没有一个把手放到剑柄上去的。这是因为在他们里面,没有一个相信自己是非常清白的人的缘故。

王把石子丢在水边以后,和骑士们一同回到宫里来了。当一百多个骑士为要坐到自己的座上去互相挤着的时候,一个不相识的青年闯进大厅来,毫无惧色地就了"Siege Perilous"的座位。许多骑士惊叫了一声,向青年骑士凝视。兰斯罗德用了低声说:"这位是刚才某容纳了女子之请,授以骑士之号的人。"

骑士们不约而同地问道:"大名?"

年青的骑士,默默地指着自己的座位。不知什么时候,在那里已刻着黄金色的文字"Galahad"了。这是年青骑士的名字无疑。

围着圆桌的骑士们,重复一齐举起眼睛来,向年青骑士的面孔凝视。他们都在心里这样赞叹着:那位骑士敢在那个令人胆寒的"Siege Perilous"座位上坐下,当然是心地纯洁得和神相仿的男子了。过了一会,他们注意到在这青年骑士的腰里垂着空鞘。他们互相点了点头,把他领到那块掷在水边的石子旁边来。这位年青骑士心地清白,那是连神也知道的。他坦然用手抓住剑柄,不待他奋力去拔,剑已离开石子了。他将剑收在鞘中,当那嵌着珠玉的剑柄与鞘一碰,发出高声来的时候,骑士们面面相觑着,重又赞美年青骑士说:"那是神所赐给无罪的骑士的剑呵。"

三

埃塞王晓得了在姬尼维亚的心里,深深地怀恋着兰斯罗德,心乱如麻了。虽然如此,但如无故燃起瞋怒的火焰来,却只会使国王的威严扫地而已。当胸中苦闷转剧、无可发泄时,王便苛待起姬尼维亚来。

于是,兰斯罗德不能沉默了。虐待没有淫秽的行为的弱女子,实是王者的耻辱。他这样一想,便拥着姬尼维亚,闭居在自己的城中了。罗马的法王替埃塞王慰解兰斯罗德,劝其把姬尼维亚送回王的宫里去。兰斯罗德竖起清秀的眉毛来,说道:"只要不再因无谓的怀疑虐待弱者。"

他说时声音虽低,却是笼着千钧之力的。

法王也厉声答道:"王说从此决不虐待妃子了。"

说毕,他即将双手向天空举了起来,好像向神发誓似的。

兰斯罗德将姬尼维亚交给于王以后,便回到世袭的领地布立坦尼(Brittany)去了。然而在王的心里,怒气还没有平息。王觉得对于这拥了王妃反抗主君的叛徒非惩办不可,于是将姬尼维亚寄在从兄弟摩尔陀莱特的地方,亲自统领了大军,向布立坦尼出发了。

时光骎骎地过去,摩尔陀莱特露出邪心来了。他放恣地登了王位,靠着埃塞王所坐的那把灿烂的金椅,扬言埃塞王已死在战军之中,逼迫无所靠傍的姬尼维亚做他的妻。姬尼维亚坚决地加以拒绝,甚至发誓说,虽海枯石烂,她的丈夫也只埃塞王一人。但摩尔陀莱特日夜只是缠在她的身跟,倾吐相慕之意,几有不听则将借助于剑之势。王妃畏其气焰,遂佯作愿意嫁他模样,并且说要到伦敦去买珠玉和华丽的衣服,以备结婚之用。摩尔陀莱特信以为真,欣然答应下来,陪着她到伦敦来。王妃到了伦敦突然闭居在伦敦塔中,遣使向埃塞王诉述摩尔陀莱特的邪恶的行为。王立即狂奔回来了。

没有多少时候,王和摩尔陀莱特讲和了,为订媾和的条件起见,由双方带了同数的兵士,在某处会合。并且规定到某处去会合的兵,无论在怎样的情形之下,均不得拔出剑来。

埃塞王带了亲自所选定的兵士,悠悠地前进。骑士们跟在主君的后面。

将到那个订约的场所时,有一个骑士轻轻地惊叫了一声,立刻把脚停住了。其余的骑士吓了一跳,问他发生了什么事情时,一条很大的毒蛇,映在他们的眼中了。那毒蛇从树荫中爬了出来,在骑士的脚踝上露出了牙齿,把长长的尾巴垂着。那个轻轻惊叫了一声的骑士,独自默默地将剑抽出了三四寸。当寒光在腰的周围闪烁时,别的骑士们用了急促的声音说:"不要拔呀!"然而那时剑已全然出了鞘,将毒蛇砍作两段了。

摩尔陀莱特的兵士,觉得对方真是背约的无礼东西,于是一齐拔出利剑袭击过来,埃塞王的兵士也觉得到了现在,已没有法子可想,一同抽出剑来还击。因为双方都是不相上下的猛士,所以虽然利刃刺破了自己的肉,负了重伤,也不稍畏缩。埃塞王奋了全身的力,举剑向摩尔陀莱特的鍪兜刺去,摩尔陀莱特兜裂头破,翻身将要倒下地去的当儿,他挥剑向王斜砍过来,王也砰然倒下去了。

摩尔陀莱特的兵士尽被砍死,埃塞王的兵士也都仆倒,只剩得倍地皮尔一个人了。他跪在王的旁边,轻轻地摇着王的身子说:"陛下苏醒!伤是轻的。"

王仰起身来,看着倍地皮尔。苦恼的阴影,历历地浮在他的苍白的面上。眉毛急促地跳动着。经过几刻钟的战争以后,日已无言西沉,悽风在旷野间狂吹起来。

王用手把那口挂在皮革上的剑从腰里取了下来。嵌在剑柄上的珠玉，反映着从云间漏出来的月光，闪烁起来。王大大地睁开了沉重的眼睑，失神地向剑注视。他似乎感到这口剑的寒光，使他鲜明地回想起几年间的战争的情景来。过了一会，王将眼睛落在倍地皮尔的脸上，说："去把这口剑沉在水底吧！"

倍地皮尔是惊叫了。他觉得把水妖所赐的绝代的宝剑无故地丢在水底朽烂，实在是可惜之至的。然而，他又不能违背主君的严命。他遂只得悄悄地离开主君的左右，到河畔来了。薄雾朦胧地笼罩着湖面，湖水冲击着小石，发出缠着淡愁的波音来。他不忍把剑沉下，结果将它藏匿在草丛中，回到主君的身边来了。王一听到脚走声，便缓缓地仰起头来。他的面孔被月光映着，显得很是苍白，在瞳孔中闪着死影。王低声问道："剑真的已沉了么？你看到什么奇怪的东西没有？"

倍地皮尔恭恭敬敬地回答说："只见涟波在洗濯水边的芦草。"

王大大地睁开了无力的眼，说："你不知道说谎是骑士的耻辱吗？你是在说谎语，还不曾把剑沉到水里去呀！……喂，好吗？再去把它沉下了来。"

倍地皮尔俯了头，重新到湖畔来了。涟波发着凄凉的声音向湖岸冲击过来，而又折回。折回以后，那些被水打湿的砂砾浴着月光，闪起奇妙的青光来。倍地皮尔微微感到哀愁，把头垂下，忽而又抬起来向剑注视。嵌在剑柄上的珠玉，灿然发光，好像不愿沉到水底去的样子。倍地皮尔重复将剑藏匿在草丛中回来了。王听到脚走声近来。就厉声问道:"怎样?真的已把剑沉在水底了吗?那么你看到了什么呢?"

"只见涟波在洗濯水边的芦草。"倍地皮尔和前次一样地回答。

王遂忽然用峻严的眼光凝视倍地皮尔了。并且叱责他说:

"不忠的东西!你真是个不懂骑士礼仪的无情的家伙呀!因为朕已是垂死之人,所以在蔑视朕吗?再去把它沉了来。好吗?听清楚了没有?"

王的语声虽然低弱,但因心头愤懑,所以有点发颤。

倍地皮尔觉得很是苦痛。他想自己对于主君始终是忠心的,今竟因惋惜那剑,被主君骂为不忠者,岂不冤枉?他默默地又到湖畔来了。这次他毫不犹豫,就将剑发矢似的向空中抛去。那剑银鳞似的闪出一道白光,在空中画了个半圆,便落在湖中了。这时,有一只被白衣包着的玉手,突然浮出水面来,将剑柄抓住,把剑挥舞了三次,忽然沉到水底去了。

倍地皮尔回到王的身边来,把事情的始末一一奏知主君,王遂露出安心的神色,深深地叹息了一会,用低弱的声音说:

"预言者梅尔灵曾经说过,朕将乘了黑船到名叫埃怀隆(Avallon)的世外桃源去。无论如何,请你把朕驮到湖畔去吧。"

倍地皮尔听了王的话语,虽然觉得有点奇怪,却终于将王驮在自己的广阔的背上,沿着岩根下去了。王在他的背上苦痛似的喘着气,尽是"快点!快点!"地催促。

湖畔有一艘船漂着,从舳到舻都用黑布遮覆着,好像是只梦中的船。三个美丽的女子,端庄地坐在船的里面。她们头上都戴着金冠,在月光中闪耀,好像是来冲破黑暗似的。她们一看到王的容姿,一齐发出悲凉的声音来,颤音从黑暗的水面,一直传到空中。

王用了哑声对倍地皮尔说:"请把朕乘上黑船去。"

倍地皮尔缓缓地卸下了王,扶他上船。三个女子用柔美的臂膊接受了王的身子,吞声而泣了。三人中最美丽的一个,悄悄地把王的头放在自己的柔软的脚踝里,珠玉一般的眼泪簌簌地落在王的苍白的脸上。倍地皮尔伫立在岸上,这时发出无力的声音来对王说:

"陛下,无论如何,请容许某跟了陛下同去吧。许多朋友都已死去,今又与陛下永别,某实已无意于人世了!"

王从船中静静答道:

"在埃怀隆国,是只有一个人可去的。请你留在人世,为我祈祷吧。"

王的话还未说完,船已离开水边驶去,好像挺着胸的天鹅似的,悠悠地在薄雾中一点点地模糊起来。倍地皮尔悄悄地尽管在水边站着。不一刻,船已看不到了。

在埃怀隆,既不降雨,也不下雪。微风长闲地吹着,赤的花,白的花,紫的花——所有美丽的花都盛开着,永不凋零。埃塞王的剑伤已经痊愈,在这国度里度着不知忧苦与衰老的日月。然而,当英国人为敌所困的时候,王便突然出现了:这是深深地印刻在英国人心里的信仰。

(选自《欧洲的传说》)

〔作者〕

松村武雄,为日本文学博士,以研究"神话""传说""民间故事""童话"出名,称为斯道的权威,现犹健在。著有《日本童话集》《欧洲的传说》及其他著书多种。

〔注释〕

[注1]欧洲中世纪的传说,为世界文艺的宝藏。分韵文与散文两种,以记载"骑士风度"为主,也有叙基督教精神的。后世作家,多所取材。以散文写作者,为最幼稚的故事。

[注2]埃塞王的部下,有骑士一百三十人(或作一百五十人),与王在圆桌之上,共饮食,或共商国事,故称为"圆桌武士"(Round Table Knights)。

〔解说〕

见正文前的"解题"。本文是松村氏根据传说原文重述的。

愚蠢的厨子证明白鹭只有一只脚

[意大利]薄伽丘　作　　黄石　译

罗力塔默默无言,尼菲尔受命续讲,她便说道:

机智与发明力虽然常令人在不同的情景说适当的话,但有时命运也帮助胆怯的人,突然运用舌头,其回答的巧妙,反比经过最老成的思索而出者更觉巧妙。现在我请用一个简短的故事来表明。

库拉多是你们多数认识并且会过了的,他常被人尊为漂亮而高贵的公民,很爱猎狗和猎鹰。[注1]他的出色处很多,但与本题无关,可不必说;单说一样:有一天他利用他的鹰捉到一只白鹭,见它很肥嫩,就送返家中给他的厨夫。厨夫是个威尼西亚人,名叫基基比阿,受命弄好佐膳[注2]。他的头脑很简单,就把它捆好撕开,将近烧烤的时候,气味颇不错,适值隔邻有个女人名叫伯伦涅塔,和他很要好,偶然走到厨中嗅到香味,为之垂涎三尺,苦苦央求他给她一只腿尝尝。他一边唱着歌,很快活地答道:"伯伦涅塔夫人,我决不能给你一只腿的。"她就十分不悦,说:"我很想吃它,若是你不给我,以后莫想再得我的宠爱。"他们的争执愈闹愈厉害了,为使她安静计,他迫得给了她一只腿。到上菜时,白鹭就只有一只腿。库拉多当时有一位朋友同在,库拉多觉得很奇怪,就叫厨子进来,盘问他还有一只腿为什么不见。他的答话很愚蠢,而且完全没有思索过就说:"主人,白鹭只有一只腿的。"库拉多十分生气,说:"你说鬼话吗?只有一只腿!你这流氓,估量我没有见过白鹭吗?"厨子仍然否认,说:"相信我吧,我主,不论你何时高兴,我都可以拿活的家禽来证明我的话没错。"库拉多因为尊重他的朋友,不愿多说,只说道:"既然你要向我证明一件闻所未闻、见所未见的事情,等明天才看你的证据吧,但我发誓,若是你证不出,我就令你记忆你生活得最长的日子。"

一宿无话,第二天早上,库拉多的脾气很少能够歇息的,老早就起来,吩咐带马,领着厨子到他平时在清早见白鹭群集的河边,说:"你昨晚说的话,对与不对,不久就有分晓了。"厨子看见主人的怒气未息,要证明他所说的话,便不晓得怎么才好。初时战战兢兢地骑马而走,他很想逃跑,但跑不了。他却不绝地望着他,希望凡所见的白鹭都是两足。将近到河边,他看见一群白鹭,都是一足站着,照它们睡时一样。厨子即时指点给主人看道:"主人,你现在可以看见我说白鹭只有一足是不错的了。看那些白鹭吧。"库拉多望望白鹭,答道,"是的,贱人!但且等一等,我就教你知道它们是两足的。"他们再走近一点,他大声叫道:"嘘!嘘!"这么一来,白鹭都伸出其余一足,走了一两步,便都飞去了。库拉多转身对他说:"你这扯谎鬼,相信白鹭两足了吧?"厨子已计穷力尽,不知所云,忽然答道:"对了,主人,但你昨晚没有向那白鹭叫喊,像现在一样呀。倘若你照样叫喊,它也伸出第二只脚来了。"[注3]库拉多非常欢喜,立刻转怒为喜,大笑道:"基基比阿,你说得很对,我确实应该这样做的。"厨子幸得这个突然而来的可笑的应对,居然避过重重的鞭挞,并且和主人复和了。

(选自《十日谈》)

〔作者〕

薄伽丘(Boccaccio,1313—1375),意大利佛罗棱斯(Florence)人,为文艺复兴时期的先驱作家。他的杰作是一部《十日谈》(*Decameron*),内容为一百个短篇故事。

〔注释〕

[注1]古时打猎,以鹰犬为重要的工具。

[注2]下饭的菜肴。

[注3]本文第二节说"……但有时命运也帮助胆怯的人,突然运用舌头,其回答的巧妙,反比经过最老成的思索而出者更觉巧妙",厨子所说这几句话,就是突然运用舌头的巧妙的应对。

〔解说〕

本篇的原文是《十日谈》里的第六日所讲的第四篇故事,总题目是《巧妙的辞令》。

《十日谈》的作成,为意大利最繁盛的城市佛罗棱斯起了大瘟疫的1348年。作者假托有七个贵妇人(她们的名字是旁宾尼亚、菲亚麦塔、菲罗媚娜、伊弥利亚、罗力塔、尼菲尔、伊里沙)和三位绅士(他们的名字是旁非拉斯、菲罗特刺塔、带奥纽斯)因为避免瘟疫的传染,逃到城市附近的一座小山上。他们在山上十天,每天每人讲故事一篇,故内容是一百个短篇故事。故事的内容,有的讥讽,有的诙谐;有的庄重,有的轻佻。此书出世,对于当时的伪宗教与伪教士,加以重大的打击。在文学史上,此书也占极重要的地位。批评家称为近世短篇小说的鼻祖,影响后世的文艺甚巨。

骑　士

[英国]司各德　作　　林纾　译

一

英国东河流域之内,前此有大树林,踞歇非儿、东加斯德二城之间,楼橹雉堞,均为绿阴所被,至今老树凋残,尚有一二根株在焉。相传古来有神龙窟蟠其地;当时玫瑰之战[注1],兄弟争立,即以此地为战场;而绿林豪客,仗侠尚义,亦据为寨,至今诗人曲歌,恒举其事,播为美谈。

余书开场,实叙英皇李却第一[注2]末年遗事。皇既见因于敌,后乃复辟,国人仍如旧拥戴,以国民见凌于贵族,呼吁无所;而贵族之柄权,在斯蒂芬[注3]时,已炙手可热,亨利第二[注4]既御宇,少加裁抑,然卒莫夺其政柄,至此气焰又渐复,类斯蒂芬时矣。天皇之权,旁落贵臣之手,人人筑城自固,阴养健儿;大夫采邑,兵力荏弱者,则取为附庸,凌践匪所不至。小侯之国,论爵本与大国平均,至此则降为舆台,惟强是事,托其荫蔽,始幸保无事,且与盟。国有大事,则徭役资粮,无不供亿,惟如是者,始足苟全,而英人之自由至是全失。间有倔强不驯者,则大国一怒,立赤其族,无有遗噍,即有尊王之心,亦不许贡其忠款。

先是得胜惠连[注5]以兵加英伦,入主其国,而贵族之权始肇;李却第一已为四世,而土著之人与脑门豆人[注6],犹同火水。语言既异,而脑门豆人,复自居为贵种,而土著心痛亡国,至于切齿。顾国权已归脑门豆种人;复用大力,抑制土著之人,先畴私产,悉夺而有之,素封者悉跻贫户。得胜之人,尤百方槛柙,令土人无权,以防其反正;新皇则力保己权,纵其朘削,悉不之较,且多立机槛,以愚平民。公朝采邑,及讯鞫之堂,皆令操法人之语;凡人能法语者,名为贵族之言,操英语者,则厮役耳。于是英国方言,留者悉在田鄙,客主主奴,位置颠倒,因而言语夹杂,成一安格鲁脑门之言,即今日英国之言语是也。后此欧罗巴大陆方言复渐渐输入,遂参以欧罗巴之言。

以上所言,余必欲告之读吾书者,须知土人虽经挞炙,然驯伏科条之下,未尝反抗客兵,猝观之似合主客为一,实则疮痍伤缺之口,血液仍淋漓不已,直至爱德哇第三[注7],二族子孙仍截然分界也。

大树林中,一日斜阳方落,回光倒映纤草之上;千百巨橡,臃肿无度,瘿周其身,虬枝怒挐如伸龙臂。树之年代,当罗马大兵入国时,固已见之矣。群橡之中,苍藤蔓生,荆棘杂出,几于阳光无能射入;人迹既稀,长日幽静,而树影所不及者,则细草廉纤,斜阳如画矣。外此有草碛一区绝旷。尚有残石半堆,似庙祀妖神之坛坫,而石状倾颠,似基督教门昌炽后,毁除之者。地有小山,溪流抱之;复有巨石亘路,流触石而过，声琤琤然，他处则否。

其地有两人，衣饰作伧荒状。其年事稍多者，则狞伧若不可近。衣兽皮之衣，毛毳蒙茸触目，衣既年久，毛不附革，望之不知皮为何畜；革之长，自颏及膝，其制天然无襟袖，殆以顶受领，自襟底仰穿而上者；履为木屐，断牛革缚之；胫上裹牛皮，露其膝盖，状如苏格兰人；腰束巨鞓，亦牛革所为，以铜为钮，左佩囊，右佩巨牛角，去角尖可以吹为口号；鞓上尚带刀，形如剑，博而且短，柄以鹿角为之，镌曰"歇非而刀"；露顶不冠，积发弗理，蓬蓬然，受日既久，色尽赭，虬髯作琥珀色；颈上着铜圈，形若圈狗，圈天然无端，不知何人所带，竟能加诸项际，圈上镌曰："罗德渥德凯特立克家奴歌司，皮渥夫子也。"其人盖牧猪之奴。此奴之外，别有一人，稍年少，衣裳与此人类，而衣材略佳；衣作紫色，其中隐隐作花绣形，外衣如宽帔下垂，亦不及膝，朱表黄里，然已淡红失采；腕上加银钏，颈上亦有圈，镌曰："罗德渥德凯特立克家奴汪霸，威德勒司子也。"屦制亦如前人，有抹膝作红黄二色；冠缘缀小铃，冠动铃亦动，而此人躁暴无静理，铃声终日琅然。观其服饰似贵家弄儿，颜状恒媚人，令见而愉悦者；左偏亦佩囊，惟无刀——此辈殆近侍，故不授之兵，防变也，然尚佩木刀。此二人外状既殊，而性情举止亦异。髯奴状至愁烦，长日行牧，焦然无欢，若就其目中观之，似在劫勒之中，而英气尚勃勃；而弄儿汪霸似驰神于外，赏适其心，且时时矜其得意，所操土音，皆撒克逊语，惟其格于下等社会，故不能学贵人音吐。余书若将撒克逊语成书，则众且莫辨，故亦译以通俗之语，以适观者之目。

此时髳奴吹角,收合豕群,而豕鸣不已,方饱食橡子,罔罔不闻角声,或以身就泥,欲睡未睡,作豕态。髳怒大怒曰:"如是蠢物,乃不秉吾号令。天黑都不归笠,狼且来,奈何？计豕数当必短其二三。言如不验者,吾智绌也！"乃大声嗾狗曰:"番斯！"狗跛其一足,闻令误会奴意,直入豕群惊豕；豕四散奔越。髳奴复大怒斥狗曰:"鬼拔汝牙！(此为普通诅咒语)吾不省何物,乃跛汝足,致梗吾令。"顾弄人曰:"汪霸,汝绕山沿当豕去路,麾之使归。"汪霸慵而不动,曰:"兹事当与吾两足商之。"既而曰:"吾足之意,与吾合也；告余曰,汝若轻用玉趾,行诸棒莽之间,与贵人体制殊戾,且于丽服有伤。不若斥狗自归,听豕所之,入彼盗薮,或为脑门豆兵所得,明日此豕群悉易脑门豆名号,则汝役释矣。"髳奴曰:"此何谓耶？请以示我。我脑筋笨,不能审此疑团。"汪霸曰:"此歧蹄而巨腹,汝胡名之？"歌斯曰:"此非'斯汪'[注8]耶？愚者犹解之。"汪霸曰:"'斯汪'者,撒克逊民族语也；汝言良然。设杀此'斯汪',燖毛取胲,悬诸屠者之门,其物又名谁耶？"歌斯曰:"'泡克'[注9]耳。"汪霸曰:"此'泡克'者,又人人知之耶；然吾知'泡克'音义,法人语耳。此物生,用奴牧之,则其名必称以撒克逊语；至于登贵人之俎,入贵人之口,则易名为'泡克'矣。"歌斯曰:"汝言良然。然何以尔脑中有此思路？"汪霸曰:"未也,吾尚有言。彼牛畜之生,以奴牧之,则称以英人之语曰'沃克斯'[注10]；迨一近贵人之吻,则又易其名曰'彼夫'[注11]。且'加夫'者[注12],小牛之称也；宰而烹之,则贵人又易其名曰'雾'[注13]。总而言之,劳苦之事,属之英奴；至烹炙成为甘脆,则又易以脑门豆之语。"歌斯叹曰:"天乎！汝所言当也。今亡国之余，凡诸物产，悉归法人掌握，惟此区区空气属我辈耳。此空气允予呼吸者，正须我力为之服役；若不须我者，并此空气而亦靳之耳。今甘旨悉聚贵人之庖；国中美人，又悉作肉屏之用；丁壮之士，则暴骨于边远之疆场，皓皓作白色矣；剩我辈终身奴隶，假之喘息于田野中，其情至可悯痛。虽然，吾甚念吾主人凯特立克。彼虽胜国遗老，尚不愧为撒克逊种人；然吾闻雷极那德[注14]将自临勘此地，不知吾主人将如何也。"语已，见狗驱群豕归，乃大悦，抚狗脊曰："儿郎，乃肯从令，佳哉吾孺子也！"汪霸曰："歌斯，汝此时心中必以我为愚谬至矣；不尔，必不以可爱之头颅，近吾利齿之下。吾实告汝，明日，雷极那德一至，或腓力至者，我微动口吻，汝尸枭之树杪，为叛奴詟主者戒；汝知之耶？"歌斯曰："狞狗，汝以言聒我，今乃卖我耶！"汪霸大笑曰："汝惧乎？然吾安有余暇为此，此特与汝戏耳。"已而摇手言曰："汝静听，似有蹄声，隐隐自林际来也。然来者谁也？"时歌斯驱豕归，回顾汪霸曰："此事汝司之。"汪霸曰："我当谛视来者为谁。"歌斯曰："雨且大集，汝野立何为；雷震云间，万木动摇酿雨势，汝野立何为？汝趣从我。雨至泞深，且艰于行。"汪霸闻雷声，乃同歌斯行，而豕行辄左右窜，沿路笞叱，一一归圈。

二

汪霸道行少逗遛，而蹄声愈近；汪霸且行且拾坠栗，或凝伫村姑，为候稍稽延，而马行已到。

骑者十人；前驰二人似贵官，余骑均其侍从。二人者，相其服色，似教会中贵人，然而服饰逾量，又不类教士矣。一人宽帔，用荷兰至贵之呢制之，其缘垒折如熨贴所成；状极整饬，体腴而硕，以貌论之，绝不类教士之慈祥，宜其衣服不类如是。且眼尾多纹，多嗜而狼顾，良非敦行谨微之端士；若云真为教会中人，则不宜沾恋世器如是。而此教士亦知之，有时矫为庄容，对人示敬，而矫伪之态时复流露于不觉。故事、教会清规及教皇告诫，恒不令教士华炫其服；而此教士双袖衬羽毛，广帔领缘，则加以金钮。综言之，自衣钮及服饰，虽不刻镂，而材必取良，特粉饰以避时人之观而已。马非马，骡也，硕健无论；鞍辔之属，亦多金饰，一时习尚，马缰恒缀小铃，外状已非道流举止。彼之去马而取骡，原谓道流非武士之比，且骡贱于马；不知盛其骡饰，其值逾马且一倍矣。即从者所乘，亦西班牙名骡，英伦中非贵家莫畜，彼乃乘之以豪奴，则主人之侈可不待卜而决。马背之衣，亦加以文绣，作十字架与教皇冠冕状。尚有一侍者，载巨囊于别马之上，似其行装。随后二骑，为饰少杀，然亦其宗派中人，特位望逊耳，二人且行且语，略不顾其伴侣。

并骑之人，则年事稍多，已在四十以外，面癯而膊巨，似多力之勇夫，自沙场新归，颜色为风霜所欺，稍近黄瘦，然为状甚硕且武，既自战阵中来，气力尚堪百战。冠赤帻，垂额以乱氄；冠式如臼，人称之曰臼冠，风貌凛凛可畏。两颧在战地备受阳光，因而黝黑，今虽不露杀人状态，而天庭青筋交互，陡一发怒，必锐厉莫当，即其眼光四瞭处，亦足见其志趣之刚劲。左额有刀瘢径寸许，因之颜色貌益厉。广帔作赤色，似未曾受诫之人，但右臂作白镶十字，而帔中衷蛇鳞钢甲，巧制如常服,膝衣靴面均护以钢片,齿齿作鳞,甲光照眼矣。腰上佩双锋之剑,所骑之马常马也,而战马高蹄,另以人绁而引之,用省马力。马亦带甲,马额之上嵌一钢矛,备冲突;鞍鞴之左悬一巨斧,刻镂精工,右悬兜鍪及长剑。尚有一人荷巨槊从,槊缨之上亦悬一十字架;手中持盾,上丰下削,以赤呢蒙之。此二从者亦各有侍人,黑面而裹缟巾,作东方衣饰,望而知为东方产也。此二黑奴颏下有银制之圈,手足皆尔;袖至肘,裤至膝,腕胫皆露;衣帛而文绣,而马上主人虽衣美衣,则淡静而无饰。此二奴所佩刀作半月形,握手处咸镶以金;马上悬橐,满实以矢,皆亚剌伯兵械。马产自亚剌伯,长腰细皮,鬃鬣稀疏,马颈亦修。

　　此骑队之来,匪特汪霸深以为异,即歌斯亦为愕然。其人为淑芙寺教士,喜猎而嗜炙;或言此教士所为者,尚不止此,且大背清规。然教门权重,清规即不之守,父老亦不为异。此教士名曰爱默,喜交游,凡无行少年得罪莫逭,一面爱默,以盛筵相款,即予以赦罪之文,无所靳惜,因之无远无近,皆称曰善人。且其俗家亦系名阀,素与脑门豆公卿往还,既已出家,交期仍在,因而方外所交,皆属朝贵,至于名阀闺秀,幸接清谈,亦无一指其秽行。且古时公侯眷属,骄贵不检,与乞赦罪之书,应手而得,故此教士之名,亦广被于阃阅。教士复畜名鹰骏狗,备与贵游子弟行猎,交情乃同胶漆;若遇老辈,则晋接又异,一味讲学,老辈亦恒为所惘。且挥霍以要结贫民,又复广为赦罪,民愈景从;庙产既富,用之弗竭,凡百姓偶遇爱默行猎,及长筵高宴之时,与夜中无灯独归,微款后户,间为农夫所瞩,亦一笑置之,所为他士行不如彼者，尚尔尔，何况此才具高贵而德行深粹者。此时汪霸歌斯皆与为礼。教士则言笑如恒，称之曰："天降福庇汝孺子。"然汪霸及歌斯见被甲者与东方之侍者，咸引以为异。爱默忽问二奴曰："天且雨，此间何处足下榻者？"而二奴正有所思，如不之闻，其半亦不欲听脑门豆语音也。爱默又抗声言曰："孺子！在此近地中，何家礼天主教门，及圣母玛利亚之裔胄，许彼圣母二佣人假宿一宵，并得湆浆沾溉者？"语固和平，而声则愎厉，不类道流。汪霸闻言私语曰："此气概尚为佣，则彼家之司度支者，又当作何状！"语已，亦抗声言曰："两神甫择善地以便食宿，去此未远，有白林斯渥斯寺者，其中圣徒，必以礼礼神甫；若但清斋打坐祈祷上帝者，则又有隐士壳曼黑士者别墅，可下榻也。"爱默摇首曰："尔须知吾教中人，不扰同教，募化投宿均乞诸信教者之善信；善信以礼款我，即所以礼天主也。以理卜之，讵尔耳为余骡铃所震而聋耶，奈何不喻吾意？"汪霸曰："奴子固驴，诸无所闻。今日既闻骡铃，又闻圣骡之德音，殊自庆幸；且奴子闻圣母教徒，常以惠临人，未尝贻累教外，今神甫不然，何也？"于是被甲者大怒曰："汝勿哎哎！但告我以路！"因问爱默曰："汝乍所言巨家谁耶？"爱默曰："凯特立克耳。"因问汪霸曰："撒克逊人凯特立克安在？可示我以道里所出。"歌斯曰："此路殊不易行。彼凯特立克家睡绝早，叩关殊不易易。"被甲者曰："尔勿言是。以吾辈假宿，主人不当夜起耶？吾辈假宿，在理势均当款我，何云求人？"歌斯曰："此事殊非吾所了了。凡人求宿吾主之家，咸以礼至，今云为神甫分所应有，理势所不宜违，吾亦不能引客矣。"被甲者曰："奴敢抗辩无礼！"以蛮靴趣马进，举鞭欲挟歌斯。歌斯怒目,手按其剑。爱默以骡横亘其中,令勿哄;因曰:"白拉恩吾弟,此地非巴勒士丁战地,可毋用武;惟此岛国之中,以礼不以力。且此地无外教之人,何事至此。"复顾汪霸曰"汝当知之";因授之以银饼曰:"凡人问路——勿论我为教门中人——在礼宜告,即他人亦当告之。胡为靳吝作蹇态。"汪霸曰:"然。惟神甫左偏之亚刺伯将军,汹汹然丧我魂魄,不特不能告公,并己路所归,亦忘南北矣。"爱默曰:"汝且告我,安有不知者。吾兄弟力战于亚刺伯中,力夺归耶稣陵寝,为十字军[注15]中上将,并事教门者也"。汪霸曰:"将军果在教门更当恪守圣律,何为以力逼人?"爱默曰:"汝言甚巧,已开罪于天矣;然得我幸恕尔罪,惟当告我以主人翁。"汪霸曰:"遵此道行,至歧路中,有十字架矗立路旁,左转数十武,得矣。"于是群骑匆匆行,其行绝迅。

至蹄声既远,歌斯语汪霸曰:"据尔所言,则此骑今夜必不能至罗德渥德矣。"汪霸曰:"然。彼人运佳者,尚可至歇非儿城。吾又安能以正言示此狗,俾入乐土。"歌斯曰:"然。若令此教士见吾鲁温娜女公子,事何可定者;矧彼抔甲之人,吾主翁必与之哄,祸且不测。吾辈奴厮,固以寡言为宗旨。今且归乎。"

今吾书当转叙此骑士矣。十骑遵道而行,既远,白拉恩语爱默曰:"此辈何以语言多含讽,且足下亦何以不由力殴其人?"爱默曰:"吾弟听之。汝鞭其一,彼人又安肯见告。且吾常言撒克逊中人未尝无勇,积愤吾辈,正非一人,方欲制刃吾胸耳。"白拉恩曰:"吾正欲痛答其人,令知尊卑之分。吾处若辈至有法。凡士俘见囚,始亦倔强,至余家二月,绳以奴拶,遂驯伏如鼠,惟隐中行刺投毒之事,在在须防耳。"爱默曰:"风俗安得尽同。吾弟若笞其人,则吾辈亦不能并骑出此道矣。矧彼主凯特立克亦至方梗,一鞭其奴,安能恕汝;弟识之,此老国仇心笃,疾视我辈,而又不畏强御,彼雷极那德及腓力[注16]炙手可热,彼尚傲荡不即款附,为种人争其权力,未尝尺寸下人,自言为绿林喜华德子孙,以侠为命,与脑门豆世仇也。凡人恒讳其籍贯,不为撒克逊人,彼独沾沾自喜,未尝隐其族氏。"白拉恩曰:"兄为通人,能诗善文,工于内媚,固令我容忍,且盛言鲁温娜之美,吾急见美人不得,姑为兄忍之;又其奴为凯特立克之奴,吾欲面其女公子,固知不能开罪其仆也。"爱默曰:"凯特立克非鲁温娜父也,与彼特有葭莩之谊。鲁温娜家世较此老贵极矣。凯特立克自云为此女保傅,吾思特张王之言,特爱惜此女,凡此女之动息,必以礼为坊;至于女郎之美,我亦不能形容,至当自辨之。肌肤直同美玉,仪范既佳,秀目天成,吾恐老弟见之,必追悔当日在巴勒士丁所见者,委之九霄云外矣。若吾谬妄者,亦非教会中正宗之都讲。"白拉恩曰:"若足下所言,见不逮闻,将何物以为博进?"爱默自指其金纽曰:"用此赌胜,更胜以十甓之酒,足乎?"白拉恩曰:"妍媸我自断之。若吾所见果以为佳者。……"语至此,即曰:"可勿赌,汝金纽危也!移时吾将取尔金纽,赴淑杞看较力也。"爱默曰:"胜果出诸公道者,敬以奉酬,惟不能以妍为媸;我固待君为教会中人,不作谎语。惟吾弟听之,后此须择言,幸勿如兵间,恣尔丑诋。凯特立克一怒,必不恤尔我为教门中人及有名位,尽足以力驱我露宿于外。即与鲁温娜相见,亦必据礼为圈,勿孟浪自媒;彼凯特立克视此女如明珠，吾辈一涉轻薄，逐客之令下矣！且吾闻人言彼亲生之子，为与鲁温娜微微延接，间以谑浪，即不之子而逐之；以此老严待鲁温娜如仙人，许崇拜不许亲近，如我之虔祀圣母马利亚也。"白拉恩曰："兄言是矣。吾今夕必敛英雄之气，为儿女温存可也。至于主人逐客之令，兄可勿忧，吾侍者韩勒阿大拉勇力足以卫兄出此重险；我生长兵间，宁畏彼者。"爱默惊曰："老弟切勿尔尔！……是间十字架见矣！尚忆彼言，令吾左转，非欤？"白拉恩曰："吾闻右转。"爱默曰："左也！彼奴尚用木刃左指，宁云转右？"二人争辩，遂问之侍者。侍者曰："未之前闻。"忽白拉恩见十字架旁有人偃卧。白拉恩曰："盛雨且及，乃卧此耶？"呼一侍者曰："休鼓，汝以槊柄动之。"休鼓方进槊，而此人忽作法人语，语曰："来骑为谁人？方坐此沉思，何为撩我以槊？"爱默曰："问路耳。罗德渥德中凯特立克家安在？"卧人曰："吾亦欲至其家。若得马者，可为汝导，惟此道难行，吾至能识。"爱默曰："谢壮士，后将重报。"乃令从骑空一马，授此卧人；此人得马，引之向右，至一密林之中，揭小湫无数，泥深几没马股，此引道者委委蜿蜒，竟合官道，因指连房无数曰："此中是矣！"爱默揭湫时防坠，抱鞍无语，及闻既至，乃大笑悦，因问导行者曰："壮士何名？家何乡也？"壮士曰："吾赴巴勒仕丁进香之客。"[注17]白拉恩曰："尔何为不居兵间，取归圣陵？"壮士因识白拉恩为十字军中将校，乃曰："然。吾观立誓取陵之人，咸优游事外，吾庸庸香客，尚何事之成。"白拉恩大怒，将争，爱默又以色止之，乃以他语和之曰："壮士尚聪明，去乡井久，乃行道如是之娴。"壮士曰："我土著耳。"语已，至门外，屋虽低小，而制极曲折，其中抱广场无数，地至雄阔；顾庄园之多，非供游涉，特平民富家之旧，或不为法人新制。庄外亦设严备，方当时大乱，非在在设备，亦不能踞此为家；屋之四围，周以深壕，壕之两岸，树以木栅；居地之西偏，吊桥通焉，一过桥，桥外筑坚墙，土作睥睨形。既至，雨且下，白拉恩乃出画角吹之，以警屋中之人。

（选自《撒克逊劫后英雄略》首二章）

〔作者〕

司各德（Walter Scott,1771—1832），苏格兰人，曾学于爱丁堡高等学校与爱丁堡大学。1792年以后，曾充法官，一面从事诗歌与小说的写作。他与拜轮、古勒律奇、济兹、雪莱等为同时代人，同为英国浪漫派文学的中坚。所作历史小说，为世界人士所爱读。

〔注释〕

［注1］玫瑰之战（Wars of Roses）：当中古之末叶，英国王族York与Lancaster争立，遂启战端，相持不下者三十余年；当时两军服装，咸缀玫瑰花以资辨识——York军佩白，Lancaster军佩红——故世称为"玫瑰之战"（或译"蔷薇战争"）。

［注2］英皇李却第一（Richard Ⅰ），即狮心王李却。1189年即王位,1190年与法王腓力（Philip）兴第三次"十字军"东征圣陵，无功而还，归途遇风，舟碎于海，李却乃变服易名，将取道奥国回英伦。奥公僚伯尔（Leopold）为李却巨仇，辨识伪装之李却而囚之；赖旧臣营救，李却乃得脱，复归英国。时李却

之弟约翰(John)已僭称王,李却击散其党羽,遂复位。

［注3］斯蒂芬(Stephen)英王,于1135年继亨利第一(Henry Ⅰ)为英王,1154年卒。

［注4］亨利第二(Henry Ⅱ)即英王亨利第一之外甥,马铁儿达(Matilda)与其后夫乔弗莱帕兰塔格南(Geof froy Plantagenet)所生之子也;于1154年继斯蒂芬为英王。亨利第二死后,李却第一继之。

［注5］得胜惠连(William I the Conqueror)本为脑门豆(Normandy)公;1066年,败英王哈罗而(Harold)于黑士汀(Hasting),遂征服全英,称英王。

［注6］脑门豆人(Normans)惠连以脑门豆人入主英国,恐英人(即撒克逊人)不服,故极力扶植脑门豆人之势力以防反侧。

［注7］爱得哇第三(Edward Ⅲ)1327年即位,乃亨利第三之曾孙。李却第一死后,其弟约翰继为英王,约翰之后为亨利第三,亨利第三之后为爱德哇第一,第二以至第三,盖去李却第一之时,已一百余年矣。

［注8］"斯汪"即Swine之音译,撒克逊语"猪"也。

［注9］"泡克"即Pork之音译。

［注10］"沃克斯"即Ox之音译。

［注11］"彼夫"即Beef之音译。

［注12］"加夫"即Calf之音译。

［注13］"雾"即Veau之音译。

［注14］雷极那德(Reginald Front-de Boeuf)脑门豆人,时为约翰亲王之党羽。

［注15］十字军(Crusades)起于11世纪末,至13世纪后半告终,目的在夺回巴勒士丁(Palestine)于土耳其人之手,西欧之基督教国家皆选派战士组织联军,规模至为宏大。然八次兴师,都无功而还。军中兵士皆佩十字章,以

故名为十字军。

[注16]腓力(Philip Malvoisin),脑门豆人,亦约翰亲王党羽。

[注17]进香客(Pilgrims),17世纪时,欧洲各国之基督教徒以能躬至巴勒斯丁谒圣陵(即耶稣之墓)为殊荣,多不辞跋涉之苦冒险而往,人称之曰进香客(或译作巡礼者)。

〔解说〕

"司各德是第一个成功的历史小说家。两千年来,有过许多文人试做历史小说,但是总没有人完全成功;他们所做的,只是些类似中古的传奇小说(Romance,以描写骑士精神为主)的东西。结构是不精密的,事实不是直抄正史,便是向壁虚造。司各德运用18世纪的进步的治史学的方法,把古代正史的记载、俗歌(Ballad)的逸事,用想像的绳索贯串起来,又披上了近代小说的精密结构的外衣,于是遂建立了历史小说的模范。司各德的伟大的基础,就建筑在他的历史小说上。

"司各德当描写时,惯用的方法是:人物第一次上场时,就给读者一个详细的描写——有时长至数千言,使这个人物的声音笑貌思想品性均于一时内集中地印入读者脑筋;经过了这次最初的原原本本的介绍以后,司各德就觉得自己的责任已毕,以后就不大留意到这方面了。"这个描写人物的方法,称之为"总介绍"。本篇里作者所描写的人物,便可以证明。本篇的题名是编者加上的,阅者欲窥全豹,可看《撒克逊劫后英雄略》(有沈雁冰的校注本,商务印书馆出版)的原书。

失　业

［法国］左拉　作　　刘复　译

一

这一天早晨,工人们进了工厂,一看四面都是冷冰冰的、黑沉沉的,像是充满了毁灭的悲哀。工厂深处,那一座机器已经哑着[注1],伸着它的瘦瘦的臂膀,它的轮子是静止着。它现在已把苦闷安置在这间屋子里。在平时,只要它一呼吸,一摇动,就使得全屋子的人勃勃有生气,使得那因勇于做事而粗豪的巨灵的心跳动着。

厂主从他那小房间里走了出来,带着愁苦的容颜向工人们说:

"我的孩子们,今天没有工做了。……定货的信没有得来,来的都是退货的信,我只能尽着把存货敷衍了再说。在往年,这十二月是靠得住的买卖最好的一个月,今年可不同了,连最殷实厂家,也有倒闭的恐慌了。……无可如何,只得完全停顿。"

他眼看得工人们你看着我,我看着你,面上都带着一种马上要回家的恐慌,兼之以明天要挨饿的恐慌,他就用一种更低的声调往下说:

"我也并不快活,我向你们老实说。……我的地位也很可怕,或者比你们的地位更可怕一点。在一礼拜之内,我已赔折了五万法郎。我今天把工作停止,怕的是不要把乱子愈闹愈大了。我现在连一个铜子也没有,回头十五号到期的债务,不知道怎样对付了才好。……你瞧,我把你们看作朋友一样。老老实实地说话,半点也没有隐瞒。说不定就是明天吧,债务公堂的执行吏就要到我这里来了。其实,这也并不是我们的过错,你们说是不是呢?我们已经奋斗到底。我很想帮助你们,挨过这样的一个年头。可是,现在是完了。我已经跌到了地,再没有面包可以分给别人了。"

说着,他伸出手来,工人们也默默地伸出手去与他拉着。他们在工厂里停留了几分钟,眼看得工作的器械都已没了用,自己有了拳头只能空握着。在别天,天一亮,锉刀就呜呜地唱歌,槌子就镗镗地点板,现在是一切都在破产的灰尘之中睡着了。这已判定了在下一个礼拜之内,就该有二三十家人家挨着饿。有几个女工,眼眶中都垂下眼泪来。男工们比较镇静些,他们自以为有勇气,他们说:在巴黎总不会饿死。

于是厂主向工人们作别了。工人们看见他回身进去的时候,他的背已在一礼拜之内伛偻得许多了:这亦许是他受了一种很重大的不幸的压迫,还远出于自己的意料之外吧。

于是工人们一个一个地退出,一个一个都是呼吸停绝了,喉咙间是锁结着,心是冷着,像是从一间死人的屋子里走出去的一样。那死人——就是那工作,就是那哑着的大机器——它的尸骨正横躺在那不祥的幽影里。

二

工人到了外边了,到了街上了,到了街旁的走道之上了。他在走道之上走了一礼拜,也没有能找到半点的工。他挨门逐户地问:愿意做粗工,愿意做细工,愿意做不论什么事业中的不论什么工,愿意做最重的重工,愿意做最苦的苦工,愿意做最不顾性命的工,而人家的门,总是闭着。

甚至于这工人愿意做半价的工,而人家的门,还仍是闭着。人家不要他,他就什么工都无从做起了。这就是失业,就是那可怕的替贫民小户敲报丧钟的失业。于是一切工业,都给这突来的恐怖停止了;而钱呢,那卑劣的钱呢,也就自己躲藏起来了。

过了一礼拜,什么都完了,这工人已经经过了最高的尝试,结果还是空着手,慢慢地走回去,在憔悴悲楚之中,天上正下着雨。这样的一个夜晚,一座巴黎城,看上去就像烂泥中出殡的景象一样,他在大雨中走着,自己也全不觉得有雨,耳中所听见的,只是自己的饥肠呜呜地叫;有时停止一下,也只是为着要慢一点儿到家。他倚靠在塞因河[注2]边的一个石栏上站着,河里的大水,正在翻湍着,激成一片远长的声音;白色的水沫,正在不绝地反涌:涌到了一座桥的桩脚上,就冲碎了。他靠着石栏站了一会,眼看得一股急大的水流,冲着打他面前过去,像是对他忿忿地呼号了一声。于是他自己向自己说:这样耽延着不敢回去,总不免太卑劣吧!说罢,他就走了。

一会儿,雨停了。珠宝铺子的玻璃窗里,点着雪亮的煤气灯。要是他能跑上前去打碎一块玻璃的话,他只消手一抓,就可以抓得到好多年的面包了。各饭馆的厨房里,都点起了灯,而且,隔着一层白纱布的窗帘,可以看得见食堂中正有许多人在那里吃着。他放开了步子急急地走,重新从巴黎走向郊外去,一路经过了许多的熏肉铺、猪肉铺、点心铺,经过了那贪吃美食的,到了饥饿的时刻就要夸张富有的巴黎的全体。

早晨,他的妻和他的小女儿都哭着,他答应她们,说到了晚上总可以有得面包的了。在天没有黑以前,他再也不敢回去说这样的一句话仍旧是骗骗她们的。现在,他一路走着,一路自己问着自己:到回家之后,还有什么话说可以叫她们再忍耐忍耐呢?而且,实在也不能再饿了。他自己呢,试试还很可以,女人和小孩,可太瘦弱了。

一会儿,他转着了个求乞的念头。可是,每当有什么先生或太太走过他身旁的时候,他梦想着要伸出手去,他的臂膀忽地挺得笔直,再也举不起来;他的喉咙也不知不觉锁结住了。他呆呆地直立在走道上,过路人必须闪身避他,看了他那饥饿得伧野的脸色,还当他是喝醉酒呢。

三

他的妻已经走下了楼到了门口,她那小的已经睡着,掉在楼上。她已经饿得削瘦,穿的是一件印花布的衣服,她在街上的冰冷的空气中瑟瑟地抖。

屋子里已经什么都没有，什么都已拿到了当铺里去。整一礼拜的没有工做，也就够得把一家人家闹空了。昨天，她已把床垫上拆下来的羊毛的最后一握，卖给了一个收旧货的，床垫架子也已卖去，现在所余下的只是一块布，她把它张挂在窗口挡风，为的是她那小的咳嗽得很厉害。

她没有告诉男人，早就要想在她自己一方面想些法。可是，这失业给与女人们的打击，比给与男人们的更厉害。便就同居的说，已就有许多不幸的女人，她每天晚上，可以听得见她们的呜咽饮泣。她也曾碰到了一个，痴呆呆地站在走道的转角上；又有一个是死了；又有一个是失了踪了。

她，幸而有的是一个好人儿，一个不喝酒的好丈夫。要是这要命的年头剥害不到他们身上来，他们也尽可以安安乐乐地过活。现在是，连所有的欠账的信用都破坏完了：面包铺里也欠下了账，杂粮铺里也欠下了账，蔬果铺里也欠下了账，害得她连铺子的门口都不敢走。今天下午，她到她姊妹家里去，想要向她移借一个法郎。不料她一看那边的景况，也同她自己家里一样的悲凄，她就禁不得哭将起来了。于是，一句话也没有得说，她与她姊妹，两个人哭作了一团，哭了好久一会。到临走时，她答应她姊妹，说要是她丈夫能带点儿什么东西回来，就给她送一块面包过去。

她丈夫没有回来，天上可下起雨来了。可是，她还不回去，只是在门框下等着。大点子的雨，直向她的脚上波溅；轻小的雨花，透过了她的单薄的衣裳往里直钻。有时候，她觉得不耐烦了，也就顾不得有雨，走出门去，直到街的尽头，要看一看她所等而没有看见的一个人，是不是已经到了远处的堤岸上了。到她回来时，身上已完全湿透，她把手抹去了些头发上的水，仍旧耐着心等着：身上是一阵阵的，被发热的抖动摇撼着。

路上来来往往的行人都紧靠着她身旁走过。她把身体缩敛得米小米小的，免得碰着了别人。有许多男人正对着她的脸直看，她有时还可以觉着一阵阵的热的气息，从她的颈项上擦过。好像是全巴黎都已经恶化了：它的道路、它的泥泞、它的水光、它的车辆的转动，似乎都要抓起她来投到水沟里去。它饿着；她已成了个无可告诉的人。在她对面，她看见了一个面包司务，她因此不禁又想到了楼上睡着的小的了。

后来，她终于看见她丈夫回来了。他沿着人家的屋边一路走来，一跛一拐的，像是个无赖汉，她慌忙地投上前去，急切地向他看着，格格不吐地问：

"怎么样？"

他，没有回答，只是低下了头。她就回身转去，打头跑上楼来，面色白得像死人一样。

四

楼上的那小的已经不睡了。她已经醒了，正对着那桌子角上的一段垂灭的蜡烛梦想着。她只是个七岁的小孩，也不知道是经过了什么样的妖异的或伤心的事实，使她的脸上刻上许多烙刑般的很严重的皱纹,像已经老大的女人一样。

她坐在一只给她当床睡的木箱的边上。她的脚是赤着、垂着、颤抖着。她的病态的小手,捧住了她胸前所遮盖的一些破布。她觉得胸口正在烧炙着,像是有个火在那里,她很愿意把它灭去了。

她梦梦地想着。

她从来没有拿到过什么玩物。她也不能到学校里去,因为她没有鞋子。她记得在她更小的时候,她母亲曾带她到有阳光的地方去玩过,现在是这地方离开得太远了。也曾有过要搬家的话,可是不久,她就觉得有一股冰也似的冷气,在屋子里吹嘘着。她从此再没有满意的时候;她老是饿着。

她好像是位置在什么个深的东西里面渐渐地往下降,自己却不懂得是什么缘故。难道是大家都要饿的吗?她也曾试过,要想饿惯了就不饿,可是做不到。她想,她太小了,必须长大了才能明白。她母亲,那当然是知道的,只是隐藏着不肯告诉小孩罢了。要是她敢问,她也就要问她:是谁把你安放到这样的一个世界里来叫你挨饿的呢?

而且,屋子里是多么的难看啊!她看着窗口,那一块从床垫上拆下来的布,正在拍拍地扇打着;墙垫上是光光的,家具是跛欹的,这一间顶楼中所有的一切,都给失业的劫运糟蹋得充满了耻辱。在她的蒙昧之中,她似乎做着了一个梦,住的是温暖的房子,房子里有的是鲜明的家具。她重新合上了眼,要想追寻这样的一个梦。蜡烛的微光,透过了她的薄薄的眼皮,幻成了一个金黄色的大光明环。她想走向里面去,忽地来了一阵风,从窗洞里吹进一股冷气,使她重新咳起嗽来。她两眼中充满了眼泪。

从前,她父母把她独自一个人掉在屋子里的时候,她很害怕;现在呢,她不怕了。怕与不怕,在她已经是一样的了。因为自从昨天起就没有得吃过,所以她当她母亲是下楼去买面包的。这样一转念,她就快乐了。她想:她可以把她的面包撕做米小米小[注3]的一块一块,她可以慢慢地一块一块地吃,她可以把面包当作玩物。

母亲回来了,父亲也接着回来,在后面关上了门。她对着他们俩的手看着,心里非常奇怪。她看见他们俩什么话都不说;停了好一会,她就用一种唱歌似的音调,重提这样的一句话:

"我饿啊,我饿啊。"

她父亲闪在屋角的幽暗处,两手捧着了头。他停留在那里,动也不动的,像是被什么东西制伏着,只是两个肩膀,时时被他那粗拙的,寂静的呜咽,一阵阵地摇撼着。她母亲,抑住了眼泪,走来料理小孩重新睡下。她把屋子里所有的衣服一起给她盖上,向她说:乖点儿吧,睡着吧。可是那孩子,冻是冻得上下牙齿格格地相打,胸口的烧炙,也愈加厉害,忽然转变出一种勇猛的神情来。她一把吊住了她母亲的颈项,接着是轻轻地问:

"妈妈,说呢,我们为什么要饿?"

〔作者〕

左拉(Émile Zola,1840—1902),生长法国巴黎,幼年丧父,备尝艰苦。十八岁时,赴法国南部,入马宾某学校读书,翌年转入巴黎圣路易学校,中途退学。1862年，年二十二岁，受巴黎出版书肆哈赛脱之雇，充当店员，在店务之暇，试作短篇小说，到几种新闻杂志去投稿。他的出名，在杰作《罗康玛克尔丛书》（二十卷长篇小说）出世之后。此外尚有《三都故事》(Les Trois Villes)》,《多产》《劳动》《真理》《正义》（合称《四福音全书》Les Quatre Évangiles）。可惜《正义》一作，还没有完成，便于1902年9月29日，中火炉中的煤气毒死了。

〔注释〕

［注1］工厂停工，机器不动，所以说"哑着"。

［注2］或译作色那河，源出法国东境，西北流，注入英吉利海峡，长四七〇哩。

［注3］极小极小的意思。

〔解说〕

作者是法国自然主义的巨擘，他自己说："我创作小说的时候，第一的着力点是表示作中主人公的性格。为着要写出这种性格，我仔细地考察主人公的气质、家庭、感化、环境，及研究主人公接近的人物的性质、习惯、职业、境遇等项。我譬如要描写剧场的光景和菜馆的状况时，我为着要充分地知道这种地方的实状，亲自到实地去观察。不论什么细小的事情，因为我绝对地相信事物的发生，一定有自然的必然的路径，所以我极力地研究因人物的性格环境而产生的结果。关于这一点，我好像从极微细的线索，而探求出极重大的犯罪的侦探一样。"这一段话是作者说明自己的著作的态度，同时也可移作"自然主义"的解释。《失业》这一篇，并非他的代表作品，但那种客观的态度，与异于性欲描写的题材，是值得注意的。

软项圈[注1]

[法国]莫泊三 作　李青崖 译

1.伊从前是那些秀丽娇冶,而仿佛被造物所弄,以致降生于小官僚家的女儿们中的一个。既无奁资,复鲜希望,可以说是没有遇到一个方法,使豪而出群的男子知伊、爱伊、娶伊,于是伊只得任凭一位教育部的小办事员与伊行了结婚礼。

2.伊这时不能注意修饰,淡泊自居,但是自伤薄命,仿佛是一个降了阶级的妇女似的,因为妇女们本来绝对没有固定的阶级和血统的分别,伊们的容貌,伊们的风致和伊们的姿趣,都能给伊们做身分和家庭的供给。伊们的自然的机敏,伊们的都雅的良能,伊们的性灵的柔顺,都是伊们的唯一阶级,而能使平民的女儿和最贵的妇人立于相等的地位。

3.伊自以为是为着一切的纤巧和一切的豪华而生,不住地感受痛苦。伊对于伊住宅的卑陋、墙壁的寒尘[注2]、坐椅的破烂、衣料的粗劣,无处不以为耻。这些在一个和伊同阶级的妇人或者不曾瞧见的东西,竟使伊呻吟愤怒。尤其那在伊家中服务之女工白芮敦的面目,给伊唤醒那些忧愁的遗憾和狂乱的梦魇。伊思念几间壁上张着东洋织品而檠上点着紫铜高灯的前厢和两个身穿短腿白袜倒在宽大的躺椅上而被火炉温度引起瞌睡的伟壮男仆。伊思念几间幕着古锦的大客厅,几件嵌着高不可攀的贵族勋徽的家具和几间精美芬芳而专供一切妇女们所需要而注意的最密之朋友,深知之男子,在午后五时谈心之用的小客厅。

4. 伊午餐对着这张铺了三天未洗的桌布的圆桌和伊的瞧见羹盂而欣然说道:"伊!好的肉羹,我不曾知道比这还要好吃的东西……"的丈夫坐下时,伊便思念到华筵、宝光耀目的银盘金盏和那种织了古代的人物宫室和集在琼林中的珍禽的桌毡;伊思念到那用精良器具所盛的盛馔和一面从容咀嚼鲈鱼或鹧鸪而一面带着仙女的微笑所谈所听的殷勤软语。

5. 伊没有衣饰,没有珠宝,一点也没有。然而伊却只爱这些,伊自以为是为着这些而生的。伊以前何等渴想娱乐,渴想被人欣羡,渴想被人引诱而被人寻觅!

6. 伊有一位富家的女友,一位伊不愿意再去拜访的女同学,伊拜访伊而回家时异常感着难受,并且更因为伤感、悲憾、失望和烦闷而哭泣多日。

7. 有一天夜晚,伊丈夫带着满面的笑容归家,手中拿着一个大的信套。

8. "你瞧,"他说,"这儿有一点给你的东西。"

9. 伊活泼地将信套拆开,并且从中拿出一张印刷好了的请客的

卡片,上载着这几个字:

10."教育总长及其妻朗朋洛夫人邀请罗塞尔先生及其夫人于一月十八日星期一光降教育部衙门夜宴。"

11. 谁知伊的动作,却和伊丈夫所预料的兴高采烈相反,伊将请帖愤然向桌上扔去一面口中喃喃地说:

12."你教我怎样对付这件事呢?"

13."但是,我的亲爱的,我一直以为你一定是乐意的。你从不出外,而这件事是一个机会,这件事,一个最好的机会!我费了许多的事才得到这请帖。大家都想要它,因为这是很审慎的,而总长对于本部职员并不多发,你到那时,可以看见许多政界的人物。"

14. 伊怒气冲天地瞧着他,并且很焦躁地向他宣言:

15."你教我穿着什么到那边去呢?"

16. 他却不曾虑到这层,便支吾地说:

17."但是你穿了到戏院去的那件裙袍。我以为它是很可用的,在我……"

18. 他说到这儿,瞧着他妻子正在哭泣便停住了,惊讶了,张皇失措了。两颗晶莹的热泪,从容地从伊的眼角向口角而流,他吃吃着说:

19."你有些怎样?你有些怎样?"

20. 但是从一种强毅的力量,伊竟制止了伊的痛苦,于是伊拭着润湿了的双颊一面低声答道:

21."毫没有什么,仅仅我没有衣裳,于是结果我便不愿参与这宴会。你拿这请帖,送给你那有装饰比我好些的妻子的同事去吧。"

22. 他真着急了,于是他说:

23. "我们瞧吧,玛蒂尔德。这要值多少钱呢? 一套像样的衣裳,将来还可以供你在旁的机会使用,这是很简单的话。"

24. 伊考虑了几秒钟,安排伊的盘算,并且也思索一个可以不致引起节俭的办事员的直接拒绝和惊骇狂呼而伊能够要求的数目。

25. 末了,伊迟疑地回答:

26. "我不知道切实的数目,但是仿佛有了四百佛郎,我就可以办了。"

27. 他脸色略略变了灰白的了,因为他刚好保存了这个数目,为着购买一支猎枪预备于明年秋间逢着星期在南台尔的平原和几个朋友猎取竹鸡之用。

28. 然而他却说:

29. "可以。我给你四百佛郎。但是总要制一套好看的裙袍才好。"

30. 宴会的日子看看快到了,而罗塞尔夫人仿佛是愁闷的、不安的、忧郁的。然而衣裳却预备定当了。有一天夜晚,伊丈夫向伊说:

31. "你有些怎样,这两三天以来,你完全变了样子。"

32. 于是伊说:

33. "这真使我着急,没有一件珠宝,一颗宝石,什么也没有可以在我身上插戴的。总而言之,我仍然会带着寒尘味儿。我几乎情愿不赴这场夜宴。"

34. 他答道：

35. "你将来可以戴几朵鲜花。在这种时令，那是很漂亮的。花着十来个佛郎，你可以得到两三朵鲜艳无比的蔷薇。"

36. 伊一点也不信服。

37. "不然……世上再没有比带着寒尘味儿而跑到阔太太们伴中还要可羞的事。"

38. 她丈夫高声说道：

39. "你真是傻子！去找弗雷士洁夫人央求伊借些珠宝给你吧。为着这点儿事情，你和伊的联络是很够的。"

40. 伊欣然叫了一声。

41. "这真不错。我简直不曾想到这点。"

42. 第二天，伊便走到伊这女朋友家中，向伊述自己的困难。

43. 弗雷士洁夫人向着伊那张嵌了玻璃的大柜走去，取出一个大的保险手箱[注3]，将它打开而向罗塞尔夫人说：

44. "你挑选吧，我的亲爱的。"

45. 伊先看了一些手钏，随后一挂珍珠围条，随后一个威匿斯款式的金地而嵌了宝石的巧制十字架。伊将许多项圈在大镜之前挂着试验，简直不能决然舍去。于是不住地问道：

46. "你旁的什么也没有了吗？"

47. "谁说。你找吧。我不知道哪个能合你意思的东西。"

48. 伊陡然一下在一个黑缎制的盒子之内，发现了一个金刚钻镶成的软项圈，于是伊的心房竟从一种狂热而跳跃。伊双手抖抖擞擞取着这软项圈。伊将它向自己的项颈一扣,压着高领的裙袍,于是竟自行在出入神化的境界中了。

49. 随后,伊迟疑而愁闷地问道:

50. "我只要这一件,你能借给我吗?"

51. "自然是可以的。"

52. 于是伊跳起抱着伊朋友的项颈,发狂似的吻着,随后便拿了伊这"聚宝盆"[注4]走了。

53. 宴会的日期到了。罗塞尔夫人得了一个好的成绩,伊居然比全部女客都漂亮一些,华丽鲜妍,狂喜微笑。全部的男客都向伊注目,探听伊的姓名,寻觅和伊接见的方法。本部机要处秘书厅的人员都想和伊跳舞。总长也注意伊。

54. 伊醉也似的而奋励地跳舞着,伊竟在伊容仪的胜利之中,在伊成绩的光荣之中,在一种被这些异数、这些赞叹、这些妄想这个为着妇女们心田如此完善而温柔的优胜所造成的幸福之云烟之中,被快乐醉倒了,什么也不思念了。

55. 伊离会之时,已近午前四点钟光景。从半夜以来,伊丈夫一直和其他三位有热心跳舞的妻子的先生们,在一个冷冰冰的小客厅中睡熟了。

56. 他将他带来的衣裳,为着出门而向她肩上披下,这本是一些寻常生活的朴素衣裳,其寒尘正和跳舞会的衣饰的华丽绝对不能相容。伊早感觉了这一回事,于是便想奔逃,以免被那些旁的拥着轻装的女客们注意。

57.罗塞尔抓住伊的胳膊说:

58."等一会儿吧,你一定要被外面的寒气侵袭,我去找一乘轿车来。"

59.但是伊什么也不听从,迅速地从扶梯走下。他们走到街上之时,却找不到街车了,于是着手寻觅,向着他们看见的那些远远过去的车夫叫唤。

60.他们连失望带发抖而跑到塞因河的河沿了。末了,他们在码头上,找了一部我们在巴黎只有夜晚可以看见的旧式船车,这种车子,仿佛因为自己的寒尘味儿,在白天不免害羞而藏匿了。

61.这车子将他们载到他们的门前——殉教街,于是他们扫兴地登楼入室。在伊,这是完结了。然而他却盘算着,他应当在六点钟到部。

62.伊站立衣镜前,将那包着肩头的衣裳脱下。仔细向着自身的荣耀,再行端详一回。但是伊陡然狂叫一声,伊已经没有那围着项颈的软项圈了。

63.伊那位早已一半儿宽衣解带的丈夫问道:

64."你又想怎样?"

65.伊转身向着他,简直发痴了:

66."我已经……我已经……我失掉了弗雷士洁夫人的软项圈了。"

67.他立了起来,竟张皇失措了:

68."什么!……怎样!……这是不会有的事!"

69. 于是他们事袍裙在褶缝中、外套的楞缝中、衣袋中,四处都寻觅一遍。然而他们简直找不着那东西。

70. 他问道:

71. "你确实知道你离开跳舞场的时节还不曾失掉吗?"

72. "是的,我在部中的夹道内,还摸过那东西。"

73. "但是,倘若这东西是你在路上失掉了,我们应当听见掉下的声音。我想他应当在车子里面。"

74. "是的,这是许有的事。你记得车子的号码吗?"

75. "不。你呢,你没有瞧见吗?"

76. "没有。"

77. 他们气倒了,互相瞧着。末了罗塞尔将衣裳重新穿着停当。他说:

78. "我去将我们先头走过的路线,重新再走一回,看我是否可以寻着。"

79. 于是他出门去了,伊依然身穿夜宴的衣裳没有安寝的勇气,而在一张椅上躺下,炉中无火,而思虑亦复茫然。

80. 伊丈夫在七点钟光景归家。他什么也不曾找着。

81. 他为着悬一个赏格,走到警署,走到各报馆,走到各家小的车行,总而言之,一种怀疑的希望将他推着前进。

82. 伊在这相同的惊骇情形之中向着这可怕的奇祸整整等候一日。

83. 罗塞尔在傍晚时归家,形容枯槁,面目灰白;他什么也不曾发现。他说:

84."你应当写封信给你的朋友,说是软项圈的钮口坏了,而你正在着人修理,这便可以给我们多一点周转的光阴了。"

85. 伊照着他口中所念的默写了一封信。

86. 指一星期又过完了,他们始终失掉了一切的希望。

87. 罗塞尔竟像增加了五年的老态了,他宣言道:

88."我们应当准备赔偿这件首饰。"

89. 第二天,他们带着那个装项圈的盒子,照着盒子内部载出的招牌,去找那珠宝首饰店,掌柜拿出许多簿据查考着:

90."夫人,这软项圈从前不是由我出卖的,我那时只配了这盒子。"

91. 于是他们从这一家珠宝首饰店看到那一家,寻觅一个和那个项圈相同的物件,揣摩他们的回忆,他俩竟忧伤交集而病了。

92. 他们居然在王宫街的一家店里,寻了一挂金刚钻的念珠,他们觉得这东西和他们所寻觅的那件是完全相似的。这念珠价值四万佛郎,店中可以做三万六千让给他们。

93. 他们央求掌柜在三日之中,不要将这念珠卖掉。随后他们定了条件:倘若从前那一件在二月秒以前寻到,这一件可以交还店里而他们只收回三万四千佛郎。

94. 罗塞尔手头存着他父亲遗给他的一笔一万八千佛郎的款子,此外他却须借贷。

95. 他借贷了,向这一个要求一千佛郎[注5],那一个五百,从这儿五个鲁意[注6],从那儿三个,他出了许多手票[注7],定了许多可怕的借约,和放重利的做了些买卖,大概各色的放款者他都请教遍了。他误了他一生的结局,他贸贸然毫不知道顾恤而署他的姓名,并且他竟被那前途的忧愁钳制住,被那将要压在他身上的黑暗境界钳制住,被那精神的痛苦和物质的界限所生的远景钳制住,于是只好带着三万六千佛郎搁在那珠宝首饰店的柜上,而将新的软项圈取回。

96.罗塞尔夫人拿着这个还给弗雷士洁夫人时,这一位露出不甚高兴的神情说:

97."你应当早一点还我,因为我从前等着使用。"

98.伊并不曾将盒子打开,这就是伊女友怀疑的事。倘若伊窥破了这种代替的办法,那么伊又当想到什么呢?又当说出什么呢?难道不会拿伊当作一个贼吗?

99.罗塞尔夫人尝到这缺乏日用的苦生活了,并且陡然地毅然决然而定了主意。这可骇的债务是应当偿还的。伊筹划偿还,于是他们辞退了女工,换了住宅,而在一个屋顶上租了一间屋阁。

100.伊尝到家务上的粗陋工作和厨房内的麻烦事情了。伊清洁盘碟,使用桃花一般的纤指,拂拭那些油渍了的锅釜。伊洗濯衣衫被褥和抹布,并且晾在一根长绳之上。每天早上,伊亲手将垃圾[注8]从楼上运下而送到门前,将需用的清水运到楼上,而在每经一层扶梯之后,必休息一回以调和发喘的气息。伊居然是贫民家小的派头了,亲手挽着篮子,走到油货店杂货店肉店争论价格,极力防护伊那可怜的钱财,而一个铜元一个铜元地计较。

101.每月,他们应当付清一些手票,有些还得转期而延长时日。

102.当家的傍晚回来,做核对一个商人的簿据的工作,而在夜餐之后,还时常抄写那五个铜元一面的书。

103. 这样的生活,整整地熬了十年。

104. 十年的光阴完了,他们居然将重利和复利的盘剥,全部对付清楚了,全部!

105. 罗塞尔夫人现在仿佛是老了。伊成了一个肥健刚强的小家妇人,伊破裙、红手、发髻蓬松、高声谈论、洗濯家中的地板。有时伊丈夫办公去了,伊靠着窗口坐下,于是默忆往年的那场夜宴,那次伊曾经显过那样华美而那样愉快的态度的跳舞会。

106. 倘若伊不曾失掉那软项圈,可以得着什么境遇呢?谁知道呢?谁知道呢?生活真是奇特的、变幻的!真是只要稍许一点儿东西就可以害你或者救你!

107. 有一个星期日,伊为着消除这星期中琐务的劳瘵,便到尚塞礼随公园兜一个圈子,忽然伊瞧见一个带着小孩散步的妇人。这正是弗雷士洁夫人,伊永远是年少的、美丽的、惹人爱的。

108. 罗塞尔夫人很觉受了感动了,去和伊说话吗?是的,一定如此。并且,伊现在还过账了,伊可以向伊和盘托出了,为什么不呢?

109. 伊走向前去。

110. "约□,早安。"

111. 那一位却竟不认识伊了,瞧着自己被这个中等人家的妇人这样亲热地称呼,不免诧异。伊支吾地说:

112. "但是……夫人!……您大概误会了。"

113. "没有。我是罗塞尔玛蒂尔德。"

114. 伊的女友狂呼一声：

115. "怎么！我的可怜的玛蒂尔德，你真是变了样子了。"

116. "是的，自从我不曾和你会面以后，我过了许多窘的日子；并且还有许多困苦，而这是由你造成的。"

117. "由我吗……这是怎样一回事？"

118. "你对于你从前借给我到部中赴宴的那个软项圈，想必记忆得很清楚。"

119. "是的，那么怎样呢？"

120. "怎样，我那时将那件东西丢掉了。"

121. "怎样！然而你却早将它还给我了。"

122. "我那时另外拿一件完全相同的还给你。于是我们一径化了十年的光阴才付清这东西的代价。你一定知道这事在我们一无所有的人是不容易的……结果，已经结束了，于是我十分愉快。"

123. 弗雷士洁夫人愣了一下。随后便说：

124. "你不是说你买了一个金刚钻镶的来赔偿我那一个吗？"

125. "是的。你那时不曾看破，可不是吗？这两件东西原来是完全相同的。"

126. 于是伊露着天真烂漫而傲然自得的喜悦而微笑。

127. 弗雷士洁夫人很感动了，握着伊的两手说道：

128. "唉！我的可怜的玛蒂尔德！但我那一个并不是真金刚钻的。它顶多不地值得五百佛郎！……"

（选自《莫泊三短篇小说集》，商务版）

〔作者〕

莫泊三(Guy de Maupassant,1850—1893)是法国写实主义作家。三十岁时(即1880年)作《羊脂球》(*Boule de Suif*)一跃而为文坛的健将。他于1893年逝世,在文坛的活动的时期,不过十年。在这十年之中,他著了可惊的多数的作品。所作长篇有《一生》(1883年)、《漂亮朋友》(1885年)、《蒙脱里儿》(1887年)、《皮儿与琼》(1888年)、《和死一般的强》(1889年)、《人心》(1890年)等六种。短篇则有三百左右。因为不断的努力和非常深入的人生观的态度,使他的健康受了很大的影响。1892年突然发狂,移入狂人院,于翌年7月3日逝世。

〔注释〕

[注1]原文作La Parure,或译作"颈饰"。在本篇里,是"一个金刚钻镶成的软项圈"。

[注2]意同"寒伧",这里有破败之意。

[注3]妇女装首饰的小箱。

[注4]宝物之意。

[注5][注6]均法国币名。

[注7]付款的票据。

[注8]俗称尘土秽积曰"垃圾"。

〔解说〕

本文是莫泊三的代表作,为近代短篇小说的典型。因此之故,编者特在本文的每一小节里面,注明数字,试作精细地分析(下面1、2、3……的说明,请阅者与本文的 1、2、3……的小节对照)。

1. 冒头就描写主要人物罗塞尔夫人的"性格"。

2. 作者发抒他的女性观。

3. 精细的描写,有绘画的要素。

4. 更补足主要人物的不满足。

5. 冒头的总结。主要危机的起因。

6. 用实例描写性格。

7. 第一次的主要事件。

8—10 同上。

12—15 以下,为表示主要人物的性格的对话。

22. 事件逐渐展开。

24. 又写主要人物的性格。

27. 写"本地风光"(Local Colar)。

33. 主要危机的基础。

39. 接近主要危机。与第六节参照。

42. 第二次的主要事件。

43. 最经济的描写方法,省略了许多空泛的描写,压缩成为这两行。

45. 性格描写的展开。

48. 作者要故意使看小说的人吃惊,故这里的描写有欺瞒阅者之嫌,看第 128 节。

52. 渐与主要危机接近。

53. 第三的主要事件。

55. 第四的主要事件。

59. 主要危机的准备。

60. "本地风光"。

61. 直到这里才说出主要人物的住所。

62—88,主要危机来了。

64 以下至79,情绪的表现。

89. 第五的主要事件。

92. 第六的主要事件。

95. 主要危机描写至此终结。

95 至 96 之间的描写是极精细的。

97. 第七的主要事件。

99. 写主要人物性格的变化。

100. 试以此节的描写与主要人物从前的性格对照。

102. 使主要危机再作一总结束,用单纯而有力的表现法。

105. 主要危机的结果。如此而已。

106. 作者的印象。

107. 第八的主要事件。将达到"最高点"(Climax)。

109. 陡然地转向"最高点"。

128. "最高点""结尾"。

〔习题〕

以本篇的解说为例,试分析以后的 7—11 各篇作品。

乡　愁

[日本]加藤武雄　作　　周作人　译

　　伊虽然是一个颜色浅黑，身体矮小，没有什么出色地方的小孩，但是那种急口说话的样子，有说不出的可爱。伊名叫芳子（Yoshiko）大家却都叫作芳姑儿（Yokkochan），那对门的芳姑儿斜对门的里姑儿（Atokochan）——本名是里子（Satoko）——同我们家里的凸哥儿[注1]都是同年同月生的。三个年青的母亲，各自抱了一个小孩，聚会在横街的电线柱的底下，互相称赞，或是互相抚弄同伴的小孩，常是这样很亲密地谈讲，过了傍晚的半个时间。

　　一人说："我家里的——"别一人便说："我们的是——"年青的母亲们的兴味，差不多全注在他们最初的收获——他们怀抱中的小小的人的身上了。互相谦逊的言语里面，不免各含有一种竞争的心思。"对门的芳姑儿听说已经能够爬了，这个孩子还不能坐呢。"或者又说："我家的凸哥儿也须给他买一件同里哥儿一样的外套才好。"妻平常便只是说着这样的话。

　　但是芳姑儿正将周岁的时候，伊的母亲得了急病，死了。芳姑儿的父亲,穿着黄色的军衣,挂着刀,每日在炮兵工厂办事,是一个军人风的朴讷寡言的人,便是相见招呼的时候,也要张皇红了脸的,我对于他觉得很是欢喜。但因为他是这样的人——我也原是这样的一个人——所以大家虽然早晚见面,也不过真是形式上的招呼,可以称得"交际"的往来却是不曾有过。他的爱妻死后,他的那种非常伤心,没有元气[注2]的青白的脸色,我虽然看了十分感伤,只是胸中一腔的同情,终于没有对他发表的机会。

"芳姑儿真可怜呢。家里的凸哥儿无论怎样,总还是幸福的——这样两亲都完全在这里。"妻很兴奋地说。芳姑儿的家里,来了一个三十五六岁的,和芳姑儿的父亲仿佛同年纪的乳母,替代母亲的事情。这乳母是一个颧骨突出,口边宽懈,讲话也很散漫的下品的女人。

"可是,那个乳母仿佛人倒很好呢。伊照管芳姑儿也很用心呢。"妻对我说。

"或者不如早点续娶了,岂不是好。在此刻,芳姑儿也就容易熟习了吧。"

"但是",妻说是从乳母那里听来的,芳姑儿的父亲说:"十六岁的时候娶了来以后,十年间使伊尝了种种的辛苦,所以不能将伊忘记,而且想到芳子的事,也就无论怎样不能引起再娶后妻的心了。"他对了乳母,这样恳切陈述他的胸怀。我在空中描出芳姑儿母亲的姿态——虽然缺乏爱娇,但是容貌端正,服装也很整饬,常常梳着光泽的丸髻[注3],很整齐地穿着长的外衣(Shoseibaori)——也不禁替芳姑儿的父亲伤心,而且对于乳母笑着对妻所说的"家里的主人倒也很能说他的痴情话(Noroké)呢!"这种下等话,又不禁起了憎恶了。

但是无母的儿也渐渐地长成起来了。芳姑儿里姑儿与我家的凸哥儿一齐都长到三岁,长到四岁了。这"山手"地方的邸宅街[注4]内的树荫浓深而且寂静的横街里,可爱的童话的世界就开始了。三个小孩平常总是很和睦地一同游戏着。有时候路上画着白粉的圆圈或三角形,涂红的橡皮球动转着,或是玩具的电车遗忘在那里。

芳姑儿的衣服,平常很整齐,可以见得父亲的爱与注意很是周到。伊的衣服与玩具,比家里的凸哥儿与里姑儿,差不多还要华丽丰富。但是——这或者是我们这样想的缘故,也未可知——芳姑儿的神气不知怎的总有点寂寞无聊的地方。伊急口地很会讲话,又高声地笑,在三个人中间是最热闹的小孩,但时常忽然地沉默了,现出忧郁模样。三个人都用了单句谈着天,在院子里弄泥土,或是什么游戏。里姑儿的口气最是豪爽,有大人的情形;芳姑儿最多话,照例是急急忙忙的,仿佛是拾起了又倾出,拾起了又倾出的一般,[注5]急口讲说;凸哥儿毕竟是个男孩子,用了含着有压迫的威严的言语,只是在那里发威呢。我心里微笑,时常听着他们的话,机械地做着著述的工作。忽然注意地听,芳姑儿的声音没有了,等了许久还没有,心想"这可奇了",开了纸窗去看,芳姑儿离开了他们二人,独自阴沉沉地立着。

"怎么了?你们不是欺侮了芳姑儿吗?"我这样问。里姑儿与凸哥儿一齐说:"不!"用力地摇头。

"你们好好地和芳姑儿一同去玩去!"我说。他们二人用了小孩们的慰藉方法,想将芳姑儿的精神振作起来,但伊总是很忧郁颓唐的样子。就是在这个小小的灵魂里,也已经有人间的寂寞,很固执地附着在里面了。我无端地心里觉得感伤,便对他们说:

"凸哥儿和里姑儿好好地同芳姑儿去玩耍,因为芳姑儿的母亲是没有了。"

我的办事的地方没有一定时间,但大抵下午五点钟总回来了。里姑儿的父亲差不多同我一样的时间也回家来。只有芳姑儿的父亲回来最迟。里姑儿与凸哥儿等到他们的父亲回家。大抵就都叫回家吃饭去了。这时候,芳姑儿总是一个人留在后面。

"芳姑儿进来吧!"乳母虽然叫伊,芳姑儿却仍然不回家去,独自一个人在那里唱着什么歌。这孤寂的歌声从窗间进来,落在我们的食桌上,这时候再没有别的事物更能使我们感着无母之儿的悲哀的了。过了一会,听得"父亲!"这一声进跃的呼声,重而且懒的靴声中间,夹着小小的足音,随后便是"戛"的开门的声响。

"唉,芳姑儿的父亲回来了!"妻这样说,脸上仿佛现出"这可好了"的种意思。

芳姑儿五岁的那个春天,芳姑儿的家迁移到同一区内却相离颇远的 A 街去了。随后便有新婚少年夫妇的快乐家庭,搬来住下了。

同年同月地方出生的,又同是将这横街当作世界,每日在一处唱歌游玩过活的三个人中间,那个别离——人间的一切悲哀的根源的别离,终于到了。在里姑儿与凸哥儿一方面,这最初的别离,确也是他们的最初的悲哀了。三个人变了两个人了;两个人虽然仍是和睦地游玩着,但也似乎时时想起芳姑儿的事情来。

"好吧!我会到芳姑儿那里去游玩去的——"里姑儿和凸哥儿争闹的时候,常常这样说。

"芳姑儿到哪里去了呢?"凸哥儿也很寂寞似的这样问。

大约经过了二十日,两个人差不多已经忘记了芳姑儿事情的时候。一天是礼拜日,芳姑儿同了乳母,来访他们了。

"里姑儿!贤哥儿!"芳姑儿这样交互地叫唤着,小雀儿一般的高兴,玩耍了二小时光景,这才回去了。两个人也各自拿出新买的玩具来,很亲热地款待芳姑儿。乳母将芳姑儿每日只是说要到里姑儿那里去,到贤哥儿那里去的事,在现今的家里总是不惯,只是说:"回家去吧,回家去吧!"[注6]很令大人们为难的事,都说给我们听了。我想着芳姑儿的小小的乡愁,觉得几乎要含泪了。乳母又说,本想辞了回去,因为这个小孩很是可怜,所以不能脱身。曾听得有人说乳母实在已经扶正,变了芳姑儿的母亲了;但我却不相信,实际上也好像没有这样的事。我虽然觉得这乳母是粗俗的可厌的女人,但如妻所说的话一样,心里却是一个很好的人。

这回以后,芳姑儿又来玩了两三次,每次都很高兴地游玩了,这才回去。乳母告诉我们,才走进横街口的时候,芳姑儿便大声地"贤哥儿,里姑儿"地叫起来了。

"那边虽然也有朋友,但是无论怎样似乎总不能忘记你家的贤哥儿和里姑儿——"乳母笑着说。

最终的一次,芳姑儿来的时候,里姑儿在三日以前说往外婆家去,早已出门了,便是贤哥儿也凑巧正同母亲上街去了。

芳姑儿很孤寂似的,仿佛将要哭出来的样子,暂时立在栅栏门的外边,后来经乳母的劝慰,才懒懒地回去了,当作赠品带来的三个大而且红的苹果,留在门口的台上。

我们得到信息,说芳姑儿得了急性肺炎,只病了一天便死去了,这是二十多天以后的事了。

"芳姑儿终于到母亲那里去了。"妻叹息着说,"父亲还不知怎样的颓丧呢!"

"唔——"我的心里也被深深的忧郁锁住了。

后来妻在街上遇见乳母,听哭着告诉伊说——说到父亲的颓丧,真是不忍见他,每到傍晚,听后没有气力的靴声,随后是"戛"地开门的声音,心里想这是归来了,只是正做着事,放手不下,便不出去迎接。[注7]等了好久,却总不再听到别的声响。出去看时,只见主人坐在门口板台上面,[注8]两手捧着脸,俯伏在膝上,他大约连脱靴的勇气都没有了——

我听了这话,不觉眼泪流下来了。

里姑儿与凸哥儿仍然很和睦的,每日在一处游玩。二人都知道芳姑儿是"死了"。但是"死"这件事里所含的意味,他们是不知道,——不,有谁知道呢,我只想念着催逼着说"回家去吧!"的小小的魂灵的乡愁,而且觉得芳姑儿如今终于回到什么地方家里去了。

(选自《现代日本小说集》)

〔作者〕

见前篇。

〔注释〕

［注1］"凸哥儿"在日语读为 dekkobo，原意是前额突出的小儿，后来只当作一种亲爱的讳名。（译者注）

［注2］与"没有精神"同意。

［注3］同前篇第七注。

［注4］"山手"指东京本乡一带的高地，与深川等"下町"对称。"邸宅街"是本乡区片町及矢来一带名称，其地皆大家邸宅，别无店铺。（译者注）

［注5］这两句是写鱼口说话的情况。

［注6］"回家去吧！"是芳姑儿住不惯移居后的新家，想起以前所住惯的地方，所以如此说。

［注7］日本家庭的旧习惯，家主由外归宅时，妻子和仆佣必在门口迎接。

［注8］日本式住宅，入室处有板台，可以坐着脱靴。此处名叫"玄关"。

〔解说〕

日本作家加能作次郎批评本篇说：

"我所求于艺术的东西，一句话说来，是求助的感情。我想在这世间充满了辛苦烦恼，从我自身的经验上说来，也确是如此。我想到人生的苦恼，忍受不住他的伤痛，常常想对着或物祈祷，并且牵住了求他的救助；又想和无论什么人，只是同具这样心情的人，互握着手恸哭一番。这时候能够多少的救助我的心的，现在除了艺术更没有别的东西了。我用了这样的心情对待别人的艺术,也用了这样的心情自己去创作。……我读加藤的小说集《乡愁》,心想他可不是也用了同样的心情制作的吗?"

《乡愁》见小说集《乡愁》(1919)中,是他最有名的著作。中村白叶批评他说:"外国人如问现代日本作品中间,有什么可以翻译,我们有几篇可以立刻推举出去吗? 有一回,一个俄国的朋友问我的时候,我一时迷惑了不能回答,但是随即想到,有了,这就是加藤的一篇《乡愁》。我当时感觉对于日本与外国文坛全体负了责任,可以这样宣言。……这篇里贯彻的悲哀,就是纵横宇宙的,深深地贯彻人生的悲哀,无论是俄国,或是印度人,是太古的初民或是人类的远孙,这篇著作翻译了给他们看,都是无所不宜的。我也想能够写这样的作品,便是一生只写得一篇也满足了。"(以上借用译者注)

海 上

[西班牙] 伊白涅兹 作　　胡愈之 译

一

早晨两点光景，小屋门上有叩门的声音。

"安托尼！安托尼！"

安托尼从床上跳出来。叩门的是他教父、他的捕鱼伙伴，告诉他打算要开船了。

安托尼夜里只睡得片刻。十一点钟他还和他那穷苦的妻子露菲娜谈着他们的事，露菲娜睡在床里不住地摇头。事情再坏没有了。这样的夏天！在那年春天，地中海里，金枪鱼[注1]成群结队的也不知有多少，每天杀掉的至少也有五六千斤。[注2]金钱和上帝福音一般，个个人都赚到手了；譬如像安托尼一类的人，起初不过是个贫寒的水手，因为做这一门生意，暗下里赚了几个钱，居然也买得一艘船，用自己的资本，干这捕鱼的营生了。

于是这小小的海港里登时挤满了渔船。每天晚上，一大队的船只在港口停着锚,挤得黑压压的,几乎没有回旋的余地。船只增多了,可是鱼也渐渐地捉光了。

渔网提起来不是些海草,便是些小鱼——只配放在盆上的小鱼。那金枪鱼呢,今年都逃向别的路上去了,任凭是谁,都一条也没有捉到。

露菲娜见着这种情形,很有些担心。家里已没有钱了,他们欠着面包店的钱,欠着鞋匠的钱。西藕汤麦斯——是个退职的船主,他放了许多重利的债,向来在村里独霸一方的——还时刻催逼着,要他们还五十块钱(加上利子!)的债;这钱借了来是造那坚快的帆船的,为了这一艘船,安托尼把生平的积蓄都用空了。安托尼着好衣服,把他儿子唤醒,那儿子是九岁的撑船小孩,他跟着父亲到处做活,凡是成人所干的工作,他都干得的。

"盼望你们今天遇着好运道。"妇人从床里喃喃地说,"你们在厨房里去拿了伙食篮吧,昨天杂货店的人不肯赊东西给我。啊,上帝呵!做人不如做狗呵!"

"婆子,静些吧!海虽然坏,但是上帝也许照应我们的。这不过是昨天的事,有人寻见了一条金枪鱼,追了好多路;据人家说是一条大鱼,还不止六百斤呢。想想看,要是我们捉到了它!至少也卖得到七十块钱呢。"

那渔翁把一切打点好了,便一心想着那条大鱼,那鱼一定离了鱼群独自浮游的,那鱼群如上年一般,依着惯性回到别的水道上去了。

二

许多船只高耸着颠簸的桅杆,在黑暗中开行。甲板上许多水手的黑影,憧憧来往。桅杆的降落声,辘轳和绳索的回转声,夺破空中的沉寂。黑暗里张着帆布,正像好多幅的大幕。

村里的直街,直进到海岸,直街两边竖着许多白色的平房,这时候住的都是些公寓,他们都带了家眷从内地到海滨避暑来的。紧靠着码头竖着一所又大又怪难看的房屋,里面灯火通明,和烧着的火炉一般,光线从窗子里射到水面,闪着一条一条的波纹。

这是一个俱乐部。安托尼向这房屋恨恨地瞧了一眼。屋子里边的人怎么整夜地不睡觉呵。他们一定是在那里赌。假如叫他们天天清早起来,去赚活计,便怎么样呵!

"扯起帆来!扯起来!他们都已开船,只剩得我们了。"教父和安托尼拉着绳子,三角式的帆便缓缓升起来,饱涨着风,在空中颤动。

起先那船稳稳地驶过平静的海湾面上;随后浪头卷起来,那船便起首打侧。他们已经到了口外,离海岸很远了。

在他们前面,黑沉沉的无限的天空中,闪烁着无数星儿;他们周围,暗黑的海面上,一处一处的全是些船只,向远方隐去,恍惚是无数尖头的幽灵在水面溜着一般。

教父向地平线望着。

"安托尼,风色有点变了。"

"我也看出是这样。"

"我们要遇见风浪了。"

"我知道的。但是向前行去吧！我们总得赶上聚在大海里的那些船只。"

于是那船便——不向那靠住岸边的船只——仍把船头指着大海驶去。

天破晓了。红色凹陷的太阳，和一个大火漆印一般，在海面放射三角形的强光;海水便和火烧似的蒸腾起来。

安托尼把着舵，他的伙伴站在桅旁，那孩子立在船头，望着海水。船尾船栏挂了许多的钓线，一端系着鱼饵浸在水里，那钓线时时动着满提起来便是一条活泼的金光雪亮的鱼。可是都是些小鱼——没有别的。

时候便这样的过去。船向着前面一直驶去，渐渐侧转一边了，船身跳动着，甚至显出红色的船腹来，天气很暖，安托尼从舱面溜到舱底水柜里，喝了一点水。

到了十点钟，他们已经看不见陆地了。从船尾望去，只见远方别只船上的帆，好像白鱼的鳍一般。

教父嚷道："安托尼，怎样？我们可是到阿兰去不是？要是一路驶去仍旧没有鱼，我们便在此地还不是一样吗？"

安托尼转了舵，那船便变换方向，但并没向陆地驶去。

他说："现在我们吃些点心吧！教父，把伙食篮拿过来。鱼儿要是愿意来，他们自会得来的。"

三

风势愈猛了,船遇着大浪,不住地打侧。

小安托尼在船头叫道:"爷!一条大鱼!好大的鱼!一条金枪鱼!"

葱头和面头向船尾滚过来,他们两人急忙跑到船栏边去。

不错,确是一条金枪鱼,一条大腹猛力的鱼;渔父们纷纷传说的恐怕就是这一条了。那鱼猛力地游着,只是略缩着尾巴。他从船的一边游到那边,忽地沉下去,但不久又在水面现出来了。

安托尼喜得脸上发赤,便赶忙取了一条绳子投入海里,那绳子甲的钩有指头一般的粗。

海水颠簸起来,那船便侧到一边,恍惚一个大力的人在船底下拖着想把船翻转一般。甲板摆不定的,像是要和船底脱离关系,甲板上面的人都昏昏地乱滚,桅杆挡住饱满的帆,咯吱吱地响着。但是那船不久便稳定,仍旧恢复原状了。

那绳子起先很紧张,但立即松缓了。他们几个人拉着绳子,把鱼钩提到了水面;虽然钩子很粗大,可是已经折断了。

教父很忧郁地摇着头。

"安托尼,那畜生气力比我们更要大。由他去吧!我们只断了一只钩子,还算是运气呢。险些儿要把我们都送到海底里去了。"

船主人嚷道:"由他去吗?这恶鬼!你知道这东西能值多少呵?现在不是迟疑畏缩的时候。赶上去吧!赶上去吧!"

船换了方向,仍旧回到刚才激战的地方。

四

他缚上一只新的钩子,极大的钩子,钩子上面串了几条小鱼,随后他又拿了一枝有钩的篙。他打算等那大鱼入了壳,便尽力地击他一下;这一击力量许是不小的了!

绳子在船尾系着,差不多是垂直的。船又摇动起来,可是这次摇动得更厉害了。金枪鱼给钩子钩住了,它尽力地在钩子挣扎,把船拉向后面去,那船便在波浪上面发狂地跳舞。

海水和煮沸一般,泡沫和浪花升到水面上,卷成漩涡,好像海底里有两个大怪物,正在大战似的。那船——像暗中一只手抓住一般——侧转一边,甲板上面海水灌入了一半。

船上的人都颠簸着跌翻了。安托尼抓住了轮轴,觉得全身几乎都浸在海里。"哗啦"一声,船复了原了。那绳子断了,同时那金枪鱼在船栏旁出现。差不多和水一样平,它的粗大的尾巴,拍着浪花。啊,坏货!它终于入了壳了!

因为那仇敌是不好玩的,所以安托尼用了有钩的篙拼命地击了几下,刺入粘腻的皮里。海水登时染成血污,那鱼便沉在红色漩涡的当中。

安托尼这才定了呼吸。他们已出了险了,鱼儿已结果了。这不过是两秒钟的斗争,但要是再多一息,他们怕都要覆灭了。

他在浸湿的甲板上察看了一回,便瞧着教父;教父那时捧住桅杆的根脚,面色急得灰白,但仍然是很平静很镇定。

"安托尼,我想我们是要落水的了。我甚至喝着一口海水,可恶的鱼儿!亏得你尽力地击了几下。现在想料它不会浮起来了。"

"那孩子呢?"

那父亲战战兢兢问了这一句话,生怕有什么话回答了出来。

孩子并没在甲板上。安托尼从舱口爬下去,想在舱底里寻见他。舱底已经灌着海水,安托尼把半个身子浸在水里。但在这时候,谁还管得这些呢?他在又暗又狭的舱底里摸索了一回,除掉水柜和无用的船具,寻不出什么别的东西。

五

他回到甲板上和疯子一般。

"孩子呢!孩子呢!……我的小安托尼呢。"

教父脸急得把筋都抽拢来。他们刚才不是几乎落了水吗?那孩子须是给浪子冲了去,一块铅似的,送到了海底了。但是那渔夫心中虽然这样想,嘴里却没有说出什么。

远远地望去,在那船刚才被浪冲过的地方,有一件黑色的东西,在水面浮着。

"他在那边了!"

父亲跳到海里。奋勇地泅过去,他的伙伴便放下了帆。

他泅了好些路程,但是他近身一看,看出那东西是他船里失掉的一只橹,这时候他的浑身勇气几乎都消失了。

浪花把他身子高高地冲起，他举起身子向远处一看。四面都是水。水面上只有他，向他驶来的那只船，和在那血水当中盘旋着的黑色弧线。

金枪鱼死了……他很注意着！他独养儿子——他的小安托尼——的性命便只换得一条鱼！上帝呵！一个人的面包，应该这样赚的吗？

他在水里泅了一点多钟，身旁偶然碰着别的东西，便道那孩子在脚底下了；偶然看见波浪的黑影道是那孩子在水面浮出来了。

他很愿意游在水里。他很高兴和他儿子一块儿死。但是教父从海中把他捞起来，拘禁在船里，像待抗命的孩子一般。

"安托尼。我们现在怎么办呢？"

他没有回答。

"汉子，我劝你不要悲伤了吧！那孩子的死亡地，正是我们一辈子的死亡地——我们自己也是要死在这地方的。这不过是或迟或早的问题罢了……但我们顾活的要紧。你该记得。我们都是穷人呵！"

他取一条绳子，打了个活结，便缚金枪鱼的尸体，把那带着血迹的鱼在船尾系着。

六

风势很顺，但因为船里正在排水，所以缓缓地驶着。那两个水手已忘了刚才的事变，都拿杓在舱底里伏着，把海水一杓一杓地倒出去。这样的过了好些时候。安托尼干着无意味的工作。头脑便静了些,也不苦苦地思想了;但是他眼睛里的眼泪,滚滚地流出来,混合着舱底的水,倒入海里,流到他儿子的墓上去。

船的内部重量渐渐地轻了些,行驶的速度便也渐渐地增加了。

现在看见那小小的海口了,在下午的日光里,照见白色的平房,在岸旁整排地镶着。

望见了陆地便把安托尼的悲伤和恐怖都唤回来了。

他很悲惨地说:"不知道我的妻子要说出什么?不知道露菲娜要说出什么?"

于是他浑身颤抖着,正像勇猛的英雄到了家里,便不免变成家族的奴隶。

海水从容快沽地跳舞着,和欢送一般。陆上的风夹着轻脆欢乐的歌声,送到船上。这是俱乐部前广场里所奏的乐歌。在那边棕树荫下,充满着许多避暑的先生们所用的彩色念珠、丝质阳伞、草帽和各种华美的衣服。

孩子们着了红的白的,跳来跳去,追逐着他们的伙伴,或者在地上围成圈子,团团地旋着,宛然是许多的彩球。

那些渔夫都已聚在码头上了。他们见惯了广大的海洋,所以一见来船,便能够认识。安托尼却只看见码头的尽头,有一个又高又黑的妇人,独自站在一块大石上;她裙子在风里飘飘地飞动。

七

他们已到了码头。好像大军打了胜仗回来,何等的荣耀呵!个个人都想近前走,看看那条大鱼。渔夫们坐在岸旁小船上不住地瞟着,很有些眼热。顽皮孩子,光赤着身子,皮肤晒得和砖石一般,钻入水里去摸那阔大的鱼尾。

露菲娜撑着两手挤开了人群到她男人那边;她男人正在垂着头,没精打采地受那许多友的庆贺。

"还有那孩子呢,孩子在哪里?"

那可怜的男人再也抬不起头了;他把头垂到肩胛底下,他情愿连这脑袋都没有,什么都不见,什么都不闻。

"小安托尼到了什么地方去了呢?"

露菲娜的眼里冒出火来,她提起了裙裾,抓住他,拼命地摇着,像要把她丈夫吞下去一般。虽然她立即放了手,但又擎起两臂,很可怕地号哭起来。

"啊,上帝呵!……他死了!我的小安托尼死了,他在海里了!"

"是的,我的妻子——"那丈夫缓缓地昏昏地断断续续地说,好像眼泪哽住了他,"我们遇了可怕的祸事。那孩子死了。他和他祖父在一块儿了,我也有一日要到那边去的。我们是靠着海吃的,但有一日海也要把我们吞下去……这是无法可想的。我们不能生下来个个都做主教。"

但是那妇人没有听得。她已经倒在地上,神经感受着剧烈的痛楚,猛烈地顿脚,更赤着又瘦又晒黑了的——和载货的牲畜一般的——身子。一边捽着自己的头发,一边又抓着自己的脸孔。

"我的儿呵!……我的小安托尼呵!"

左近的邻人都赶过来想帮她。他们很知道个中情形,他们差不多都有过了这一种经验的。他们扶她起来,用坚强的臂膀掮住她,起首送她到小屋里去。有几个朋友取了一杯水给安托尼,他那时再也止不住眼泪了。只有那教父,他抱着兽性的唯我主义,独自向那些想买大鱼的渔夫,争论价钱。

八

夜色来了,浪花很温文地拍着海岸,闪出黄金色的反光。

那苦恼妇人失望的哭声,渐渐地远去了;她那时散着头发,由她朋友们搀着,痴痴癫癫地走向家去。

"小安托尼呵!我的儿呵!"

在棕树下面,漂亮的衣服和嬉笑欢乐的面孔继续地游行着——这又是一个世界。虽然左近走了一个不幸的人,演过了一出贫乏的悲剧,但这世界里的人既没有觉得,也没有看见。一种勇猛和悦的跳舞,如醉如狂的音乐,很和谐地从波浪上面浮出,含着一种海洋的永久的美。

(选自《星火》)

〔作者〕

伊白涅兹(Vicente Blasco Ibáñez)已于最近(1928年1月)去世了。他是一个小说家、雄辩家、旅行家、新闻家,又是个畜牧家,曾得过诺贝尔文学奖金。1867年生于伐兰西亚(Valencia),伐兰西亚是地中海滨的一个城镇,风景秀美,物产饶富。有句俗语说:"伐兰西亚是极乐园,今天麦,明天米。"英国写实小说家哈代(Thomas Hardy)是以描写 Wessex 的本地风光出名的,伊白涅兹也是这样,他的小说中,地方色彩(Local Color)都很浓厚。最有名的杰作,是《小屋》(*Cabin*)。在这一部书中,描写伐兰西亚的农民生活,真是活灵活现。和小说齐名的,有一部"*The Four Horsemen of the Apocalypse*"(《启示录的四骑士》)是描写欧洲大战的小说。

〔注释〕

[注1]一种大鱼的名称,地中海出产最多。

[注2]译者注,原文作二三百 Arroba,一 Arroba 约合华二十斤以下,均照此改。

〔解说〕

作者以写本地风光(Local Color)著名,这一篇以海洋为背景,描写运命的悲剧。

女　难

[日本]国木田独步　作　　夏丏尊　译

一

这是四年前的事情（一个人开场说），我因事到银座，看见十字路边，有一个人在那里吹着洞箫，前面立着七八个人，我也不觉停住了脚，加在听众里面。

那时是春末五月的时候，太阳西下，西街的屋影，已爬到东街基石以上二三尺了。吹箫者自腰以上，都被鲜明的夕阳照着。

黄昏近了，街上特别地杂沓，铁道马车[注1]的往来，人力车东西通过的声音，以及街上行人匆忙的足音，真是四面骚然。在这骚扰场所正在骚扰的时候，他却悠然地吹着洞箫。因此，在我眼中，连他半身照着的夕阳，看去也好像清静平稳；觉得他箫声所及的范围内，都成了悠悠的世界了。

我一面听着他吹出的一高一低、欲绝不绝的哀调，一面却尽管看着他的状貌。

他是个盲人。年纪大约三十二三吧,面孔被日光晒黑,充满了垢污,差不多已确不定究竟几岁了。他不但垢污,并且看去很憔悴,大概因为日里受了街上的飞尘,夜里在小客栈的一隅盖了龌龊的棉被吧。面状算是长形,鼻子也高,眉毛也浓;额角虽然一半被那永不加过梳的蓬蓬的头发遮住,看去却也饱满,不像那下等人常有的露了骨凸得出出的额角。

声音的势力,是不可思议的。无论怎样下等的人在那里吹弹,在听的人,总觉得连吹弹的人也可亲爱。特别的是这个盲人,他于龌龊的状貌中,说不出地反映着高尚的人品,更能使我动心,恐怕其他听着的人们也有同感吧。好像他的哀曲,正诉述他薄命生涯的旧乐今悲的样子,使人们感觉到少有白听他的,临走的时候,摆一二个铜子在他手中的人很多。

二

这年夏天,我带家眷到镰仓去避暑,借了近山的一所小屋子,有一夜,月色特别好,我就独自散步,到了海边。

海边,日里是热闹的,这时候月色虽然很好,却少有人迹至,在小河入海的汀上,看着被海波所碎的银色月光;不知哪里来的箫声,微微飞到耳边,仔细一辨别,是从西边不多远的有许多渔船搁起在那里的地方来的。

走过去一看,果然有一只小船被拖上在离水二三丈的滩上,十几个男女四面围着,有的坐着船沿上,有的蹲在沙滩,有的立着,中间一个男人靠着船沿正在吹箫。

我离间人群听着。月光朦胧地照着这一群的人,大家都一声不响地在倾耳听。好像一曲已完,听众中有三四人走了。其余的人们,还想等他再吹;吹箫的却把箫挂着膝踝,垂头不动。这样过了四五分钟,又走了三四个人。于是乎我就走到船边。

一看,只有三个人留在那里:一个是海边的小孩;两个是村中的少年。我走近船沿,在吹箫者的面前立住。他抬起头来了,不料就是今春在银座街头看见过的盲人。盲人就是不盲,也不会认识我的;他暂时向着我,继而又吹起来了。弄着指端吹出如缕的低音,好一会。突然中止,从船上下来。我猝然地:

"瞎先生,肯到我家里去,吹一曲给我听听吗?"

"呃,呃……"他惊异地答应,急忙看着我,既而又垂下了头,把头倾了!

"呃,随便哪里都去。"

"唔,那么就请你去。"我在前走。

"你的眼睛全看不见的吗?"走了四五步,我回头问他。

"不,右眼稍微看得见一点。"

"只要稍微看得见一点就好了!"

"呃,嘻嘻……"他轻轻地笑,"咿呀!稍微看见一点也不好,反而不定心哪。"

"喂,桥到了!"我把横在沟上的桥注意他,"但是如果一点都不能看见,那不是就不能到这种地方来营生了吗?"

"能够营生就好了,我只是流浪……"

"你是哪里,生地?"

"我的生地在西边,呃。"

"我今年春天曾在银座看见你过,不晓得为什么以后时常想着你,所以现在一看见就认识。"

"呵,是这样吗？咿哟,走到哪里就是哪里地到处流浪着,所以在那里碰见那位的事情……"

途中遇着两三个青年男女,一片轻云遮盖着月光,四边朦胧了。手风琴的轻快的调子,从高楼上传出。不久就走到我的家里了。

三

先请他在檐边坐了,吃一杯麦茶,然后要求他吹一曲。我对于箫,全然外行,他所吹的曲的好坏,他的技艺的巧拙,完全不晓得;但是用着全心吹出的音色,脉脉地袭来的时候,不觉为之凄动,要哭吗,悲哀没有要哭的这样地浅。吹的人难道没有何种的感情吗？

曲终以后,在卖曲者的常套,一定要笑,一定要说几句谦逊的话;他却默然停着,好像在那里追逐那自己吹出,消灭在虚空中的声音的行迹。

我从他的言语上、态度上,早想像他的生涯中,应该有故事潜藏着,所以就不客气地动问:

"箫大概是正式练习过的吧？这是唐突你的话。"

"不,并不,全是杜腔,不过从小喜欢,就吹惯了,不是可以吹给列位听的。呃。"

"咿哟,不是,真巧妙!有了这样的功夫,我想不要沿门去走,还是收几个弟子来得安乐,你是独身者吧?"

"呃。是个没有父母没有妻子的快乐的单身,嘻嘻……"

"咿哟!也不见得快乐吧!晒着太阳,淋着雨,住址也没有定,到处流浪着走,这些都不是不十分快乐的事吗?但是这也许有什么理由吧!要想你把出身说些我听听。"这样大胆地当面问他。明晓得乘了人家的不幸流落,想去探他的秘密,决不是有人心的人所应该的事,却是因为两次遇着了他,遇着的地方和情趣,很感动了我,也就顾不得许多了。

"呃,说说也可以。今大不晓得怎样,只管想着小时候的事情,刚才听见府上哥儿们在天井里一齐唱歌,不觉要哭出来了。

"我九[岁]十岁的时候,时常被母亲带了去探望那住在离城三里[注2]里山村的舅母,在那里宿两三夜;今天恰记起那时候的事情。我记得十七八岁的时候,听见别人吹箫,觉得好像心被掳去了。这同现在想起九[岁]十岁小的时候,就无可奈何,是同样的光景。

"五岁就不见了父亲,被养育于母亲和祖母之手,一反[注3]光景阔的宅基里,也有山茶花,也有百日红,暗金色的荔枝垂在墙头的光景,现在还在眼前。屋子虽宽,却是难吃饭的贫穷士族,靠了母亲的操劳,小时也不觉得苦地把日度去。

"母亲也觉得没靠傍,最欢喜时常到山村的娘家去。一早起来,从冷落士族家屋的松垣间出去的时候,说不出的快乐。山路三里,在小儿是太远,起初虽然在母亲前面跳着走,用石去打沟中的鲫鱼玩,却是到了离峠[注4]一半的光景,就倦了。母亲勉励我,说到绝顶上茶店里去休息,买茶店中老姥所做的叫作峠饼(Tangemoti)的给我吃;我一欢喜,又发出勇气来。过了峠再走一半,就望见舅母的村子。春天的时候,狭狭的溪谷里,烟霞暧瞹好像绘画。望见了村子,便无异已经到了,在路旁石上再作小息。母亲吸烟,我呢,吃从山崖上落下来的清水。

"舅母家在旧时原是个乡士(Goushi),到那时候,家财已经大衰落了,却是在我看去还是非常的富家。很大的黑柱子,灰暗的米仓,缘着藤的墙垣,深的井,在我都是难得的。男女用人呼我叫做城内的少爷,我真喜欢。

"但是最快乐,而到现在一想起就觉得无可奈何的,是和与我同年的表兄弟游耍的事。两个人时常到山峡中溪河里去钓山鯈。山岸的那一面是个池,苍苍地荡漾着,这面是个浅滩;我们立在滩上,把钓丝投到池中钓鱼。向上一看,两旁的山,好像斩截似的矗立,杂树赭松遮得暗暗的,从下面看去,天空好像带的一条。只要一发声就应到山里,山也会响;如果一声不响地在那里钓,就毫无声息了。

"有一天,两人一心地钓着,不晓得什么时候,天时一变,洒洒地下雨了。这天鱼很有得钓,两人都不说要回去。大雨点打着钓竿,水面发出烟来,雨在水面跳着;抬头一看,雨脚从山顶像白丝的样子一条条地下来。衣服湿透了,觉得不好,就把钓丝赶快收起;收起来一看,正钓着尺来长的紫红色条纹的山鯈;骜地把狂跳的鱼捉入鱼笼去的时候,觉得在水中的鱼,也因为沾润了这个雨,比平常加倍的新鲜。

"'回去吧!'他这样说,看了我一看,又看那水面去了。

"'回去吧!'我回答他,却不去问他;实在入魔了,差不多自己不晓得说些什么。

"不久,雷声立刻从头上来了,那是山要开裂似的可怕的声音,两人就一言不发地卷了丝提了笼逃回去了。半路即碰着来接的用人,到了家里,被舅母和母亲叱骂;把笼放在井边,换了衣服,就躲到一间堆仓样的小楼上,挪出旧的《源平盛衰记》[注5]来,看书里的图画。

"母亲和舅母就是对坐,也决没有喜笑得了不得的时候,两个都是不多话、沉思、气色不好的妇人,只常用了低柔的声音在那里轻轻地谈着。有一次,看见母亲露着哭脸,舅母在旁含着眼泪,我却并不在意,不过略略觉得有些可怕,就跑到吃饭间里去了。

"我是连七日、十日都想住的。但是至多过了四日,母亲就说要回去;也没得法儿,只好回去了。有一次,我逞着倔强,说一个人要留在这里,于是母亲独自回去了。舅母家的房子,是依山高高地筑着的。我到了将晚,立在檐下,眺望山村的黄昏:西边落日的余光,水一般地澄净;山都朦胧到了淡墨色;蓝色的烟雾在谷间林上浮着。无端地悲哀起来了,连寺里的钟声,听来也觉得和平时不同,一听见那种曳长的向谷间远远消去的声音,立刻纪念起母亲,为什么不一同回去呢,母亲大概已经到了家里和祖母谈着什么吧,这样一想,就情不自禁起来,对舅母说要立刻回去。舅母笑着不理我。这个当儿,上了灯了,同表兄弟下将棋玩,不觉把这事忘怀,第二日,就叫用人送了回去了。

"还有:同母亲一同回去的时候,两个人都没有来时的勇气。过了峠,母亲就接连几次地坐着歇息,现在想着的就是那时候母亲的脸色。她坐在石上,便长叹起来,现出说不出悲哀的神色,看了她的脸色,连小儿的我的心里,也觉得凄悲,茫然地只在母亲旁边坐着。这样,母亲就说:'你肚饥吗?肚饥,就吃饼,给你拿出来吧。'一面就去开钱袋的口。我说:'不饥。'母亲就说:'不要这样说,吃一个吧,母亲也要吃呢。'这样说了,偏要把饼给我。被她这样一来,我不禁愈觉悲伤起来了,几乎要伏在母亲膝下哭。

"我现在还想着母亲,不得了地想着!"

盲人耐不住怀旧的念头了,突然断了话头,把头垂下,好一会,仿佛已经忘了对面的人是谁,又热心地说:

"这是当然的事,那时母亲全是为我活着的;对于独子的我,一味地爱惜,不大叱骂我。就是偶然叱骂了,也即自认不是来讨我的好。那么,我就成了强傲的人了吗?不是,霸道的事情,也大概有的,却是胆子很小,有些像女子。

"这性资不为老派的祖母所喜欢,常常向我母亲说:

"'你太优柔,连修藏都变了怯弱的孩子了。如果你不先自己奋发点,把他当作一个男孩子来养,那是不行的!'

"但是母亲的性质,无论如何不能用强烈的养男子的方法来养我的,只管一味地爱惜我。她想着我的前途,不从幸福的方面来想,专从不幸的方面来替我担心,于是愈加可怜我了。

"有一次,母亲关于我的将来太担心了,领了我,到在善教寺旁开店的一个奇怪的卖卜者那里去。

"卖卜者的脸孔,我至今还记得,是个圆脸孔洼着眼的瘦小的老人,相貌略微有点可厌,却是和母亲谈话的时候,样子很是和气丁宁:

"'啊,是的,这是担心的事;难怪你,难怪你,让我替你卜卜看。'

"老人把我的面孔用相面镜来照,又把竹签仔细祝祷了看,正是将看相和卜易合在一起了,过了好久:

"'咿哟!放心!这孩子将来必定出山,真真好相貌,却是有一个难,这是个女难,只要一世留心着女人,必定发达的。'摸着我的头,只管看我的面孔,'唔!好孩子!'

"母亲喜得了不得,一到家里,就把这事夸说给祖母听。祖母笑着说:

"'男子不是还是剑难来得有男子气吗?这孩子面色又白,长得弱弱的,所以卜者说他有女难了。但是现在还不至于有女难吧,早则十七八,迟则二十岁光景,到那个时候留心就好了。'

"哪里晓得,我那时(十二岁)已经有了女难了。

"已经讲到这里,以下就把我所经过的女难来告白两三件吧!那个卖卜者很准地猜中了我的一生。

"那时,离我家差不多三丁[注6]的地方,住着一家姓饭塚的人家,有个女儿叫小夜的,是个十五岁左右的苗条可爱的女孩。

"这个女孩每次在路上遇见我,一定要叫我到她家里去玩。我起初不去,后来因为她邀得我次数太多了,就去了一次。她过了一点钟两点钟还不放我回来,或将我抱在膝上,或咬我的项颈,丁宁地替我爬梳头发,再要好点,还将嫩颊腮强偎到脸上来,学种种的乖觉。

"这样一来,我也觉得有趣;以后常常去玩,不见小夜的面,就觉得有点不好过了。

"这时候,因为卖卜者说我有女难,我已从母亲口里听过女难的解释;小儿的我的心里,也很恐怕这就是女难了。母亲面前,不敢露出来,暗地里自己恐慌着,却是仍旧时常到小夜那里去玩耍。

"从现在想来,实在我那时已爱着小夜了。小夜抱了我将我当作小儿的时候,我表面虽然不欢喜,心里却觉得快乐;触着她的温软的肌肉,那时候的心情,到现在还不忘记。若说女难,可以说那时已遭了女难了!

"母亲每日地讲女人的可怕给我听,引了许多古人的实例和城下附近的少年的事情来讲,连安珍、清姬的例都引到了。'外面如菩萨内心如夜叉',这样的话,差不多听得耳朵要起茧。'看见年轻的女子,要当作鬼或蛇去想;女人口里的亲意,都是骗人的,一不小心上了当,就有大难。'这是母亲的口头禅。

"我是信仰母亲的,母亲的话,我毫不疑惑。我对于小夜也防着她'内心如夜叉',却是自己又作了解辩。这样想:小夜姑儿还是小孩,我也是小孩,未必这样的可怕。小夜姑儿的爱我,是真的爱我,决不是骗我上当的。

"哪里晓得:有一日天快晚了,走过饭塚家的门口,小夜跑出来硬把我拉了进去,问我'这四五日为什么不来玩',我说'伤风了',她就说:'不得了!现在好了吗?'看着我的面孔:'面色还不好,请你留心！修哥儿如果成了病，我就要死了！'一面看着我的眼睛。我是个优柔的人，被她这样一说，无端悲伤起来，不觉眼里噙着泪了。小夜见我如此，便抱住了我；我一看，她眼里也满着眼泪了，她说：'今夜住在这里，我代了母亲来抱你睡。''母亲要骂的，不要！'我这样说。她就说：'母亲那里，现在归我去说，不要紧！'我用了低声：'如果和母亲去说，那更要被骂了。我的到小夜姑儿家里来玩，是瞒着母亲的。'这样一说，她就把我推开：'为什么要瞒着？修哥儿和我玩耍，是坏的吗？如果是坏的，那么以后可不要再来了！'一面眼盯着我，样子很可怕；我吓了，就从阶上跳下，飞奔地从饭塚家逃出了。

"这次以后，绝不到饭塚家去，就是在路上遇着小夜，也逃开了。小夜见我逃开，总是拍手笑着。我那时还以为这就是小夜来欺侮我了。"

四

"第二次的女难，在我十九岁的时候。这时祖母、母亲都死去了，我寄居在舅母家里。一面被介绍到村内小学校里，每月支取五元的月薪。祖母的死去，是我十五岁的时候，这年秋里，母亲又复死去；我突然做了孤儿，于是就寄住在舅母家里了。一直到十八岁，都住在冷静的山村，也不修何种学问，不过读读《少年杂志》一类的东西，这是寄宿在城下中学校的表兄弟寄来的；此外就无非是读些舅母家旧存的《源平盛衰记》《太平记》[注7]《汉楚军谈》[注8]《忠义水浒传》[注9]等类，所以连做小学校教师，也全然靠不住。因为舅母家是个村中的旧家,仗着这个腰子,勉强被雇用的。母亲将死的时候,虽在丁宁反复地嘱咐我:'留心女人,终身要以女难为戒;快些自立,我在地下祈望着!'但是如何自立,这连母亲也是没有把握的事。母亲原想叫舅母家支给我的学费的,这事后来不能如愿;虽然渴望我的自立,却不知如何着手,实在暗暗地也好像非常痛心,所以当时的母亲,除警戒女难外,并无令我自立的方法。我又性质优柔,关于自己的立身,也不自己注意。不过突然失了母亲,觉得悲痛,在当初的一二月,就是住在舅母家里,在无人的时候,也动着就暗哭。

"时间经久,悲哀也渐渐淡去,后来不过时时想到罢了。受惯了舅母的亲爱,不觉将舅母当了母亲,一天一天地过去。

"从十八岁那年,就职于离舅母家五丁的小学校,和三四个同事大家处理村中的儿童;夜里借吹洞箫来求快乐,觉得生活也有趣味起来了。说起洞箫的练习,那时村中有一个老者,吹他自造腔的洞箫,村中的年轻的过夸张着当他是大帅父,后来连我也做了他的弟子。这位大师父是吹自造腔的,所以弟子也都是自造腔,只胡乱地吹着;后来手熟了,大家谁好,谁不好地彼此批评,都自以为是起来。或者这也是我的性质,我在诸少年中特别的专心。一得空闲,只要拿了箫吹着,就别无他念。早上太阳还未出来的时候,走到后山,坐在岸上,浴着晓雾去吹。有时竟觉得我的洞箫,吹散了晓雾,太阳也跟了我的转音,一点一点地上升。

"因为这样,我在诸少年中,自然就成了个最好的,连老师父都称赞我,说是再好好地练习,可以成日本第一名手。这样就到了十九岁了,那年春天,一日快晚了,我照常带了箫坐在村中小河的岸上,独自吹着,忽然后面有叫'修藏君'的。回头一看,却是武之允——这有威严的名字,是寺里的和尚给他取的——是个住在过邻村去的坂上的一个少年。

"'什么?武之允山城守!'('山城守'的称呼含有戏谑之意。——译者)

"'修藏君真吹得好箫!'说着哈哈地笑。这个人稍微有点和人不同,很强横,非常地欢喜用嘲弄人的口气。我就拿起箫来,说:'打呢!'装起威吓的模样,他突然规矩起来:"'有一件非给修藏君看不可的东西,肯一看吗?'说出妙话来了,我觉得奇怪。

"'是什么?你说要我看的。'

"'什么也不必管,只要你看就是了。'

"'什么呢?是物品吗?'这样一问,武之允就发奇异的笑声:

"'是你最欢喜的东西。'

"'你同我开玩笑呢。'

"'并不同你开玩笑,真个要想请你一看,我请求你无论如何,要给我看一看。'说时样子更规矩了。

"'好的!我替你看,拿出来!'

"'你说拿出来,这里却拿不出,要想请你到我家里去一去。'

"'你家里的宝货?大概是什么剑一类的东西吧?'他听我这样说,又发出奇异的笑声来。

"'大概是这一类的东西,无论如何,总是宝货。唔,不错,是宝货!'说了拍手,我觉得奇异起来,自己也想去看了。

"那么,就同去吧!走!给你看去。"

就同他到武家去了。

"前面曾说这武家在小坂的顶上,那里离舅母家大约有七八丁。坂的下面,就是那个洞箫师父的住处,我到坂下是常去的。却是坂的顶上,只不过到过三四次。一过了这个坂,就是一个狭小的山谷,那里不到十家人家,所以就是村中的人们,也不常过这个坂。武家有一轩的正屋和一轩堆东西的小屋,小屋平常总是关的,并且有一株大樫树从崖上笼罩着,所以看去很阴幽。正屋也屋大人少,森寂得好像没有人气。对面的崖下,有一四方的浅井,无论何时,都湛着清水。全体的样子,总觉得很阴森。我每次走过武家前面,至于立刻想起《水浒传》中的蒙汗药,想起武松受过困的十字坂。

"却是,这次被武之允说得奇怪,觉得稀奇起来,被他引到他的家里去了。一上坂就觉着森然。路上几次地问武之允:'你叫我看什么?'他不但不说什么,反用了'到手了'的态度,发出不怀好意的恶笑。

"天晚了,初十左右的月亮,鲜明地映着,坂的左右,因为有繁茂的树,光不能十分地照到。上坂不过二丁路,就到了武家。屋前广场无树,月影判然地落在地上。

"灯火朦胧地映着纸窗,屋内肃然无声。武之允一声不响地入了庭内,我脚不前进,在外面踌躇着。

"'请进来!'武之允在黑暗中说。声音虽低,却有潜力,好像命令我的样子。

"'就在这里给我看,拿出来!'我从门外说。

"'我说请你进来!'这次说得更强硬了,我也没有法子,只好勉强走进天井里。武之允见我进去了,就走进了吃饭间的间壁一间,仿佛和谁在那里密语,好一会才出来。这会却很和气地说:

"'请进来,地方是龌龊的!'我略觉安了心,便进去,由武之允引导,走进到里面的一间。那里却意外地清洁,屋角摆着摆灯,灯火荧荧地点着。我一进屋子,看见有一个姑娘坐在那里。那姑娘见我进来,就突然起来;既而又改正了坐法,把脸孔横避了。我觉得奇怪,不敢坐,武之允突然地:

"'要请你看的就是这个。'同时那姑娘就俯下了。我不知要如何说才好,竟说不出话来,只惊奇地看着武之允,武之允也红着脸,好像难出口的样子:

"'且在这里请坐!我走一走就来。'说着要想就走。

"'什么?什么?我不要,一个人留在这里。'不觉这样说。

"'那么,你不给我坐着吗?'说时用了可怕的脸孔注视着我。这时我如果说要回去,他差不多就立刻要用足来踢了。我为他的威势所吓,只好勉强地一声不响地坐着。那姑娘哭了,呜咽了;那时武之允的脸孔,真不是平常,额上涨起青筋,咬着牙齿,一面却像要哭出来的样子,把眼睛转动着。用手搔着嘴边,像要说出什么话来。

"'究竟为着什么?'我觉得情形太奇怪,就发问了。据武之允嗫嚅地说,事情是这样:'妹子一定要想会你,无论对她怎样说,总不肯歇。所以把你骗到这里来，请你当她是个可怜的女子，替我爱爱她。由我这方面拱手请求你。'大略是这样的情形，恐怕有人要笑说这是谎言吧，却是实在的事情是这样。我已做了村里的情郎了。

"那时候我也并不是忘了女难之戒，我所居的是山村，山村之中，两三个青年一相集合，就立刻批评女子，小学校中的同事们呢，也公然地谈论'哪家的女儿长得好看，哪家的女儿已有情人了'这一类的事情，当作一种快乐。我不晓得从什么时候也染了这种风气，时常发想调戏村中女子的心。虽然因为有母亲的训戒，不敢轻易出手。其实我的心里，并不是怕女子，倒是想若有机会，定要得一个情妇的。

"武之允的妹子名叫阿幸，在青年中，是个判评得好的姑娘，年纪十七岁。我也是常常看见的，不过还没有交过话。她因为我是舅母家里的人，又是学校的先生，每次碰见，她必向我行了礼才走。她不像乡下姑娘，是个白色明眸的女子，姿势的苗条，也和小夜相像。'就是城内的姑娘，也难得有这样的人。'村中的人们都这样自慢地批评她；我每次碰见她的时候，也觉得这个批评不错。因为这个缘故，所以将阿幸摆在面前，由她的哥子代她说合，我也不想到什么女难不女难了。并且我是个优柔的人，即使觉着事情的危险，那个时候，叫我撇了武之允和阿幸逃归，这样决绝的行为，在我是无论如何做不到的。

"这次以后，每隔两夜或三夜，我必定到阿幸那里去。事情很秘密，谁都不会晓得。并且武之允无论什么事情都照顾我；武之允的妻，原是知道一切内幕的，也随了武之允为我和阿幸尽力，所以我也就公然地在武家进出了。

"两人的情爱,竟好到时常要受武之允夫妇的嘲笑。不觉过了两三月。永不会忘记,这是六月七日晚上的事:晚上八时光景,我像平时的样子,到了阿幸那里;这天一到晚,天气就靠不住,到了十时光景,就下起雨来了。我于未下大雨的时候,说要想回去,阿幸和武之允的妻都留住我,说是武之允出去了,快回来的,回来了叫他送到桥边。犹豫了一阵,武之允回来了。不晓得从哪里吃得很醉,我在里间躺着,他醺醺地进来,颓然坐下,阿幸在我旁边坐着。

"'外面雨下得很厉害!今晚请宿在这里!'武之允意外地这样说。原来我这次以前不曾在武家宿过,即使我要想宿,武之允总说宿了被人家晓得了,反而不妙,一直劝我不要宿。

"'不!还是不宿好吧!'我这样说了。武之允撤销我的说话,说:'实在因为今夜有一点要和你谈的事情,所以叫你宿在这里,我叫你宿,你就宿!'说时语气渐渐地凶暴,舌头也像回不转了。

"'要谈的是什么?就请谈了不好吗?'

"'你不觉得吗?'突然地问我。

"'什么?'我不能明了。

"'所以,你不行!阿幸这样了!'说着把手加在肚子上给我看,我吃了一惊,阿幸立起来,逃到吃饭间里去了。

"'真的吗?这个。'不觉声音缩小了。

"'真的吗?这个你不应该不知道。如果不晓得,那也没有什么;你既然晓得了,那么此后的方法要预备。'

"'怎样才行呢?'我心思乱了,说话战兢起来。武之允用了可怕的眼光:

"'到了现在,还问我吗?这难道不是一定有的事吗?你应该早有如果如此就如此的觉悟。'

"他所说的,是当然的话。我自己的确没有什么觉悟,只着魔似的向阿幸那里出入,被武之允这样一说,我也没有什么可讲了。

"武之允见我不语,就狠狠地响着舌头:

"'请立刻作为公然的妻子!'

"'做妻子?'

"'不愿意吗?'

"'并不是不愿意,但是要立刻成功,不晓得舅母答应不答应呢?'

"'舅母无论怎样说,如果你有这个意思,就不要紧。你只要答应一声,就是明天也可以,我立刻使你们变正式的夫妇。横竖世界很大,舅母和村中的人们,如果有嘈杂的话,我们俩只要一走就好了。人儿一个,无论干什么,饭是有的吃的!'

"'好的!那么姑且和舅母商量了看。舅母答应就好;如果阻难,就只有照你说的样子,和阿幸走了,无论大阪也好,东京也好。但不知道阿幸答应不答应?'

"'哼!这问我吗?只要你去的地方,她总去的,无论火里、水里!'说着用指尖点我的颊膊,样子很高兴,不像方才的凶横了。

"那夜就这样回去了。却是对着舅母,无论如何,总说不出这话来。因为舅母和我都从母亲听到女难的话,并且母亲将死的时候,又反复地把女难的话说了托付舅母。倘然从我的口里说起阿幸的事,不晓得要怎样的惊异担心呢!从第二天早晨起,三天之中,我好几次在舅母的房间里出入,想就把这事明说,但是到底说不出来。

"既然不能对舅母说,那么除了和阿幸二人逃走以外,没有别的方法了。我也曾作好了逃走的打算,走到武家。却是临时又不能决断实行。因为'这是女难了'的一种可怕的考虑,渐次增高;一想起到阿幸那里来往的事,'失策了'的悔念,就涌上心来。如果和阿幸逃走,前途的如何困苦,也不可知,这真是陷到女难的深渊里去了。思念及此,逃走也便不能逃走了。

"千方百计苦思的结果,定了二人逃走的主意。不会忘记的,这是六月十五日晚上——七日晚上以后第七日的晚上,很想和阿幸再见一面,却是又想到这是重要关头,于是像念佛的样子,把母亲的法名来念诵,连夜就逃出山村了。那夜,一无所知的阿幸,谅必还是望眼将穿地等我去吧!只受过'不要被女人欺骗'的教训的我,不觉反欺骗了无罪的女人;要想逃避女难,舍了女人,同时已经早受了大女难,这是那时的我所不晓得的。

"从舅母家里拿出来的钱,不过十元;到了东京,不久就成了不能不沿门吹箫的境遇了。从此到二十八岁前后十年间的事情,不必说了。故乡呢,音信不通;东京本来没有亲族,也没有旧友,一直到现在,虽然也营过种种的生涯,却是都是为了女人,把紧要的事情弄糟了。到二十八岁为止,也曾公然地有过妻子,不上半年,就逃走了。

不过这位妻子,也是我住在本乡某客栈的时候得来的,她就是那客栈主人的女儿。

"二十八岁一次的女难,是我生涯的告终。女难以外,连眼都丧失了,待我说出来,结束了这一夕话吧!"

五

"二十八岁一年的夏天,那时时运稍好,受了铁道局的佣雇,得着十八元的月俸。因为见了女人,已经怕了,也不娶妻子,也不雇女仆,租了三叠和六叠[注10]的一所长屋[注11]自炊,一面每日到局里做事。

"地址是爱宕下町的一条狭巷,两侧各排着六轩的长屋,我所住的,是最里面的一所,对面住着一对木匠夫妇。

"你大概也晓得吧!住长屋的和住大街的不同,大家彼此容易亲热;我一搬入这十二轩中,不久,这十二轩的人,就都和我招呼起来了。

"就中,住在我对门的木匠,年纪和我仿佛,朝出晚归的时候也相同,时常见面,就熟识起来。后来木匠常到我这里来玩耍。

"木匠名叫藤吉,气概很像东京职工,态度豪勇,谈论爽快,是个很有趣的人。不过面貌不甚好,平的鼻,低的额,都特别的触目。笑的时候,不晓得是哪里,有一种老实——坏点说,有一种宽懈的神气,这也是这个人的可人意的地方。

"晚上到我这里来耍,必带着酒气,到后立刻坐,嘲笑我不能喝酒。

"并且时常劝我娶妻,有时候竟说:'你这种是没有为女人劳苦过的门外汉,所以不晓得女人的滋味。'那么他自己怎样呢?说起来也好像没有经过为女人的劳苦,他现在的妻,听说还是师父帮忙撮成的。

"大概是天性吧,我到了东京以后,十年之间,也曾经过了种种的劳苦,却是不能干激烈的事,连激烈的话也不能常出口,骤见我好像是不能和女人亲近的粗鲁汉,木匠藤吉说我是门外汉,不晓得女人的滋味,决不是无理的话。实在我并不是因为漂亮犯着女难,都是因为优柔、粗鲁,反而犯着女难的。

"有一晚,藤吉来说:'如有衣服,可拿出来叫我的女人去洗。'我也不客气,把单衣和衬衫交付了他。到了第二日,木匠的妻就亲自把衣服送来。'这样,所以叫你快点娶老婆,老婆的好处,光是因了这一点,也就可晓得了。'说着把拿来的衣服,抛在我的膝上回去了。这个女人叫阿俊,年纪二十四五岁,在长屋中,阿俊很有艳名,甚至于有在阿俊面前调笑了说,'嫂嫂无论怎样看,总是漂亮'的。'不是普通的女人!'这点光景的事情,在我的眼睛里,也已经感觉着了。

"藤吉每晚来了。这呢,一则因为热心要跟我学吹箫的缘故。箫和笛这类东西,好像是有天才的。藤吉原是个聪明人,无论如何,总不进步,却是他只管啵啵地吹。

"阿俊也来耍了。起初是夫妇同来,后来碰着星期日等类藤吉不在家的时候,她就一个人来,独自饶够了舌,方才回去。我后来也常到藤吉家里,到十二点钟为止讲点无聊的话。阿俊时常照顾我,有时连饭也替我烧,家里有菜,就送来给我,有时候,不等我从局里回来,已替我把饭预备好了。藤吉有一次嘲笑着她说,'你近来有了两个丈夫了,忙呵!'话虽如此说,藤吉并不疑我的。起初不过是邻舍的交际,后来连自己的经历,都不秘密,什么都和我商谈了。我因此也好好地和他相与,竭力地帮助他,有时连金钱都通融给他,他于是越加信我为惟一的知友。有一次,我受了两日的风邪,他竟停了一日的工,守在我的旁边。

"长屋中的人们,大都爱我,有的称赞我是和气的人,有的称赞我是稀有的诚实人。所以不但阿俊,凡是妇人们,都帮我做不曾托她们做的事情。可笑的是阿俊的因此吃醋,她好像'有我呢,要你们做什么'的态度,做出不快活的面孔,给别的女人们看,别的妇人因此竟故意越帮我的忙来寻开心,这样着,长屋中的人们,疑我和阿俊有关系了吗?决不,我是从开始就被信为铁汉一样的诚实的人,不过阿俊却没有这样的信用。有时候,竟有恶口者向我当面说:'阿俊有点靠不住,不中用的。'

"实在,阿俊即使被人说靠不住,也是无法的。有一夜,我正在铺床,阿俊跑进来:'大概我铺得不合心吧!'说着把被窝夺去铺了。一面说:'主人请睡!呵!费人手脚的丈夫!'一面用了带色情的眼睛,注意着我。这种决不是平常的事,那时候的我呢,也并非真如长屋所称赞的诚实汉,不是木石以上,心情当然觉得异样了。

"有一次,我对了藤吉,说:'阿俊真真漂亮!全然不像平常人!'藤吉呵呵地笑了。'被你猜着了!她原是某茶店[注12]中有名的女相帮,被我的师父访着了,听见本人说要跟规矩的工人,就趁机替我撮成了的。'他好像得意的样子,把阿俊的来历说明。我从此以后,越觉得阿俊的态度奇怪了。

"一时总算勉强平静无事地过着,有一次,正是八月中旬非常热的晚上,长屋中的人们,都在外乘凉,只有我因为前晚受了凉,身体不快,不到天黑就关门睡了。十点钟的时候,还很嘈杂地听得外面的人声,后来渐渐静去,阿俊也好像已经规规矩矩地进去了。我因为睡不着,并且热得气闷,于是起来坐在火钵旁边吸了一回烟,既而想到门外去,就连寝衣都不换,跑出到巷里了。巷里已经一个人都没有,走到巷口,月亮正斜到爱宕山上,大路上还有点风,就顺步走着,忽然前面来了一个人,口里不晓得唧咕着什么,样子好像是个醉汉,我正避路着,他偏碰到我面前来,把他抬着的脸孔一看,原来是藤吉。

"藤吉一看见是我:'喂!朋友!碰见得巧得很!我正想闯到你那里去。回去吧!今夜真忍不住了!有事情非和你商量不可。'说着,就提了我的手,把我往巷里拉。

"我晓得他醉了,就说:'好的!好的!回去吧!无论什么都可说的。'一齐到了家里。

"藤吉的脸色,一看苍白得几乎悽惨,眼睛也停住不动。一坐下,就说:'你听我讲,我已忍不住了!'这样开了场,以后便硬了舌头,滔滔地讲谈起来。原来事情是这样:那日藤吉和他的伙伴在某处一同吃了几杯,伙伴中有一个,因了某种机会和藤吉争论起来,彼此恶口以后,对手者好像骂他,说:'受了师父的旧货,还自己以为得意煞,这种没用的东西,替我不要开口!'这触动了藤吉的怒,原来这个以前,听说藤吉已曾两三次受过朋友的嘲笑,说他师父原和阿俊有关系,后来再推给他的。藤吉正为此事烦闷,今天又听到他伙伴的嘲骂,说不出的不平,就破裂了出来,好像这样说:'干你鸟事!师父的旧货便什么?你连旧货都没有!'这样一回骂,对手者冷笑了说:'旧货倒不要紧,可是还是新货呢!现在也是一个月两三次在那里走动的。'藤吉一听得,就说:'好的!你看着就是了!'跑回来要想逐出阿俊,路上就碰着了我。

"他于是说:'我想去逐出阿俊,你也赞成的吧!'我说:'阿俊和师父向来有没有过关系,我虽然不知道,至于现在,已经成了你的重要而且很好的妻了,用不着逐出,况且看去也没有和师父有关系的样子,我敢担保。'藤吉说:'现在如果有关系,就打杀她,只讲以前有过关系,我也不能容许,我要把阿俊逐出,打师父的嘴巴。他好像连老婆都周旋给你的样子,摆着师父的架子,我早已不高兴了,玩厌了,再推给我,这算什么一回事!太欺人了!'我无论如何劝他,总是不听,就回到家里去了。

"我觉得有些不放心,要想跟着藤吉走,藤吉不放我进去,说:'请你不要管我!'我没法只好立在门外,听屋内的动静。阿俊好像已经睡了,藤吉拖她起来一面怒骂着。阿俊像个什么都不出声,只听他骂,过了一息,忽然跑出外面来,见了我:

"'滥嚼舌头了!和醉汉讲道理也无益,让他去吧!'说着向着我的屋子里走,我也跟着阿俊回到自己屋里。

"'大概是哪个嚼舌的在那里挑唆吧,真真没有法子!'阿俊说着在火钵旁边坐下,吸摆在那里的烟。

"'一到明日早上就没有什么了。'我也无聊地安慰着,阿俊却并没有要回去的样子。

"'好像已经安静了,回去看看来吧。'阿俊见我这样说,就一声不响地去了,我就进蚊帐里面,哪里晓得没有多少时候,阿俊仍旧走了过来:

"'睡得很熟呢,我把门反扣了来了。'说着不动。

"'那么,你怎样呢?'我从蚊帐中问她。

"'我就这样地不睡到天亮。'

"'这哪里使得?还是回去睡吧!'我这样说。阿俊好像烦恼的样子:'请你不要管我!喝醉了,夜里说不定要怎样,我怕呢!'说了,平气地把烟吸着。我也没话可说,只好一声不响,阿俊也不像平日多嘴。从蚊帐中看去,薄暗的灯光,从她蓬松的头发跨到脸孔的侧面,朦胧地照着。天气很热,她一种宽放的装束,觉得有平时没有过的诱惑。

"这样大概过了二十分钟,阿俊不断地用团扇把蚊赶着:'呵!好厉害的蚊虫!'说着就立起来到了蚊帐的旁边,问我说:'你已睡熟了吗!'

"'正要睡熟了。'我用了睡气模糊的声音回答她。'请让我进来,熬不住蚊虫了!'说着就到勉强只有一人可睡的蚊帐中来了。

"阿俊一早就回去了。不晓得是阿俊怎样地凑了藤吉的趣呢?

还是藤吉酒醒来自认了错呢？藤吉依旧好好地做工去了。出去的时候，到门口来说'早呵'！接着又不知为什么笑了把头皮搔着：'且等回来再道歉！'一面说，一面去了。'做了错事了！'我对着他的后影，心里虽然痛切地这样想，却是已经追悔不及。从此以后，阿俊的丈夫，真个有了两个了！

"这个以后，不到一月的里面，有一日藤吉又不晓得被师父怎样说了一番，动气回来了。这次一点都不曾喝醉，说要和阿俊暂时别开，自己到横滨营生去，样子好像很有觉悟。我告诉他：'到横滨去也好，同阿俊却可不必分离，把她寄在我这里，半年以后你回来再大家一处，还是这样吧！'藤吉流着泪感激我，说了一声：'万事拜托！'就收拾了屋子，把阿俊寄居在我家里。自己到横滨去了。

"这样，就太平无事，阿俊和我全然像夫妇的样子把日子过着。

"过了一月光景，我忽然生起眼病来，起初总以为不要紧，也不看医生，局里呢，仍是带着病去到，哪里晓得后来一日·日地不对，到终把局事休息了去看医生，医生说是不容易好的病，于是尽力医治，却是总没有好起来的样子。

"阿俊很注意地服侍我，藤吉那里也没有什么音信，我一想起藤吉，就痛感到自己的错处，觉得实在做了坏事了！却是也没有劝阿俊去跟寻藤吉的决心，只是一面觉得错，一面仍受着阿俊的情爱。

"这当儿，眼病一天一天地厉害，局里呢，已经请了一个月以上的假，我心绪也不成了心绪，'倘然变了盲人……'一想到此，就苦闷起来。

"这时候可怪的,是阿俊的样子大变了。不晓得为什么,服侍也不如从前,并且常时因了无谓的小事动气,将我来泄怒。有时候还不晓得是哪里去的,竟半日不回来。我口里虽然不说什么,心里却老不高兴。有一天,来了一个男子,大声地到门口说:'可以让我进来吗?'

"'请进来!'阿俊起来出去招呼,不晓得和他唧咕唧咕地说了些什么,过了一息,跑到我枕边来:'头脑来了!说是有话和你说。'

'不知是哪个头脑?'我正在这样想,那男子就到我枕旁:

"'今天初会。我是做木工的助次郎,藤吉和阿俊劳你照顾,我说不出的感激,就中阿俊特别地受了你的厚待,我代了藤吉来向你十分地道谢,现在阿俊从今天起归我照顾了,立刻就预备叫她从你家迁出,请你接洽。'他这样斩钉截铁地说了许多话,我却没话可说。

"'阿俊好像立刻就和头脑勃达勃达地收拾起行李来了。不久,阿俊到了我的枕边说:'这有种种的缘故,你不要见怪,再会!自己保重!'

"两个人去了,我哭也不成,叫也不是,'这都是报应!'一想到此,母亲的憔悴的相貌和带着孕撇掉的阿幸的脸孔,都现到眼前来了。

"局里把我免职了,眼睛呢,结果瞎了一只,一只虽然还看得见一点,却是到底不中用,这当儿,本来不多的贮蓄也如数用尽,就一直堕落到现在的样子。现在自己也不再觉得悲伤,不过随了自己吹出的箫声,一想起可爱恋的母亲,觉得还是死了好,却是死也仍是死不去。"

盲人临去更吹一曲,我差不多不忍再听他的哀音悲调了!恋的曲,怀旧的情,流转的悲哀的里面,可不是潜藏着永久的怨憾吗?

月西落,盲人去了。第二日就不见他在镰仓了。

〔**作者**〕

国木田独步(1871—1908)是日本自然派作家的先驱。他的杰作《独步集》在1904年出版,但当时社会上没有人理会他,等到田山花袋等出来,竖起自然主义的旗帜,这才渐渐有人知道他的价值,但是他已经患肺病,死在茅崎的南湖院了。

〔**注释**〕

[注1]日本明治年间,用马拉着在铁道上急驰的公共马车,现在已经没有了。

[注2]日本的一里,约合中国的六里。

[注3]一反是一町的十分之一。

[注4]岭顶。

[注5]有名的"战记物语"之一。

[注6]一日本里的三十六分之一。

[注7]"战记物语"之一,小岛法师所作。

[注8]写战争的通俗读物,近于我国的"演义"。

[注9]一称通俗小说,取材于我国的《水浒》。

[注10]日本房子的大小,用席数的多少计算,几张席就叫做几叠。

[注11]贫民住屋叫做"长",即"平房"之意。

[注12]日本的所谓茶店,是妓女与狎客的幽会所。

〔解说〕

作者的自然主义,并不是左拉(Zola)一派来的,他的思想很受威志华斯(Wordsworth)的影响,他的艺术是以屠格涅夫(Turgeneve)为师的。在他的著作里,飘浮着人间的哀愁。他的作品都是短篇,可以分为五类。1.描写自然界的(例如《武藏野》);2.描写"悲哀"与"夫妇问题的"(例如《别离夫妇》等作);3.写"运命"或其他人生问题的(例如《女难》《牛肉与马铃薯》等作);4.写少年时代的追忆(例如《少年的悲哀》);5.描写性格(例如《警察》)。《女难》虽写情欲,但作者的态度极其严肃,这与左拉、莫泊三等人的自然主义,迥然不同。他的代表作除这篇《女难》之外,还有《少年的悲哀》《牛肉与马铃薯》等名篇。

樊　凯

[俄国]柴霍夫　作　　赵景深　译

樊凯是一个九岁的孩子,已经在靴匠余利亨那儿做了三个月的学徒。那一天正是圣诞节的前夜,他还没有睡。等他的主人、主妇和店伙去做夜半祷告的时候,他从主人的橱内拿出一瓶墨水、一枝钢笔,笔尖已经生锈了。后来他把一张皱缩的纸铺在他面前,就写了起来。

在未写以前,他好几次提心吊胆地在门口和窗前张望,又偷偷地看黝黑的神像,神像两旁摆满了鞋模。他不禁叹了一口气。纸铺在凳上,他是跪在地上写的。

他写:"亲爱的祖父康嗣但丁,我正给你写一封信。我祝你圣诞节快乐,万能的上帝将给你一切的福气。我没有父母,你就是我唯一的亲人了。"

樊凯举目望了望黝黑的神像,神像上反映着烛光,他就活跃地忆起他的祖父康嗣但丁来。他祖父是在徐复礼家里当看门的。他是一个瘦小精明六十五岁的老人,脸上永远含着笑容,眼睛总是醉醺醺的。白天他睡在仆人的厨房里,或者跟女厨子开玩笑;晚上裹着大羊皮袍子,转着圈子走路,不住地用小槌打更。两条狗,老喀西探加和意尔,垂着头跟着他。意尔名称的由来,是因为它毛黑身长,好像黄鼠狼一样。这意尔很有礼貌,待客人与待主人一样,不过名誉不大好。它外表好像很温和,其实是一肚子的鬼。趁人不备,咬人家的腿,溜到储藏室里,或是偷农民的鸡,谁也没有它的本领大。它的后腿几乎被人家拉断,像这样不只一次,还有两回被人家吊来打。每星期它都被人家打得半死,又苏醒过来。

这时祖父一定是站在门口,眼睛朝上看着礼拜堂的红窗,跺着高靴,与仆人们开玩笑。他的小槌挂在皮带上,抱着两臂,冷得发抖。他干笑着,先叫女仆嗅鼻烟又叫女厨子嗅。

他把鼻烟盒献给女人们,说道:"嗅一点鼻烟,好不好?"

女人们都嗅了一下,立刻就打喷嚏。祖父就快乐非常,一个劲儿欢乐地干笑着,嚷着说:

"快些把鼻涕拧掉,不然就要冻住了!"

他们也给狗嗅鼻烟。喀西探加打了喷嚏,摇摇头,很生气地走开去了。意尔因为很有礼貌,没有来嗅,只是摇摇尾巴。天气很好,空气澄清而透明。晚上很黑暗,但人家还可以看见全村的白烟顶有白烟从烟囱里冒出来,严霜染着的银树以及雪块,天上闪耀着明星,天河清晰得好像在假日扫去路上残雪似的……

樊凯长叹了一声,把笔在墨水瓶里蘸了一下,又继续写下去:

"昨天我又挨了一顿打。主人拉了我的头发,把我拖到院子里。

用撑鞋的铁楦来打我。他打我的缘故,只是因为我摇他们的婴孩,偶尔睡熟了。一星期以前女主人要我洗青鱼,我从鱼尾洗起,她就拿鱼头来打我的脸。伙计望着我笑,差我到酒店里打伏加酒,还要我把主人的黄瓜偷来给他们,被主人知道了,主人顺手随便抓一样东西就打我。

"这儿没有好东西吃。早上他们给我面包,中午给我粥吃,晚上又是面包;至于茶和菜汤,是主人和主妇喝的,没有我的份。他们要我睡在路口,婴孩一哭,我就睡不熟,只好来摇摇篮。亲爱的祖父呵,看上天的面,把我带走,回家乡去吧。我实在忍受不住了。我跪在你的脚下,要永远为你在上帝面前祷告。把我带走吧,不然我要磨难死了。"

樊凯的嘴动着,用黑拳头擦他的眼睛,哭了起来。

他继续写道:"我可以替你擤[注1]鼻烟,可以替你祷告,如果我做错了事,你可以像宰羊一般地打我。如果你以为我不容易找到职业,我就要恳求账房先生,看耶稣面上,容我替他擦靴,或者替代费加去做一个牧童。亲爱的祖父呵,我不能再忍受了,这简直不是人过的生活。我想要逃到乡下去,不过我没有靴子,又怕受风霜摧凌。我长大成人时,要孝顺你,不让人家欺侮你。你死后我要为你祷告,使你灵魂在地下安眠,与待我妈妈一样。

"莫斯科是一个大城。有许多绅士,许多房屋,还有许多马,不过没有羊,狗也不凶恶。这儿的小孩们不戴金星,并且也不许唱赞美诗,有一次我在一家店里看见一个窗子出卖鱼钩,线和一切鱼具尽都齐全,实在真好,其中有一个钩甚至可以钩十磅的大鱼。我又看见卖枪的店铺,有各种的枪出卖,与家中主人的枪一样,所以他们标价一百卢布[注2],我也并不惊奇……肉铺里有松鸡、鱼、兔出售,但铺子里的人却不说这些东西是从哪里打来的。

"亲爱的祖父呵,大屋子里的人有了圣诞树时,请你替我拿一个镶金胡桃,放在绿盒子里。可以向小姑娘婀迦讨,说这是给樊凯的。"

樊凯微叹一声,又看着窗子。他记起他的祖父时常到森林里去,替他主人砍圣诞树,带他孙子一同去。那时是多么快乐呵!祖父喉咙里咯咯地笑,树在霜中笑,樊凯也望着他们笑。在未砍圣诞树以前,祖父要嗅烟,慢慢地拿起一撮鼻烟,向着受冻的樊凯笑……小松树满覆严霜,兀立不动,等着看他们谁先死。忽然一只兔箭一般地跳过雪堆……祖父不禁嚷道:"捉住它,捉住它……捉住它呵!短尾兔!"

祖父砍下圣诞树,便曳到大屋子里来,动手点缀。……小姑娘婀迦最忙碌,她是樊凯的好朋友。樊凯的母亲皮莱奇在日,是在大屋子里当女仆的,婀迦常给樊凯糖吃,没有事做,就教他读书习字,计数到一百,甚至教他跳舞。他母亲死后,他们就把樊凯送到仆人的厨房里,交给他祖父看管,后来又到莫斯科,在靴匠手下做学徒。

樊凯又继续写着信说:"亲爱的祖父呵,来吧,看耶稣面上,我求你带我离开这里。可怜可怜像我这样一个不幸的孤儿吧,此地个个人都打我,我饿得很,我不知为甚,终日哭泣。有一天主人用鞋模打我的头,我就晕过去了。我的命运很坏,连狗都不如……替我问候夏郁娜、独眼叶谷加和马车夫,我那手风琴不要给人家抢去。你的孩子,樊凯。亲爱的祖父,一定要来接我呀。"

樊凯把信折成四叠,放在一个信封里,这信封是他白天花一个戈比买来的……他想了一会,便蘸了蘸墨水,写上地名:

"村庄,给我祖父。"

他搔了搔头皮,又写上"康嗣但丁",私幸不曾有人窥破,连忙戴上帽子,也不穿外衣,就穿了短衣走到街上……

前天他曾问过肉铺里的人,知道信是要放在邮筒里的,从邮筒里取出,用邮车送到各地。大半都是些喝醉酒的邮差送,车上的铃声不住地当当响着。樊凯走到最近的邮筒,就将宝贵的信丢在里面……

一点钟以后,为希望所抚慰,他很酣地睡熟了。……他梦见炕床,他的祖父坐在炕床上,摇动着一双赤脚,把信念给女厨子听。……

意尔在炕床旁边摇着尾巴。

(选自《柴霍夫杰作集》)

〔作者〕

柴霍夫(1890—1904),俄国短篇小说家,与法国的莫泊三同称为世界短篇小说作家之二柱石。曾卒业于大学,为医师。十九岁时即开始写作,得批评家的赞赏。著有戏剧数种及短篇小说百余篇。以忧郁的情调,写凡庸的人生。对于现世虽抱悲观,而于未来犹怀希望。文体简洁清丽,尤为短篇作品的楷模。柴氏后以肺病卒,年仅四十四岁。

〔注释〕

[注1]同捣,舂也。

[注2]俄币名。

〔解说〕

柴霍夫的写实主义,与法国莫泊三的暴露人性的丑恶有异。氏以客观之笔,描写沉痛、幽默、黑暗、烦闷的人生。论者称为"笑中含泪"的艺术,本篇即此种作风的代表。

父亲拿洋灯回来时候

[芬兰]哀禾　作　　周作人　译

父亲去买洋灯,或者略早一点的时候,他对母亲说:

"喂,母亲,我们不要买一盏洋灯吗?"

"洋灯？怎样的洋灯？"

"怎么！你不知道住在市镇上的杂货店主从圣彼得堡带了几盏洋灯来,点起来比十枝松明[注1]还要明亮吗？牧师公馆里已经买了一盏了。"

"啊,是了！便是那件东西,在屋子中间发光,我们任在哪一个屋角里都能够看见字,正同白昼一样的吗？"

"正是那个,这是油在那里烧着;你只要在晚上将它点上,它便一直烧到第二天早晨,不会熄灭。"

"但是那湿的油怎么会烧呢？"

"那么,你也可以问白兰地[注2]怎么会烧哩！"

"但那是全面着火了,白兰地烧着了的时候,你便是用水来浇也再不能够熄灭它。"

"油和火都关在玻璃里面,怎么全面会着火呢?"

"在玻璃里面?火怎么会在玻璃里面烧着,它不会爆破吗?"

"什么不会爆破?"

"那玻璃。"

"爆破!不,它决不爆破。它或者要爆破,我告诉你,倘若你将火旋得太高了,但是你不必这样做。"

"将火旋起来?不,亲爱的,你说着玩话吧,你怎能将火旋起来呢?"

"听着吧!你将螺旋往右旋的时候,灯心上来了,那洋灯,你知道,有一枝心,同平常的蜡烛一样,而且那火也上来。但是你倘若往左旋,火就渐渐地小了,你吹它,它便熄了。"

"它熄了!自然!但是我还一点都不明白,无论你怎样讲解,我想是一种时新的绅士们的用品吧"。

"等我买一个来,你就立刻明白了。"

"它要多少钱一个呢?"

"七个半马克[注3],煤油在外,每罐一马克。"

"七个半马克,还有煤油!这尽够买许多松明,供多日的用。假如你愿意花了钱买这样的东西;但是沛加将它劈成小片,一个钱都不会损失。"

"买了洋灯你也不会损失什么!松明也是值钱的,而且现在你再不能像先前一样,在我们地上随处可以拾到了。你须有工夫去搜寻这样的木材,从最偏僻的地方将它拖到这边泥沼里来,而且它又立刻用完了。"

母亲明知道松明并不真是这样容易用完,因为以前并没有说起过,这不过是一种口实,可以出去买这洋灯罢了。但是伊聪明地闭住了嘴,不使父亲发恼,否则洋灯便不买来,也没得见了,或者别人会设法先买一盏到他家里,于是全个教区便要谈论在牧师公馆以后首先用洋灯的人家,说个不完。母亲将这件事细细想过,对父亲说道:

"买吧,倘你喜欢。我只要能够看见,可以纺织,无论点着松明,或别种的油,于我都一样。那么,你想什么时候去买呢?"

"我想明天就去,我还同杂货店主有点别的小事情呢。"

这正是一礼拜的中间,母亲很知道这别的事情无妨等到礼拜六再去办,然而伊也不说什么,只是心里想,不如愈早愈好。

这天晚上,父亲从仓库里拿出那大的旅行箱来,这还是祖父从乌勒亚堡来的时候,储藏粮食的东西;父亲叫母亲装满干草,中间放上一块棉絮。我们小孩便问,为什么他们在这箱子里只放下干草和一点棉絮,没有别的东西呢?但母亲吩咐我们这一班人,都闭住了嘴。父亲却更为高兴,便给我们说明,说我将去从店里拿一盏洋灯来,这是用玻璃做的,倘若它跌了,或者那撬颠簸得太厉害,它就要粉碎了。

这一晚上,我们小孩在床上醒了好久,心里想着那新洋灯,但是厨下的沛加,平常专劈松明的人,一等松明吹熄,便呼呼地睡着了。他一回都不曾问,洋灯是什么东西,虽然我们谈论得很多。

父亲旅行了整整的一天,这在我们似乎是很长的时候了。我们这一天连食物都不觉得好吃,虽然我们中午有牛乳汤。但是厨下的沛加连吞带咽的，吃到有我们几个人一总并起来的那么多，他终日劈他的松明，直到将柴房都装满了。母亲这一天也不曾织了多少苎麻，因为伊只是走到窗口，向着外边冰雪上，去窥望父亲。伊时时对沛加说，以后或者不再要那些松明了，但沛加似乎不大注意，他连这是什么缘故也并没有问。

直到晚餐时候，我们才听得院子里马铃的声响。

我们小孩嘴里还衔着面包的小块，奔突出去，但父亲将我们赶回，却叫厨下的沛加去帮他扛那箱子。沛加早已在火炕的凳上，坐着打瞌睡，所以他冒冒失失的，在帮着父亲扛箱子进屋里来的时候，他将箱子碰在门枋上；倘若他年纪再小一点，必定要挨父亲的一顿痛打，但他现在是一个老汉了，父亲平常没有打过比他自己更老的人。

可是洋灯倘若真是粉碎了，沛加也不免要听父亲的一两句话，幸而倒还没有什么损伤。

"笨汉，爬上火炕去！"父亲向着沛加吼叫，于是沛加爬上炕去了。父亲已经从箱里拿出灯来，一只手提着。

"看吧！现在在这里了！你想这怎么样？你将油倒进这玻璃瓶里去，那在里面的一段带便是灯心——呵，你将松明拿远一点！"

"我们点它吗？"母亲退后着说。

"你疯了吗？它怎能点着呢，并没有油在里边！"

"那么，你不能倒些进去吗？"

"倒油进去？好容易的话！是的，那正是那些人说的话，在他们不懂得这道理的时候，但是杂货店主再三嘱咐我，不要在火光下倒油进去,因为它会着火,将全所房屋都烧掉了。"

"那么,你在什么时候将油倒进里面去呢?"

"在白天里——白天,你听见吗?你不能等到白天吗?这也实在并不是怎样的大奇事。"

"那么,你看见它点着过吗?"

"我自然看见过,这是什么问?我多回看见它点着,在牧师公馆里,又在店里试点这个的时候。"

"它点着了吗?"

"点着了?它自然点着了。我们将店窗都关上了的时候,你连地板上的一枝针都能看见。你看这里!这里是一个帽;火在玻璃瓶的这个地方烧着的时候,火光不能爬到顶上去,在那里并不要它,它便向下垂下来,所以你能够寻到地板上的一枝针。"

我们极想试看,我们是否真能寻到地板上的一枝针,但是父亲将洋灯挂在屋顶下,起首吃他的晚饭。

"今天晚上,我们只能且把松明再将就一回。"父亲且吃且说,"但是明天,洋灯将点在这间屋里了。"

"父亲,你看!沛加终日劈松明,将柴房都装满了"。

"好吧,总之我们现在有柴了,可以供我们一冬天的用,因为我们不再要它做别的用了。"

"但是浴室同马房里怎么样呢?"母亲说。

"在浴室里我们将点洋灯。"父亲回答说。

这一夜里,我比前夜睡得更少;早晨醒来的时候,倘使我不是怕羞,我简直要哭出来了,因为我想起那洋灯非等到晚间是不点的。我梦见父亲在夜里加油,洋灯整整地点了一日。

天才发亮,父亲从他的那大的旅行箱里,拿出一个大瓶,又将它的内容倒了若干在略小的瓶里。我们很想问他这瓶里是什么东西,但我们不敢,因为父亲的颜色如此庄重,全然使我们惊慌了。

他将洋灯从屋顶拉下一点来,很劳碌地收拾,又将它旋开,那时母亲不能再忍,便问他做什么。

"我是倒油进洋灯去。"

"但是你将它折碎了!你怎能将旋开的各件放到原位上去呢?"

母亲同我们都不知道父亲从玻璃瓶上拿下来的东西是叫作什么名字。

父亲并不回答,只叫我们站远些。他于是将小瓶里的东西倒在洋灯的玻璃瓶里,差不多满了。我们猜想那大瓶里一定也是煤油了。

"那么你现在不点它吗?"母亲说,这时候,先前旋下的东西都已经重复放好,父亲又将洋灯高挂在屋顶下。

"什么!在白天里吗?"

"是的,我们试看它会点着吗"

"它会点得很好,只要等到晚上,不要多劳心!"

早饭后,厨下的沛加扛了一大块冰冻的木头进来,预备劈成松明。他将木头从肩上摔在地下,很大的一声响,使全屋都震动,洋灯里的油也动荡了。

"安静点!"父亲叫道,"你这样骚扰,为的是什么呢?"

"我把这油松扛进来,叫它融化一点,没有别的法子,它是完全冻了。"

"那么你可以不必多劳吧。"父亲说,对着我们眨眼。

"但不这样,你总不能叫它烧着。"

"我说,你可以不必多劳了。"

"那么,松明不要再劈了吗?"

"假如我真是说松明不要再劈了呢?"

"啊,这在我都一样,倘若主人没有它也可以将就的。"

"沛加,你不看见,什么东西挂在椽子底下吗?"父亲问这话的时候,傲然望着洋灯,又怜悯地看着沛加。沛加将他的木块放在屋角,随后才去看那洋灯。

"这是洋灯,"父亲说,"它点着的时候,你再不要松明的火了。"

"啊!"沛加说。以后再也没有一句话。便经往马房后面他的砧板那边,整天地劈柴,同平日一般,将和他一样高的一段树都劈成小片。但是我们其余的人,几乎一点事都不能做。母亲假作纺织,但伊苎麻还没有减去一半,伊推开纺锥,走出去了。父亲当初在那里削他的斧头柄,然而这件工作似乎不很适意,因为他只做了一半便放下。母亲出去以后,父亲也出去了,至于他是否往镇里去,我可不知道了。总之他盼咐我们也出去,而且答应我们一顿打,倘若我们用指尖触一下那洋灯。我们如敢这样,真是同想摩弄牧师的绣金法衣一样了。我们只怕挂这宝贝的绳断掉了,我们将代负这责任。

在客室里,时光觉得很沉重,我们又想不出别的事做,所以决定全体到溜冰的山坡上去。

镇里有一条直路,到河边去汲水;这路的尽头是山坡的脚,橇可以从山上溜下来,随后再从那边沿着冰的裂处,走上山去。

"灯山的小孩们来了。"镇里的一个小孩子见了我们便叫着说。

我们知道他们的意思,并不问他们灯山的小孩是指什么,因为我们的田庄自然并不叫作灯山。

"嗳,嗳!我们知道!你们去买了一盏那些洋灯,到你们家里来了。我们都知道!"

"但是你怎么会已经知道的呢?"

"你们母亲走过我们这里的时候,告诉我的母亲说的。伊说你们父亲从店里买来了一盏洋灯,点起来有这样明亮,你能够寻到地板上的一枝针,法官的使女是这样说的。"

"这正同牧师公馆的客室里的洋灯一样,你们父亲刚才对我们说,我亲自听见他这样的说。"饭店主人的小孩接着道。

"那么你们当真买了那样的一盏洋灯吗,呃?"镇里的小孩们都问。

"是的,我们买了。但在白天里没有什么可看,到了晚上我们便一齐回家去。"

我们坐橇[注4]溜下山去,又走上山,直到黄昏时候;我们每次拉了橇上山顶去,便和镇里的小孩们谈论洋灯的事。

这样,时光过去了,比我们预想的更快,到末一次我们从山上溜下的时候,便奔跳回家来了。

沛加站在砧板旁边,连头也不回,虽然我们齐声叫他去看洋灯怎样的点着。我们小孩成群地直窜进屋里去。

但是我们在门口直挺地站住了。洋灯已经点着在椽子底下,照得这样明亮,我们看了禁不住眨眼。

"把门关上,天非常的冷。"父亲从桌子后边叫道。

"他们同鸡一样,在风寒天里到处地跑。"母亲坐在火炉旁边,喃喃地说。

"无怪小孩们看得迷了,便是我这样的老婆子也禁不住要看哩。"饭店主人的老母亲说。

"我们的使女也要看不饱了。"法官的继女说。

我们的眼睛对于灯光略略习惯了,这才看见屋里都是邻人,几乎半满了。

"小孩们,走近前来,你们可以看得清楚。"父亲说,他的声音比先前更温和。

"敲去你们脚下的雪。"母亲也说道,"到火炉旁边来,从这里看去,这才美丽呢。"

我们连奔带跳,走到母亲那里,靠着伊一排地坐在板凳上。现在在伊的翼下了,我们才敢更精密地观察这洋灯。我们不曾想到它会像现在这样地烧着,但是我们既然得不到别的解决,所以终于归结说,总之它现在烧着,正如其所应烧。我们窥望了较长久,又似乎我们原已想到,它应该像现在这样地烧着了。

但是我们所始终不能懂的,是怎样地将火放进那样的玻璃里面去。我们问母亲,但伊说我们只要以后看怎么做便好了。

镇里的人互相竞争地称赞这洋灯,一个这样说,别个又那样说。饭店主人的老母亲说,它安静明亮地照着,正如天上的星。法官是眼睛有病的,他说这灯很好,因为它不冒烟,可以点在房间的中央,一点不会将墙壁熏黑。父亲回答他说,这本来是堂屋里用的,但用在住房里也很适宜,而且现在也不必再拿了松明,这边那边的乱窜,因为在这一个灯光下大家都能看见,不要那许多松明的火了。

母亲说起,礼拜堂里的小号的灯檠,并不比这个更亮,父亲便叫我拿出我的ＡＢＣ书来,走到门口,试看能否看见。我走去,开始读"我们的父"。但是他们都说:"这孩子是读熟的。"母亲于是将一本赞美歌塞在我手里,我念道:"在巴比伦的河边。"

"是的,这真是稀奇!"镇里的人的证明是这样说。

于是父亲说道:"现在倘若谁有一枝针,你可以投在地板上,试看他即刻可以寻到。"

法官的继女有一枝针插在胸前,但是伊将它投在地板上的时候,它落到裂缝里去了,我们终于寻它不到,因为它是这样的小。

一直到镇里的人都去了之后,沛加这才进来。他初看见这异常的灯光,将眼睛眨了一会,随即从容地脱去他的背心和破布靴。

"这是什么,在屋顶下闪闪的,几乎把你眼睛都弄瞎了的?"他将袜子挂在橡下的时候,终于发问了。

"你来,且猜这是什么。"父亲说,对着母亲和我们眨眼。

"我不会猜。"沛加说着,走近洋灯。

"或者这是礼拜堂的灯檠吧,呃"？父亲玩笑地说。

"或者是的。"沛加承认说。但是他的确有点好奇了,他用大拇指去摸洋灯。

"不要去摸它。"父亲说,"只看吧,不可惹它。"

"对啦,对啦！我并不要和它去多事！"沛加说,略有点不高兴,他便回到门旁沿墙放着的板凳上去了。

母亲大约觉得这样待遇可怜的沛加,是件罪过。伊便给他说明,这不是礼拜堂的灯檠,但是人家所称为洋灯的,它用油点着,所以更不要什么松明了。

但沛加听了这些说明,一点都不明白,他立即动手去劈以前扛进屋里来的那块油松。父亲对他说,以前不是已经告诉他,不必再劈松明了吗？

"啊！我全忘了。"沛加说,"但是倘若不要了,它可以就搁在那里。"沛加说了,将他的松明刀插在墙的裂缝里。

"那么让它在那里休息着吧。"父亲说,但沛加再也不开口了。

过了一刻,他开始补他的靴子,踮着趾尖从椽子上抽下一枝松明来,点着,插在劈开的木柴上,随后在火炉边的小凳坐下了。我们小孩比父亲看见得早,因为他正背着沛加立在灯下,鉋他的车轴。我们不说什么,只是嬉笑着互相低语。"倘若父亲看见了,他将说什么呢？"我想。父亲终于看见他了,他立在沛加前面,两手叉着腰,很轻蔑地问他做的是什么细工,因为他自己必需别置一个灯火。

"我只是补我的鞋罢了。"沛加对父亲说。

"啊，真的！补你的鞋吗，呃？倘若这亮光在我虽然够用了，你却不能看见，那么你可以同你的松明到浴屋里或者后边去，任你的便。"

于是沛加去了。

他将靴子挟在腋下，一手拿凳，一手拿了松明，走出去了。他轻轻地出门走到客屋，又从客屋走到院子里。松明在外边的强风里，猛烧起来，红的火光暂时在柴房牛马房上面闪烁照耀。我们小孩从窗间望这火光，觉得非常美丽。但是沛加弯身到浴室门后去的时候，院子里又全是黑暗，我们只见洋灯反映在暗的窗玻璃上，更没有松明可以看见了。

自此以后，我们在住室里不曾点过一枝松明。洋灯得胜地从屋顶下照着，每到礼拜日晚间，镇里的人常来观看赞叹。全个教区都已知道，我们家里是牧师公馆以后第一个使用洋灯的人家。自从我们立下榜样以后，法官也买了和我们一样的一盏洋灯，但是他不曾学会怎样点法，所以他很愿意卖给饭店主人，现在饭店主人还保存着。

稍为贫苦的人家，不能够买洋灯，所以一直至今他们仍然在松明的火光下，做他们的长夜的工作。

我们买了洋灯不久之后，父亲将住室的板壁刨得光滑洁白，不曾再被熏黑，因为那冒烟的旧火炉拆去了，改造了一个新的，将烟放到外边去，烟筒上有一个尖顶的帽。

沛加用了旧火炉的石头，在浴室里也造起一个新炉来，那些蟋蟀也跟着石头移到那里去了，总之在我们住室里，它们的鸣声永远没有听见了。父亲一点都不关心，但是我们小孩在长的冬夜里，时时感到一种对于昔时的异样的怀慕,所以我们摸索到浴室里去听蟋蟀,在那里沛加在他的松明的火光之下,坐破他的长夜。

(选自《现代小说译丛》)

〔作者〕

约翰尼·哀禾(Juhani Aho),本名勃罗佛尔德(Brofel dt),1861年生于列塞尔密(芬兰内地)。早年作小说数篇,有名于时。1890年以官费游法国,颇受自然主义的影响。作《孤独》《木片集》皆小品。

〔注释〕

[注1]译者注:英译本注松明(Päreä)是有脂的松木小片,在芬兰稍贫人家,用代火把或蜡烛。

[注2]酒名。

[注3]货币名。

[注4]即雪橇,一名冰床,乘之以行雪上。

〔解说〕

哀禾早年著作,大抵是乡土艺术一流。因为芬兰虽为属国,但瑞典与俄国先后待他都颇宽和,不像波兰那样地受压,所以爱国思想趋重歌咏乡土,而怀慕古昔之情,也就自然而然地发生了。……本篇将闯入的文明生活的势力,用诗的意义来体现它。最初的石油灯和最初的铁路,及于没少年和老人的效力,有种种的不同。人看出开创的进步来,但从夸口的仆人的状态上也看出一切文化在最初移植时偕与俱来的无可救药的势力;而终在老仆沛加这人物上,对于古老和过去,都罩上了传奇的温厚的微光。正如伽耶尔斯坦美妙的表白说:"哀禾对于人生的被轻蔑的个性,有着柔和的眼光。这功效,是他能觉着交感,不特对于方来的新,而且也对于方去的故。"但这些故事的奇异的艺术的效力,却也属于能将这些状态纳在思想和感觉态度里的哀禾的才能。(摘录译者跋语)

老　牛

［保加利亚］伊林·潘林　作　　玄珠　译

在我所有的儿时的回忆里,除了那温暖的家庭的窝,除了我的本乡,那是横贯着有一条急水的河,像一个快乐的姑娘,我们常常在她的岸旁玩的:是呀,在我所有的可爱的故乡的美景——十分温柔地向着我微笑的美景的回忆里,总是耸立着那庞大的瘦骨嶙峋的悖尔忒畜——我家的老牛。

依着牛类的大耐性与沉静,它于许多年来任重服劳,曾无一些怨意,而现在它是老了,衰弱了。我的父亲看着它从一头小小的犊儿至于壮大,以至于老弱,我的父亲是知道它一生辛苦,总是顺着命运地服从和劳作。我的父亲,爱这个老工人——老伙计,他对于它想不出一丝一毫的不满意,他是满心地可怜它,所以不再拿什么工作去磨烦它了,只是让它安逸地自由地终老它的余年了。

可怜的悖尔忒畜!它的样子多么叫人痛心,而它的灵魂又是多么温柔呀!它是全村中最高大的牲畜,浑身白得像一个雪球,一对长而且粗的好角,透明而有贝光,形状又极像女神抱中的七弦琴[注1]。

悖尔忒畜惯常躺在谷仓前的荫地上,有本村的孩子们环绕着看好它。我们很亲爱地抚摸它,梳理它的毛,极温柔地拥抱它,取了草料来喂它,并且采花缀成球,装饰在它的美丽的角上。这么,它就十分像一个好修饰的老鳏夫了。它似乎也觉得自己的怪相,但是永不肯和我们生气。这位和善的老家伙总是张大了它的黑巨眼,和气地看着我们。它的目光是这样的沉静,这样的温和,这样的有意思,并且这样的动人怜悯,似乎它有这许多话要告诉我们。我们也回看它,静默了一会儿,总是这样问道:"什么,悖尔忒畜?……嗳——告诉我们。你要什么?"于是悖尔忒畜总是摇了摇头,低而深长地叹了口气,慢慢地开始咀嚼它的没有牙齿的嘴巴。

我们给它很多的草料。它不休息地吃,整日价反反复复地咀嚼,但是尽管这么着,它还是瘦得可怕。它的腹部深深陷入,肋骨嶙峋可数;它的肩胛骨,它的脊椎骨,总而言之全副骨骼,都耸露出来,极像巴尔干山地的连绵起伏的山峰。

每天早晨起来,悖尔忒畜抖去了身上的稻草,弛展了它的麻痹的筋骨以后,便从它的棚里钻出来,跑到河边去喝它的早茶。它走得慢慢的、镇静的、安详潇洒的,并且傲然举起了它的头,似乎自负它往日的伟大工作。它的瘦瘦的肚皮、它的挂满了我们所做的花球的美角、它的干净的毛以及它的庞大露骨的躯干,合起来成就了它的魁梧奇美。

悖尔忒畜到了河边,喝了些水,然后又慢慢的,不受什么打扰,回到它的棚里来。日暮时人们吃晚饭以前,没有人邀请,也没有人阻拦,悖尔忒畜总是照样地出去喝水,照样地回来。它做这短距离的散步,是这样的准时刻,以至于人们把它当作时辰钟看了。

在夏季里,我们常常带着悖尔忒畜和村里的牛羊一同出去放草。但是那些牛羊常常跑到深山里,喜欢爬那些峭壁,或者是越过那些多尖石的山峰,这种游戏,现在对于悖尔忒畜是十分为难,而且很危险。因此它常常落后,并且直到极晚,才见它孤独地回来。有一次,它失踪了,我的父亲在树林里整整地找了它一夜。他找到它躺在交叉路口,已经疲乏到不能动弹。以后,我的父亲就不让悖尔忒畜和村里的牛羊一同出去了;他想最好还是让它和村里的小牛一同出去,因为它们不会跑到深山里,并且决不会去爬那些多尖石的山峰的。

但是悖尔忒畜却又不愿意和那些不懂事的莽撞的小家伙做伴。在先它倒一同出发了,但是既出了村庄,它掉转身子向后跑,要回到它棚里,很生气,并且无聊得怪可怜。牧童用尽方法赶它在小牛队中走,然而无效。悖尔忒畜"牟,牟"地怒叫。并且举它的人角对着牧童,那样子是十分凶狠,竟使那孩子不得不任由悖尔忒畜照自己的欢喜去做了。第二天,它踌躇了许久,又很生了一会气,这才跟着走了,但是快到正午的时候,它又独个儿回来了。小牛们,这些淘气的坏坯子,在草地上那样快活地跑跳,这种轻狂的举动,悖尔忒畜自然看不入眼。然而过了几天以后,悖尔忒畜的固执是失败了,它以哲学家的谦恭,屈服于运命之下了。村里人听得有这么回事,都特地出来看悖尔忒畜跟着那群小牛出去放草。每天早上牧童赶着那些小牛在尘沙阵中向前去的时候,悖尔忒畜在大队的旁边走,像一个小学教师领着一群小学生游行。它的威吓的眼光,时时罩住它们,并且时时举它的锐利的角儿向它们示威。

每天清晨,悖尔忒畜一听得牧童的呼声,立刻就从棚里出来,站在草场上,两眼看着那块绿油油的牧场,这时候,初出的阳光正在晒干那牧场的草叶上的露珠。它又极目远瞩那麦田,那草地,这都是它少壮时候用过功夫的。它的润泽的眼睛望着这些熟悉的风景,颇有黯然神往的样子,分明像一个老人惓念旧事。

这个哑口的静默的灵魂,正不知是怎样的难过呢!

后来,悖尔忒畜忽然病了。它不出来站在草场上远望那绿油油的牧场了;它只是静悄悄地躺在棚里。它的身体一天一天地衰弱,抖得很可怕,毛都直竖;从它的无力的眼里,可知它是十分受苦。我们替它披上一条毯子,弄东西给它吃,但是它并不尝一尝。我们拿水来给它,它把鼻头浸在水里,但立刻像有人扯它似的退缩回来,大声地哼。我们去唤那钉马蹄匠来,因为他又是兽医。他很仔细地诊视这个被医治者,卷弄它的尾巴,拉它的耳朵,又翻起它的眼皮来看,最后,拿了些辛辣的黑色药粉放在它鼻孔边,强迫它吸进去。

悖尔忒畜躺着受苦了几天。这几天里,它是如此的衰弱,甚至没有气力看一看我们给它的食物和水。它实在是衰弱得可怕了。它的身体,瘦得像一块木板。后来它能够起来尝些食物了,它几乎站不稳。

一日,春光明媚,又是星期。人们都从家里出来,上教堂去,都很快乐地穿着他们的星期日的新衣。在我们的园子里,李树开着烂熳的花儿,繁花压在枝头,直使那些软枝儿互相倚偎,富有笑意,宛如老处女盛妆了去赴别人的结婚礼。昨天晚上,却又刚下过雨。空气很清新,天空无片云,太阳正爬上那些山头。这太阳儿真是美丽,真像一个休息日,似乎他也是跟着那些做礼拜的人们刚从教堂里出来呢。

悖尔忒畜今天也像比往常爽健些,快活些,为的它已经复元了,我们格外高兴,特做了杂色花朵的大花圈,挂在它的角儿上。我们都抚拍它,它也闲动眼睛,表示很乐意接受我们的礼遇。

它起身了,慢慢地离开我们。它很用力地挪动脚步,走出门去,仍旧和往常一样的庄重而美丽,不过更瘦些,更衰颓些罢了。我们想止住它,可是母亲说让它出去散散步也是好的。所以我们只跟在它后面。

悖尔忒畜一直向河边走。人们好久不见它了,都站住了欢呼道:"怪可怜的悖尔忒畜!"

它到了河边,喝了些水,又闲立了一会儿,破例地不回家来,却反走到我们近旁的田里,在那边,和风拂着长成的小麦,麦浪下面藏着无数的斑鸠,而在上面呢,有千百的小蝴蝶逐队飞舞。悖尔忒畜站在麦田边,静静地看着,像对一个熟人,并且还啃去了田边的几茎草儿。忽然它站不稳了,它全身摇荡,长呻了一声,就倒在地下。我们怕起来了,都喊着,飞奔回家去报信。

当我们同父亲再来时,悖尔忒畜已经死在田里,它的头枕着那花圈,它的眼睛睁得大大的,望着天上,幽悒、静默的、又美丽的,可是已经没有知觉。

就是这么地死了,那老的有用的劳动者,那哑口的我们的朋友。于是在田边,就是它从前工作过并且休息过它那疲倦的头的田边,我们葬了它,竟应用了葬人的规矩。在它的坟上,那是铺了白石的,每逢春季便生了些美丽的花儿。

人们就称呼这块冷僻的田边为"悖尔忒畜坟园"。

而今我每次回家乡去,不忘记去拜望两个坟——一个是我母亲的,又一个便是悖尔忒畜的。

(选自《雪人》)

〔作者〕

伊林·潘林(Elln Pelin),本名迪米特·伊凡洛夫(Dimeter Ivanof),以1878年生于保加利亚京苏飞亚的邻近,曾为农村教师,与农民同住,深知农民生活。他的作品,以描写乡村生活、农民生活见称。

〔注释〕

[注1]七弦琴即Lire,形如 ,故谓与牛之双角相似。

〔解说〕

本文写衰弱的老牛悖尔忒畜,退休养老,寂寞无聊的情景。主要的"人物",就只是一条老牛,但是在老牛后面的是农民的生活与乡村的自然风景。这条老牛无异于保加利亚农民的灵魂。是一篇富有诗趣的作品。

〔**习题**〕

说明本篇与以后十三、十四、十五、十六、十七各篇作品的"人物描写""环境描写"(参看书尾的"参考资料"第一篇)。

复仇的话

[日本]菊池宽 作　　鲁迅 译

铃木八弥当十七岁之春，为要报父亲的夙仇，离了故乡赞州的丸龟了。

直到本年的正月为止，八弥是全不知道自己有着父亲的仇人的。自己未生以前便丧了父，这事固然是八弥少年时代以来的淡淡的悲哀，但那父亲是落在人手里，并非善终这一节，却直到这年的正月间，八弥加了元服[注1]为止，是全然没有知道的。

元服的仪式一完毕，母亲便叫八弥到膝下去，告诉他父亲弥门死在同藩的前川孙兵卫手里的始末，教八弥立了复仇的誓词。八弥看见母亲的通红的眼；而且明白了自己的身上是负着重大的责任了。

从九岁时候起，便伴着小侯，做了将近十年的小近侍的八弥，这时还是一个不知世事的稚气的孩子。况且中了较大一岁的小侯的意，几乎成了友人，他一无拘忌，和小侯比较破魔弓[注2]的红心，做双陆[注3]的对手，驱鸟猎和远道骑马，也都一同去。至于和小侯共了席，听那藩中的文学老儒的讲义，坐得两脚麻痹之后，大家抱腹相笑的时候,那就连主从关系也全然消灭了。八弥住在姓城中的一个大家族里,他是比较的幸福,而且舒服的。直到十七岁加了元服时,这才被授与了一件应该去杀却一个特定的人的,又困难又紧张的事业。

宽文年号还不甚久的或一年的三月间,八弥穿起不惯的草鞋来,上了复仇的道了。在多度津的港里作为埠头的金比罗船[注4],将八弥充了坐客的数,就那吹拂着濑户内海的春风张了满帆,直向大阪外,溜也似的在海上走去了。

他靠着船的帆樯,背着小侯所赐的天正祐定[注5]的单刀,一个人蹲着。渐渐地离了陆地,他的心中的激动也就渐渐地平稳起来,连母亲的严重的训诫,小侯的激励的言语,那效果也都梦一般地变了微漠,在他心里,只剩了继激昂之后而起的倦怠和淡淡的哀愁。他对于那与自己绝不相干的生前的事故,也支配着自己的生涯这一件事实,不能不痛切地感到了。他在先前,其实并没有很想着父亲的事。因为他的母亲既竭力地不使他觉得无父的悲哀,又竭力地在他听觉里避去"父亲"这词句,而且他自从服侍小侯以后,几乎感不到对于父亲的要求。因为他的生活是既幸福,又丰裕的。然而一到十七,却于瞬息中,应该对于先前不很想到的父亲有人子之爱,又对于先前毫不知道的前川谁某有作为敌人的大憎恶了。这是他的教养和周围,教给他对于父母的仇人须有十分的敌意的。

八弥曾经各样地想像那敌人的脸。因为他的母亲是不甚知道这敌人前川的。前川和八弥的父亲,本来是无二的好朋友,但是结婚未久的新家庭,前川不敢草率,便少有来访的事了。

于是八弥不得不访问些知道前川的人，探问他的容貌去。恳切的人们便各样地绞出十七八年前的记忆来，想满八弥的意。然而这些人们所描的印象，无论怎样缀合，八弥也终于想不定仇敌的形容。于是八弥没有法，只好从小侯的藏书中，取了藩中画师所画的《曾我物语》[注6]里的工藤的脸作为基本，再加一些修改，由此想像出敌人的脸相来。他竭力地从可恶这一面想，因为他以为觉得可恶，便容易催起杀却的精神。但那脸相的唯一的特征，却只知道右脸上有一颗的黑痣。

船舶暂时循着赞岐的海岸走，但到高松港一停之后，便指了浪华一直驶去了。

敌人有怎样强，八弥是不知道。但他从幼小时候以来，便谨守着母亲的"修炼武艺，比什么都紧要"的教训，于剑法一端，是久已专心致志的。他那轻捷而大胆的刀路，藩中的导师早就称扬。八弥的母亲教他负了复仇的事情。也就因为得了这导师的保证。

他对于复仇这一件事，也夹着些许的不安，但大体却觉得在绚烂的前途中，仿佛正有着勇猛的事、美善的事。所谓复仇，固不测有怎样的难，然而这是显赫的不枉为人的事业，却以为是确凿的。他的心，也很使自己的事务起了狂热了。

一到安治川，他歇在船寓里，再出去一看浪华的街。所有繁华的市街，他都用了搜求仇敌的心情看着走。

大约一月之后到了京都的八弥，便历访京都的宏丽的寺院。走过了室町和乌丸通这些繁华的市街。每天好几回，经过那横在鸭川上面的四条五条三条桥,听得拟声游戏的笛音和大鼓。然而京都的名胜古迹处,并没有敌人。没有敌人的祇园和岛原和四条中岛,从他看来,都不过是干燥无味的处所罢了。

他从京都动身,是初夏的一日里。舍了正在鲜活的新绿的清晨中的京都,他向江户去了。

从京都经过大津,在濑田的桥边,他因为要午餐,寻到了一个茶店。到正午本来还略早,但他觉得有些口干,所以想要歇息了。他吃些这里有名的鲫鱼。不管那茶店使女含着爱娇的交谈,他只是交了臂膊,暗忖着怎样才可以发现他的仇敌。忽而听到什么地方有和自己一样的带些赞岐口音的说话了。他早就感了轻度的兴奋,便向声音这方面看。这是从正对琵琶湖的隔离的屋子里出来的。照说话的口吻,总该是武士。赞岐口音的武士,这正是他正在搜寻的敌人的一个要件。他不由得将放在旁边的祐定的单刀拉近身边了。这其间,那武士骂着侍女,莽撞地从离开的屋子来到店面里。已颇酊酩的武士用了泥醉者所特有的奇妙的步法,向着门外走,一面又忽然和八弥打了一个照面。武士的心里,便涌起轻微的恶意来。

"看起来,还是年青的武士,大约是初出门哩。哈哈哈……"他嘲笑八弥似的笑了。八弥愤然了,扬起那美秀的眼睛,不转瞬地看着对手。

八弥不能不憎恶这武士了。颧骨异常之高;那鼻子,也如犹太人一般,在中途突出鼻梁来;而且那藏着恶意的眼色,尤其足够唤起八弥的嫌恶的心情。他想,自己的敌人也是这样的男子才好;他又想,倒不如这人便是前川孙兵卫就更好了。其实从口音上,已经很可疑。他用冷静的意志来镇定了激昂,他想试探这武士看。

"实在是的。初出门,总有些不便可。"他驯良地回答说。

"一看那肩上带着木刀,该是武者修业吧,哈哈……也能使吗?"他对于稚弱的八弥,要大加嘲弄的意志,已经很分明了。

八弥因为要知道对手的生平,格外忍了气。

"很冒昧,看足下像是赞岐的人……"八弥淡然地问。

"诚然是生驹浪人呵,因为杀人,出了国的。虽然是有着仇敌的身子,脑袋却还连在颈子上,即使有父母之仇,目下的武士倒也仿佛很安闲哩。这真是天下太平的世界了。哈哈哈……"他露出侮辱一切有着仇敌的人们的嘲笑来。八弥想,若是生驹浪人[注7],则也许便是自己的仇敌,用着这样的假名字。但对于出去复仇的人们的侮辱,却更其激动了他的心了。要将作为一种手段的沉静,更加继续下去,则八弥还是太年少。他看定对手,双瞳烂然地发了光。

"哈,脸色变了,看来你也有仇人吧,哈哈哈……用那细臂膊,莫说敌人,也未见得能砍一条狗。"一面说,武士在自己任意的极口的痛骂里,觉着快感似的,又大声哈哈地笑。

八弥已经不能忍了。他忘却了有着敌人的紧要的身体了。这男子,并不是自己的仇敌的孙兵卫,那只是一看颊上没有痣,早就知道了的,然而还缺乏于感情的节制的他,却不能使怒得发抖的心,归到冷静里去了。他左手拿了刀,柱起来叫喊说:

"哪,怎么说!一条狗能砍不能砍,那么,请教吧。"他的声音上,微微地带些抖。

那武士以为八弥的战栗因为恐怖,便愈加嗤笑了。

"有趣!领教吧。"他不以为意地答了话,一面从茶店里,跄跄跟跟地走到大路的中央。将那长的不虚发的佩刀,叫一声"咄",便出了鞘。

好个八弥,居然很沉静。在檐下卸了背上的行囊,缚好了草鞋的纽,濡湿了祐定的刀的柄上的钉,就此亮着,走向敌手了。

那武士,最初是以微笑迎敌的,但八弥砍进一刀去的时候,那武士分明就狼狈了。他吃惊于这少年的刀风的太锐利,他后悔自己的孟浪了。而这样的气馁的自觉,又更使这武士陷入不利的地位去。他渐渐被八弥占了上风,穷追到濑田的桥的栏边,已经没有后退的余地了。感到了性命的危急的他,耸起身来,想跳过栏干,逃到河里去,但实行了他的意志的,却只有他的头颅[注8]。因为趁着要跳的空,八弥便给了从旁的一劈。

八弥完结了这杀人的事,回到故我的时候,他便已后悔起来。而对于敌人已想逃入水中,还要穷追落手的血气,尤其后悔了。但远远地立着旁观的人们却都来祝八弥的成功。其中几个怀着好意的人还来帮八弥结束,劝他趁村吏未到,事情还未纠缠之前,先离开了这处所。

八弥离开了濑田桥,走到草津的时候,最初的悔恨早已经消失了。他很诧异杀人有这样的容易。他觉得先前以为重负的复仇,忽而仿佛是一件传奇的冒险了。因为觉得不过是上山打猎,追赶野猪似的,血腥的略带些危险的冒险。而且他对于自己的手段,也因此得了自信。他涌起灿烂的野心来,以为在路上再加修炼,则无论怎样的强敌,也可以唾手而得的了。他于是比先前更狂热于复仇,指着江户,强烈地走着东海道的往来的土地。

然而复仇的事,却并非如八弥最先所想像的灿烂的事情,这是一件极要忍耐的劳作。在这年的盛夏里,上了江户的他,一直到年底,留在江户,访求敌人的踪迹,但都不过是空虚的努力。第二年,下了中仙道到大阪,远眺着故乡的山,试进了山阳道向长州去。然而这些行旅,也只是等于追逐幻景的徒劳。第三年的春天,他连日在北陆的驿路中,结他客枕的夜梦,但到处竟不见一个可以疑是仇敌的人。他在仙台的青叶城下迎了二十岁的春季,已经是第四年了。他也常常记起故乡,想赶急报了仇,早得了归乡的欢喜。他看那杀却敌手,已没有些许的不安。四年间的巡行修业,早使他本领达了名人之域了。况且在冒险的旅行中,也有过许多斩夜盗杀山贼的事迹。他觉得无论敌人如何强,帮手怎样多,要取那目的的敌人,只是易于反掌的事罢了。

在具备了杀敌的资格的他,虽然想,愿早显了体面的行动,达到他的本怀,但有着唯一的问题,便是与那仇敌的邂逅。

二十一岁的春天的开头。八弥想从中仙道入信越,便离开江户,在上洲间庭的樋口的道场里,勾留了四五天,于是进了前桥的酒井侍从的城下。报仇的费用,是受着本藩的充足的供给的,所以他大抵宿在较好的客寓里。这一夜,也寓在胁本阵[注9]上野屋太兵卫的家中。

晚饭之后,他写了习惯了的旅行日记,然后照例是就寝。他刚要就寝,搁下日记的笔来,向着廊下的格子门推开了。回头去看,俯伏在那里的是一个按摩。[注10]

"贵客要按摩吗?"他一面说,一面又低了头。这一天,八弥在樋口的道场里,和门人们交了几十回手,他的肩膀颇觉重滞了。

"阿阿,按摩吗,来得正好,教揉一揉吧。"八弥说。盲人将他非常憔悴的身子,静静地近了八弥,慢慢地给他揉肩膀。指尖虽没有什么力,但他却很知道揉着要点的。而且这按摩,又和在各处客寓里所见的不相同,沉默得很特别。在主客的沉默中,盲人逐渐地揉得入神了。八弥有些想睡觉,因为袪睡,便和这盲人谈起话来。

"你很像是中年盲目似的。"

"诚然,三十三岁失明的。因为感觉钝,什么都不方便哩。"他用了分明的声音,极低地回答。八弥一听这,对于盲人的口音觉得诧异了。

"你的本籍是哪里呢?"八弥的声音有些凛然了。

"是四国。"

"四国的哪里?"

"是赞岐。"

"高松领吗,丸龟领吗?"八弥焦急起来了。

"丸龟领。"

"百姓[注11],还是商人呢?"

"提起来惭愧煞人,本来也还是武士哩。"盲人在他的话里,闪出几分生来带着的威严来。

"是武士,那便是京极府的浪人[注12]了。"一面说,八弥仰起头,看定了盲人的脸。虽然是行灯[注13]的光,但在盲人的青苍的脸上,却清清楚楚地看见了仇敌唯一的目标的黑痣。

八弥伸出右手,攫住了盲人的手腕。

"你不叫前川孙兵卫吗?怎的。"他说,用力一拉,盲人毫没有什么抵抗,跄跄踉踉地跌倒了。

"怎么,你不叫前川孙兵卫么,是吧?"他又焦急起来。

盲人当初有些吃惊,但也就归于冷静了。

"惭愧,你说的是对的。那么,你呢?"他的声音丝毫没有乱。

"招得好。我是,死在你手里的铃木弥门的独子,名叫八弥。觉悟吧,已经逃不脱了!"

盲人很惊骇,他暂时茫然了。在那灰色的无所见的眼睛里,分明可以见得动着强烈的感情。但是那吃惊,又似乎并不在自己切身的危险。

"怎么怎么,弥门君却有一个儿子吗?那么,那时候,八重夫人是正在怀孕的了。……既这样,你今年该是二十一岁了吧。……要对我来复仇,我知道了。正是漂泊的途中,失了明,厌倦了性命的时候。我也居然要放临死的花了。"盲人断断续续地说出话来,临末又添了凄凉的一笑。他那全盘的言语里,觉得弥满着怀旧的心绪,以及平稳的谦虚的感情。

八弥一切都出了意外。他愿意自己的敌手,是一个濑田桥畔所遇到一般的刚愎骄傲的武士的,愿意是一个只要看见这人,那憎恶与敌忾便充满了心中的武士,然而此刻在眼前访得的仇敌,却是一个半死的盲人。他不由得觉着非常之失望了。况且这盲人说到八弥父母的名字时,声音中藏着无限的怀念。他从来没有听到过称他父亲的名字时候,有人用了这样眷念的声音。八弥对着仇敌,被袭于自己全未预料的感情,没有法,只是续着沉默。于是盲人又接下去说:

"死在弥门君的遗体的你手里,也就没有遗憾了。然而,在这里,却怕这照顾我多年的旅店要受窘,很劳驾,利根川的平野便在近旁,我就来引导吧。请,结束起来。"

盲人很稳静。八弥仿佛发了病似的,茫然地整了装束,茫然地跟着盲人。寓中的人们都抱着奇妙的好奇心,默送这两人的出去。到街上,两人暂时都无言。走了几步,盲人问讯道:

"冒昧得很,敢问令母上康健吗?"

"平安的。"八弥回答说,那声音已不像先前一般严峻了。

"弥门君和我,是世间所谓竹马的朋友。什么事都契合,真好到影之与形一样的,然而时会招魔吧,而且那一夜,我们两人都酩酊了。有了那一件错失之后,我本想便在那地方自己割了腹,但因为家母的劝阻,只好去国了,这实在是我的一生的失策。直到现在,二十一年中,无一夜不苦于杀了弥门君的悔恨。弥门君没有后,以为复仇是一定无人的了,谁知道竟遇到你,给我可以消灭罪愆,哪里还有此上的欣喜呢。……身为武士却靠着商人们的情来度日,原也不是本怀。……这笛子[注14]也就无用了。"他说着,将习惯上拿在右手带来的笛子抛在空地里。

八弥在先前,便努力地要提起对于这盲人的敌忾心来,但觉得这在心底里,什么时候都崩溃了。他也将那转辗地遇着杀父之仇却柔软了的自己的心,诃斥了许多回。然而在他,总不能发生要绝灭这盲人的存在的意志。他想起自己先前在各样景况之下,杀人有那样的容易,倒反觉得奇怪了。

盲人当未到河畔数町的时候,说些八弥的父亲的事情。他似乎在将死时,怀着青年时代的回想。八弥从这盲人的口里,这才知道了父亲的分明的性格,觉得涌出新的眷慕来。但对于亡父怀着新的眷慕,却决不就变了对于盲人的恶意。而且盲人最后说,不能一见八弥,这是深为遗憾的。

于是在这异样的同伴之前,现出月光照着的利根川的平野来了。盲人又抛下了他的杖,并且说：

"八弥君,很冒昧,请借给你的添刀[注15]吧。我辈也是武士,拱手听杀,是不肯的。"他借了八弥的添刀,摆出接战的身段。这只是对于八弥的好意的虚势,是明明白白的。

八弥只在心里想。"杀一个后悔着他的过失,自己也否定了自身的生存的人,这算是什么复仇呢？"他想。

"八弥君胆怯了吗？请,交手吧！"

盲人大声地叫喊,这叫喊在清夜的河原上,传开了哀惨的声音。八弥是交叉着两腕沉在思想里了。

第二天的早晨,河原附近的人们在这里看见了一个死尸。然而这是盲人孙兵卫的尸体,却到后来才知道,因为那死尸是没有头的。而且那死尸,肚子上有一条挺直的伤,又似乎是本人的自杀。

八弥提着敌人的首级还乡了,而且还得了百石的增秩。但因为他在什么地方报仇,在什么时候报仇,没有说明白,所以竟有了敌人的首级是假首级的谣言,甚而至于毁谤他是不能报仇的胆怯者。不知是就为此,或者为了别事,他不久便成为浪人了。延宝年间,江户的四谷坂町有一个称为铃木若狭的剑客,全府里都震服于他的勇名。有人说,这就是八弥的假名字。

(选自《现代日本小说集》)

〔作者〕

菊池宽(1888—)①,日本香川县高松市人氏。毕业于京都大学英文科。与芥川龙之介(已故)、久米正雄同称为"新思潮"派的三大柱石。他具有特殊的艺术手腕。能在题材上展开新颖的区域,给读者一种清新的芬芳。他又善察时代趣味的倾向,写出明快直截的作品,以投合时人的嗜好。他把文人所独占的文艺解放,使商人、女仆、看护妇、公司职员等人都能够领略。而他的作品,并不卑俗,每篇都保持着清新高尚的风格。使读者从他的作品,知道各种式样的人生。他的作品很多,但以短篇小说及戏剧为最好。

〔注释〕

[注1]日本古时,男子成年,须行改服、理发、加冠的仪式,叫做"加元服"。

---

①菊池宽逝于1948年。

此时不用幼名,改用父亲给与之名。此种仪式,因身份的贵贱而有隆杀。

［注2］儿童在新年时所弄的弓矢。

［注3］室内游戏之一,略如我国的骰子,新年时为之。

［注4］"金昆罗"为梵语之 Kumbhira,鳄鱼之一,亦为神名。

［注5］宝刀的铸造者。

［注6］日本室町时代的通俗故事,共十卷,记曾我氏兄弟的复仇事件,为后世稗史"讲谈本"的渊源。

［注7］武士之失职者,叫做浪人。

［注8］意即只有头颅逃到河里去了。

［注9］日本德川时,设在驿站的旅舍,经官府公认,供诸侯武士的宿泊。

［注10］医术之一种。以手敲打或抚摩身体,促进血液的循环。盲人多操此为业。

［注11］即"农夫"。

［注12］同［注7］。

［注13］日本古室人家屋内所点的灯笼。

［注14］业按摩的人,口吹笛子,以招徕生意。

［注15］又名副刀。武士的身旁常佩带两把刀,一长一短,短者曰"添刀"。

〔解说〕

作者以"历史小说""主题小说"见知于世。据作者自己说,"历史小说是从历史上取得题材"(见《历史小说论》),"主题小说是一篇作品想以什么告诉读者"(What to say,见《主题小说论》)。(均详见《文艺创作讲座》第一卷,光华出版)本篇的"主题"就在于八弥已经达到目的以后的失望,想不到自己的仇人是一个可怜的盲人,结果是报仇的意念完全消蚀了。

乞 丐

[爱尔兰]丹绥尼　作　　周作人　译

没有几天之前,我在比加提利走路,正想着儿歌,而且惋惜古老的传奇。

我看见商人走过,穿戴着黑的长衣和黑的帽子,我便想起儿歌的史书上的一行古文,"伦敦的商人,他们着朱衣"。

街巷都是这样的非传奇的[注1],这样的荒凉。一点没有法想,我想,一点都没。那时我的思想忽然被吠叫的狗所隔断了。街上的各只狗似乎都在吠叫。——各种的狗,不但是那些小狗,还有那大的也[叫]。他们都面东,向着我走来的路。于是我回过去看,乃见这个景象,在比加提利,正走过排列着的马车之后,在那些人家的对面。

高大的曲身的人们在街上走来,穿着奇异的氅衣。大家都是青黄的皮色,暗黑的头发,大多数还留着奇怪的胡须。他们慢慢地走来,他们拄着杖走,他们的手伸着请求布施。

一切的乞丐都来到市里了。

我愿给他们一个雕刻着加思谛勒城堡的双金圆,但是我没有这样的钱。他们似乎不像是那样的人,我们可以给他平常的钱,便是人们拿去付给达克西加勃[注2]的。——阿,奇异的拙劣的名字,一定是什么地方的什么恶的会党的口号吧。他们有几个人穿了紫的氅衣,有阔的绿边,有几个的绿边却是狭的,有的穿着旧而褪色的红的氅衣,有的穿着堇花色的氅衣,没有人着黑。他们很优雅地求乞,恰如神们求乞灵魂一般。

我立在街灯的柱子旁边,他们走近前来,一个人对着他说,叫灯柱作兄弟,说道:"呵,灯柱,我们的黑暗里的兄弟,在夜的潮水里,你的旁边有许多难船吗?不要睡,兄弟,不要睡。那里有许多的难船。而且这要不是有你——"

这是奇了;我总未曾想到街灯和他长久看守着漂流的人们的尊严,但是他并不为那些穿氅衣的生客们所忽视。

于是一个人对了街道喃喃地说道:"街呵,你倦了吗?暂时他们还要走上走下,使你穿着柏油[注3]和木砖。街呵,你忍耐吧。一会儿地震来了。"

"你们是谁?"人们问道,"你们从哪里来的?"

"谁能知道我们是谁。"他们答说,"或者我们从哪里来的呢?"

于是一个人转身向着烟黑的人家,说道:"这些家屋祝福了,因为人们在里边做梦。"

那时我才觉察,以前所未曾想到的事情,便是所有这些瞪着眼睛的家屋并不是一律相像的,乃是各自差异,因为他们各盛着不同的梦。

又一个人对着站在绿公园栏杆边的一株树说道："树呵，安心吧，因为田野将要再来了。"

在这时候，丑的烟只往上升，便是那闷死传奇，[注4]染黑鸟雀的烟。我想，这个他们不能赞美或祝福了。他们看见他的时候，他们举手向他，向着千百的烟通，说道："看那烟。老的煤林，那么长久地睡在黑暗里，而且还有那么长久，现在正跳舞着，回到太阳里去了。阿，我们的兄弟，不要忘记了地。我们愿你太阳的悦乐。"

天下过雨了，一条荒凉的流水落下到污秽的沟里。他从秽恶被弃的垃圾堆过来，他在路上收集了各种散弃的东西，向那不为人或太阳所知的阴暗的沟渠里走。正是这阴沉的流水和其他的缘故，使我在心中说道，这市是污恶，在这里美是死了，传奇逃走了。[注5]

就是这个，他们也祝福。那个穿着有阔的绿边的紫的氅衣人说道："兄弟，要有希望呵，因为你随后一定会到那愉快的海里，遇见那升降（不歇）的大的客船，而且快乐，在知道黄金的太阳的岛边。"这样，他们祝福那沟，我并不觉着嘲弄的意思。

乞丐又祝福走过的人们，穿了他们的黑的不合宜的长衣，戴着畸形怪状的光亮的帽子。于是一个人对着暗黑的市民之一人说道：

"阿，夜自己的孪生子呵，你两腕与项间的白点，正像是夜的散星。你怎样可怕地用了黑色遮盖你的隐藏的猜不出的欲望呵。这是你里面的深的思想，他们不与色彩游嬉，他们对紫说'不'，对可爱的绿说'去'。你有放诞的空想，所以他们须得用黑去驯服；有可怕的意象，所以他们应当这样地隐藏。你的灵魂有天使与仙灵之墙的梦，所以你要这样严密地守护他,怕他炫耀惊视之目吗?正如神藏金刚石,深在泥土几里之下。

你的惊异不为欢笑所缺损。

看呵,你是很秘密。

要惊异呵,要富于神秘。"

穿黑的长衣的人默然地过去了。在紫的乞丐说着的时候,我才明白,这暗黑的市民或者曾与印特人交易,他的心里有着奇而哑的野心。他的暗哑是基于古传说的根里的庄严仪式,将来须在一日里街上起了欢呼,或是一个人唱起歌来,这才能够解除,而且在这个商人说话了的时候,世界上将有地裂,人们都在深渊边上探望。

于是回身向着绿公园,在那里春天还未到来,乞丐伸着他们的手,看着冰冻的草和还未发芽的树,他们一齐歌唱着,预言水仙花(的出来)。

一辆自动客车从街上走来,几乎将那还是凶猛地叫着的狗里的几只都轹倒了。他很喧闹地响着他的喇叭。

于是那景象过去了。

(选自《现代小说译丛》)

〔作者〕

丹绥尼勋爵,本姓普棱该忒(Edward John Plunkett),生于1878年,为英国陆军军官,曾参与南非及欧洲的战争。所作除戏剧外,有短篇集六种,都是梦幻神异的作品。(译者原注)

〔注释〕

[注1]"传奇的"或译作"浪漫的"(Romantic),含有新奇、空、奇美等意味。

[注2]按里数给价的马车或汽车,为Taxi-cab之音译。

[注3]筑大道时所用之油。

[注4]"杀风景"的意味。

[注5]意说那地方没有"美"与"新奇"。

〔解说〕

作者与耶支(Yeats)的神秘主义不同,他不主张什么主义,只是尊重想象,随其变幻造成种种奇美的景象,与凡俗的现实相对抗。爱尔兰人科伦说:"……丹绥尼是文学上的一个希罕的人——一个寓言家。他的目的,并非要将优美的、能感动的、有意义的各种形象,加在我们所谓现实的上面去,却在于想使我们完全地离开现实。他正如这样的一个人,他走到猎人的寓居里,说道:'你们看这月亮很奇怪。我将告诉你,月亮是怎样做的,又为什么而做的。'既然告诉他们月亮的事情之后,他又接续着讲在树林那边的奇异的都市,和在独角兽的角里的珍宝。倘若别人责他专讲梦想与空话给人听,他回答说:'我是在养活他们的惊异的精神,惊异在人是神圣的。'丹绥尼为自己辩解,将如勃来克(Blake)一样地说道:'想象即是人。'我想,他将更声明说,值得为人类尽力的一件事,便是使他们的想象愈益高上。我们在他的著作里,几乎不能发现一点社会的思想。但是,却有一个在那里。这便是一种对于减缩人的想象力的一切事物——对于凡俗的都市,对于商业的利益,对于从物质的组织发生的文化的严厉的敌视。"

这一篇小说,从《梦想者的故事》(*A Dreamer's Tales*,1910)中选出,可以

见他的思想与文章之一斑。英国儿歌中有《乞丐》一章,文云:

"听呵,听呵,

那狗都叫了。

乞丐来到市里了?

有的穿着破袄,

有的穿着宽氅的衣服,

有的穿着天鹅绒的长袍。"

本篇的题材,大约即取诸此。他的文体有两个源流:一是希伯来的《旧约》,一是希腊的诃美洛思(Homeros),或译荷马的史诗与海罗陀多思(Herodotus)的历史。即如这篇乞丐的举动,便很有古以色列先知的威严的态度。

(译者原注)

爱犬故事

[日本]加藤武雄 作　谢六逸 译

我家有两匹犬,一匹是在黑色里夹着白色细斑,成为黑芝麻与盐混杂的颜色,所以叫它做小花;一匹带赤色,叫它做小红。两匹都是耸然立着耳朵的驯犬,背脊的长有四五尺,要算是无伦的大犬了。

听说是兄在小孩的时候,从什么地方得来的,兄非常爱着这两匹犬,我也和它们十分的要好。我的幼年时代,少年时代的唯一的好友,说是这小红与小花,也是可以的。——我不知道我的生母的容颜,我的母亲是继母。母亲不是格外地爱我,也并非格外地憎我,总之,是一个严格而乏情趣的人。父亲是重病之身,只是一位躲在仓库的楼上耽读古书的人罢了。我从父亲那里,也不能充分地领受慈亲的爱情。我岑寂地养育于空洞旧式的大家庭的薄暗的空气之中。胆怯怕见生人的我,也并不到外面去寻求友伴。只消"唏唏"地吹唇作响,便摇着尾巴,无论到哪里都跟着去的这忠实的两匹犬——只有这是我的伴侣,并且,这样我就心满意足了。我也和它们打架,以它们做角力的对手;也跨在它们的背上,当作马骑,尽兴地平和地同它们嬉戏着过日子。

"哥儿,不行的!有狗的臭味。"

侍女们常常这样地说了。

比我早生出来两三年的它们,纵说已经是很老的犬也行的,而且充分地具有老犬般的威容和智慧。它们的强健与伶俐,为我的无二的矜持。将包着写好的字条和钱,系在头上,打了暗号,它们便会跑到一里以外的市上的杂货店去,能够毫无差错地买了东西回来。即使有人想夺取钱和物件,它们就剥着牙齿,飞扑过去,也就没有人敢去触它们,因此,与其差轻妄的用人,倒是用它们靠得住了。

只要嗅着点奇怪的风色,它们就放声吼起来,声音是差不多响遍全村般的,激烈的高。"今晚酒店——这是我家从前就有的家号——的狗在吠哪,好像有什么格斗,当心些!"这般的家家户户互相惊异。不单是我家的,也当作全村的看守者,它们也被村里所爱重了。

小花这匹是比较的和顺,小红是非常的剽悍,咬了人的事也不算少。有一次曾经咬过强卖的乞丐,据说被犬咬过的创,涂上黑砂糖可以奏效,所以除在乞丐的足胫上,拍拍地给他敷上了黑砂糖之外,又给他五角一块的银币,这才答应收下。这样的事,也曾有过的。

我刚进了小学校,它们就护卫这初与世间接触的小主人出外似的,或跟在身后,或跑在前面,一直跟到学校。我在学校的门口,张望着周围——

"喂!该回去了,回去!"

这样小声地叫着,它们虽然已经和顺地回去,却不知怎的又在中途折了回来,在课室的窗下,咚咚地用鼻叫的事也有。我知道了,便忖度将被先生斥责吧,又怕在散课后它们要被高级的孩子们捉弄,心里纷乱极了。

"喂,这是哪里来的狗!"

"好大的家伙!"

先生虽然没有什么斥责,可是到了照例的散课时间,高级生们就走近它们的周围来了。在早是恐怕,既而习惯了,就来拉耳朵,或是掷石子了。它们在人丛里看着了我,就抬起头来,要吠叫似的,悄然地摇着尾巴。好像是辨别了处所的不同,谦让着的样子,可是在我便不能忍受似的困窘了。我不管众人在旁——

"该回去了!回去!"

睨视着它们叫了,又举起手来打了暗号,它们终于听了我的话回去了。

我不约是在初等小学三年级的时候,我在兄的书箱的奥里,看见了一本叫作《小国民》的旧杂志,无意地翻着书页的时候,有题名《爱犬故事》的一篇文章触了我的眼帘,这是兄所作的。在投稿栏[注1]中,用六号铅字[注2]排成的这篇文章,我热心地把它读了几遍。

"小红与小花是我的爱犬的名字。"这样的起头,是把关于两匹犬的各样的事写作而成的。依然把犬跟着到学校,赶也赶不回去,因而困窘的事哪;把自己的饭盒[注3]里的饭分给它们而被先生斥责的事哪;它们看守自己,防备强暴的朋友们的事哪;兄将同我自己的地位一般无二的心情与状态都描写出来了。还有,写到那小红咬了人,母亲严厉地吩咐把小红舍了因而困窘,小花有两三天不在家中,忧虑充塞胸中因而到村中各处搜觅的地方,不觉使我的眼中含着眼泪了。在那篇文章里,兄的柔弱的气质,养育于继母之手的感伤的少年的心情,都充分地说出来。并且是和我的气质与心情,毫无间隙地贴合着的。

——呃,以上算是本文的楔子[注4]。我的《爱犬故事》,应该改用上面的一句,作为起头了。

"小红与小花,是兄的,而且是我的——岑寂的两兄弟的爱犬的名字。"

我在十一岁之时,得了一位美貌的阿嫂,兄虽是不过十八岁,可是长子早婚,是我的家的风,又因为父亲是病身,兄不能不早一天娶亲,使家主的地位稳固。那时,我家虽是已经很衰落,然而结婚的仪式,是颇盛大地举行着。越过那连着我家的后山的小山脉,来了新嫁娘,行列的灯,从后山的山顶接连到山麓,差不多把全村照得通明了。阿嫂是一位须毛多的细长面孔的,虽是荏柔而貌美的人,较兄长一岁正是十九岁。

貌美而和蔼的阿嫂! 这是怎样地使我欣悦,使我矜持的事呵! 在仅有患病的父亲与冷酷的继母,与无论何时都阴沉沉的兄的这样的家庭——虽然用人也有三四个——我因为有阿嫂,才俄然地觉得光明而快活起来了。

羞涩的我,到了亲亲热热地叫着阿嫂的地步,虽是费了时日,可是只要一见着阿嫂含着微笑的和蔼的眼睛,在我的心中便要歌唱出

什么来了。[注5]

阿嫂也很爱怜我,我们二人较之同胞姊弟,更是要好的姊弟。

兄是忧郁而极少说话的人。兄和阿嫂说着话,一次也没有看见过。即使阿嫂有什么事同兄说话,兄连回答也没有一句,兄不知怎的似乎有躲避阿嫂的样子。

"阿哥真是异样的人呢!"阿嫂寂寞地笑着,向我细语的事,也曾有的。阿嫂虽然不是十分喜欢多说话的人,可是和我很说了各样的话。

"在我,如果还活着的话,也有恰好和芳之助君同年的弟弟,那岂不好吗?芳雄是他的名字,也是和你一样地叫做芳哥儿呢!所以我——"这样的话,阿嫂常常说起的。

我现在还能够记得。那时我在学校里,我想要一个如某人所有的,装笔尖和橡皮的小箱,因此寻了一个牙粉盒来,正在用尽力气地把盒上的字纸剥去。阿嫂说:"这种盒子不好,芳哥儿!我去找一个来给你。"她从新衣橱的抽斗里,拿出了一个灿烂的漆着花卉的小箱来——

"因为我没有什么用处。"说时,就送给我了。那是盛弹琴用的套甲[注6]的箱,拿来供我的这样的用途,真是过于暴殄了。我虽是谦让着不受,阿嫂不听,无论如何要送给我。我熟思以后,就拿到兄的那里去,试去问他看看。

"因为不是我的东西,来问也是无法的。——不过,既然说是给你的,你就收下了吧。"兄虽是用平时的冷淡的语调说着,可是在他的脸上,有好像微笑或是柔和的表情,于是我便安安心心地领受了。那美丽的小箱,成了学校同伴的惊异的目标,是不用说的了。大家都拿在手里看,"这是怎的"这样问了。甚至于先生也问,你怎的有这样的东西呢?我便得意洋洋地快活地答道:

"阿嫂送给我的!"

爱怜我的阿嫂,也非常爱我所爱的小红与小花,它们得了美貌的女主人,一定是快乐的。不久它们就驯服于阿嫂了,似乎已经懂得她的说话了。

"小花!小花!叫一声汪汪!"

阿嫂蹲在廊下,拿果饼的断片,送到它的鼻尖,于是小花就媚人似的,呜呜地呻着,既而奋然地"汪"地叫了。阿嫂像弹出去似的跑开了——

"吗咿!真的吃惊了!"这样的,使人看见她有多少的夸张的表情,于是又"哈,哈,哈"地、艳然地发笑了。当着这时——

"你们两人嚷着什么?"说了这样的话,微笑着,兄走出来了。

"真是大犬呢!这样的犬无论哪里都没有的。"阿嫂既不是对我,也不是对兄,这样说了。

"小红那家伙,近来柔弱了。只有这匹是很强健的哪!"兄并不是向着哪一个,这样说。

"可是,小红真的还强呢!芳哥儿!"

"这匹昨天又像打过架来了。"

一切都没有像他们二人的对话的奇妙了。兄与阿嫂决没有从正面打过招呼的,只不过用横颜互相向着。可是,我想,在那错综着的对话之中,很能够感着从新结合的夫妇间的顾虑与羞涩中所渗透出来的爱情了。于是,不知不觉地,我一变而为非常欣悦的心情,向二人交互地说话了。而且觉得二人较之平时似乎用心听着我的话了。被这意识支持着,我就一个人滔滔不休地说话了。

——然而,不久间,阿嫂隐在暗处啜泣的日月便来了。如像我在前文说过的,母亲是很严格的,就在村里,说起了"酒店里的太太",是大家都忌惮的人,她同世间的许多阿婆同样,对于媳妇就很作难了。并且,那时我家的生活,虽是缩到了从前的十分之一,可是因为是旧家,事体仍然很多,出入的事务也繁,阿嫂很是劳碌了。一面要讨冷酷的阿婆的好,又要做处理繁忙的家事的帮手,这在当作"大小姐"养大的阿嫂,未免是心稚体弱了。不久之间,看去眼睛凹下,人也消瘦了,美丽面庞的颜色,渐渐趋于黝黑憔悴的阿嫂,我对于她,是不能忍耐地伤怜起来了。而且,一点体贴也没有的母亲的冷酷的眼色,和狠狠地说话的语调,我想是无上的可憎的了。

"阿哥要说点什么话安慰她才好。"

我见着那缠着红布的带油腻的发根摇动着的丸髻[注7],微微地颤抖,靠着杂物间[注8]门口的柱头,用袖子掩着脸啜泣的阿嫂,我便起了泫然的心情了。兄无论何时见着了只装做未见的样子,做出"非俺所知"的样子,虽是阴暗的人,似乎特意对于阿嫂是那样。这般的兄的态度,在我是决不能默然了。

有一天晚上,母亲和兄在吃饭间谈论什么,被我偷听了。

"如果你不说几句,那就为难了。父亲是那样地一概不管,说话就只轮到我,不能只叫我一个人说,你也得说几句——"母亲用愤愤的语调说了。

"这些事一概任凭母亲的。"

"任凭我就为难了。既然是个男子,不教训妻子,这算什么?——真正,像她那样子,我也办不了。只要我说一个字,就呜呜地哭了。好像单是我严酷,有意捉弄——真的,我也厌倦了。"

"所以,既然这样不中意,或是叫她出去,或是叫她怎样,岂不好吗?"兄的是不似平时的愤怒的声音。

"又不是一条狗,不是轻易可以赶出赶进的呀!"

"可是,既然不中意,除了这么办,有什么法子呢?"兄冷笑似的说了。

"这样办好吗?你!"母亲决然说了。

"好也罢,坏也罢,并不是我说要给我讨来的,原是你的意思讨的,不是吗?总之,随你的意思去办好了。"兄似乎激然地愤慨了,那声音里,连眼泪也带着了。并且匆遽地站起身来,走到隔壁的房间里去了。

无论谁怎样说,是不许放她回去的,我不放她回去!听着了这一席话的我,一个人在肚里这样地叫了。兄是怎样的无用呀,无责任心呀!我对于母亲的所为与兄的态度,觉得是忿怒得不可忍耐了。

阿嫂是常常回娘家去的。在起初的时候,虽是那样,似乎没有唠叨地被说什么。因为在讨进门之前有约,大概两个月一次,三个月两次的比例,许可归宁留宿一夜。被允许归宁的那天,在阿嫂是较之任何都喜悦的一日。我也常常陪伴她去。到阿嫂的家里去,要越过与后山连接的两座山坡,因此在妇人小孩的脚,是很吃力的了。阿嫂从高高地系着的衣服底下,露出了华美的裹衣的裾,穿着系有红色的绦的草履出门了。险峻的陡坡上下接连着,其中也有高高的草盖没了肩膀的地方,阿嫂一点也没有痛苦的神色,匆匆地赶路,我也用不肯示弱的神气跟着走。有时小花和小红也跟着来了,在越过一座山坡的地方——那里的树荫下,有清泉涌出,我们平时在那里歇气——才叫它们回家去了。

离家时大抵是在正午过后,越过了第二座山坡的时候,常是日色向暮了。同我们一起从山上下来的暮色,笼罩四野,村里的灯,在糊粉色的夕霭里,两两三三,闪闪地燃着了。在凝听着拍拍作响的,渐次前进的草履声的夕暮的静寂之中,已经完全倦了的二人,一声不响地赶路。下完了山丘的斜面,走过磨房的边旁,有一座栏杆涂作白色的桥。来到了那桥上,阿嫂吐了一口气——

"哈,哈,快要到了!"说时,微笑着看我,这乃是常事。过了那桥,再往前行,就到白色的连接着的大道了。那就是从南方到邻县去相接的街道,因为那时还没有火车,所以走过的人是很多的。街的两侧,有一幢一幢的人家并排着,马车的驿站,等等也有的。在明亮的店前,旅客成群地嚷着。流过店前的沟中,有秫桶二三浸着。在轿式马车停着的夕暗的路上,鹅鸟两三只浮着白色的影。

"呀!贞姑娘!回来了吗!"街口的老板娘照常地从大门内这样

叫了。

"母亲已经久等了！——呀！哥儿也同来了！"

从那街口再走两三町[注9]，在街的两侧各有五间明亮的店家并排着，有点像驿站的形式。在那中途，有一所有楼的大旅馆，从前面到右侧的宽广的屋里都点得明亮亮的——那就是阿嫂的家了。

"呀！阿贞！"

"哈！贞姑娘！"之类的，口口声声地叫着，大家都集拢在二人的周围。同阿嫂并排着倦然地坐在入口的阶段上的我，因为这突然的光亮和热闹，茫然无所措了。在一切纷乱着的炫然的眼前，阿嫂的母亲的莞尔的容貌渐渐现出的时候——

"呀，芳哥儿，辛苦了！浴汤烧好了，请吧！"

那莞尔的容貌这样说了。阿嫂的母亲是一个白色肥胖的，而在柔和的眼里始终湛着微笑的，缓缓的爱说话的人。觉得敷着白粉的许多女仆，大家都从心底地欢迎我们。

从柜台的背后穿过去，被引到家中人所住的几处房间里去。和喧嚣的店面完全分离，使人想起他们，从昔以来住在这里，生活是很安静的。

"唉，真的倦了呢，我想天晚就为难，所以和芳哥儿拼命地赶来了。"阿嫂现着出浴后的爽快的容颜，倒下似的坐在我的旁边——

"劳累了！芳哥儿！——肚子饿了吧。妈！快点给饭吃哪，我的肚子也饿了呢。"她这样放娇似的向母亲说了。

"是，是的，就来了。哈，先用一点果饼好吗？"母亲也莞尔地笑了。

"妈！芳哥儿真能干呢,他说无论遇着什么,只要有他跟着就不妨了。同芳哥儿在一起,即是天晚了也是不怕的,对吗!"阿嫂用说笑的语调,笑着对我这样说了。我也赧然地羞涩起来了。我的心里,被那回来住在自己家里,连魂也变过了似的阿嫂的快活言语举动所惊了。

"真的,男人家是快活的,芳哥儿有几岁了?"

"十三,——对吗?"阿嫂答了。

这其间,在店里偷了暇,阿嫂的父亲也来了。阿嫂的兄名叫清三的人也来了。掌柜的女仆们也交互着前来问候。吃饭间里,开满了言语之花。既而——

"怎样的,这一晌?"母亲稍稍地改变了语调问话的时候,阿嫂像靠背落了似的,全然爽失了。而且不知何时,连眼中也含着眼泪了。

后来阿嫂和母亲讲了些什么话呢?我因为照常地比阿嫂早睡所以不知,只是,我偶然醒来,常常听着似乎还未睡觉,在隔壁房里啜泣的声音。

"唉！真的为难啊!"仿佛是从阿嫂的父亲的腹底出来的大声的叹息,我也听着了。拍烟管的声音仆仆然,同那悄悄地碎语的母亲声音连系着,阿嫂的啜泣,渐次高扬了。——我起了辛辣的悲哀的心情,而且,无论到什么时候,总睡不着了。

然而,到了次日,不觉精神又复元了。阿嫂虽是慢吞吞地打算回去,终于没有去成的事也是有的。

"呃,今天不回去是不行的了。——并且芳之助君还要上学校呢。"母亲赚着似的说了。

"是的。"阿嫂的眼里湛着眼泪,用指尖弄着在那不按礼节坐着的膝上的丝带,凝然地现出了深思的模样。既而向我看着——

"真的对不起了,对于芳哥儿也——"又说:

"可是,连芳哥儿也可怜呢,遇着那样的母亲。我不再回去了,芳哥儿不如做了这边的孩子吧,不肯吗?"阿嫂说出不能辨别是说笑或是真实的话了。

"阿贞!"母亲露出可怕的颜色了,"你说的是什么话?——真是这孩子长到这么大,还是不老到。"

这样说过,便向我看的母亲的脸上,可以看出对于我有了一种的警戒心了。也许是怕我把阿嫂所说的话照直去告诉家中的母亲吧 其实,在我也同阿嫂所说的一样"那样的母亲"是可厌的。我想如果得做了阿嫂的弟弟,留在这样的家庭,再好是没有的了。我对于阿嫂的母亲态度,却置之度外了。可是,在我的眼中,那时,兄的姿首——我们离家的时候,在那后门口彳亍着默默无语悄然送我们的兄的寂寞的容颜,又浮现出来了。

受了母亲的赚,被父亲同兄督斥激励着,阿嫂不情愿地出发了。名叫荣作爷的老仆,虽然有时也把从阿嫂的母亲送给家中母亲的土产的包裹背在背上同行,可是单是我们两人回去的时候多些。阿嫂的母亲并没有关心到这些事的上面,好像不须送迎似的,特为叫芳之助做了陪伴,此外就没有附添什么特意送我们回去的人的必要了。自己的女儿,不过宝贵到这样吗?——家中的母亲是一个不难这样说话的人。阿嫂的母亲是一定送到桥上的,在桥头,三言两语,讲了忘记说的话——

"那么,一路当心吧。天晚是不行的,要赶紧些,芳之助君!再见了!"推着难舍的阿嫂前行似的,她自己先回转身子走了。于是阿嫂才慢吞吞地走路。她离我家时是怎样的勇气呀!而回转去时怎样的无力呢!阿嫂掉头回去,母亲好像又走回来几步吧,立在桥畔,永久地用目送我们。

那一天因为出发迟了,越过一座山坡时,太阳已经向晚了。我的心里担着心事,阿嫂却一点也不着急,两人默默地走路。我时时回头去看,阿嫂的含泪的眼睛只是看着脚下,深深地思想着什么,一面在走路。

晚风起了。高高的路旁的草,縩縩作响。眼睛下的山间的杉林,紫红的色已经变深了,看去默默然矗立着。从谷那边升上来的暮色,同寒冷的山气冷然地压到身上来。举眼一看,眼前的残留的光明的晚空里,并着肩黝然重叠的诸峰之内,有名叫 T 的大寺院在山上的峰,使我连那峰上有天狗[注10]栖着的故事也想起来了,我止不住孤单的闷闷的心情。

第二座山坡越过了一些的时候,从上边不知有什么沙沙地分开草木的声音,起初我想是归家的樵夫或是伐木的人,可是决不是的,只见被分开了的草的动摇,却不见人样的姿态。

"狼?"

我呆住了。这山坡里有狼,虽不知是假是真,可是我听人说过的,万一?这么一想,我的全身都为战栗贯穿了。阿嫂又张着眼睛,屏息立着不动,两人的手紧紧地互相握着。

草的飒然的声音,渐渐近了。心里想就要到眼前来。"汪,汪"地吠着的,并且飞扑到我们的足前来的——是两匹犬。

"呀,是小红!"

"呀!小红和小花!"我们同时叫起来了。

"哈,好了。我想,真的,不要是狼或者别的吧——呀,你们来迎接吗?"

阿嫂喘息似的说,屈着身体,交互地抚摸它们的头。它们呜呜地用鼻响着,放娇似的,把脸来擦我们的衣角,便在前先跑了。

于是两匹犬在先跑着,走了六丈光景的时候,那里有一块平地,松树之下,有一个对向这边站立着的黑影。我见了就"不知是谁"地疑问,恰在这时,阿嫂抢早地说:

"呀!不是阿哥吗?"

"是阿哥,是阿哥!"我不觉叫起来了。阿嫂走近兄的旁边——

"来迟了,对不住了。劳你来接吗?"像抱歉似的,放娇似的,而且像痛惜似的,各种各样的感情,笼罩在那稍带战栗,含着眼泪,嗫嚅似的言语之中,即是以我的孩子的心情,也十分能够感动了。

"——来看看山景。"兄对前面的话没有作答,却看着我,好像辩解似的低语——

"我先去了。"这样质朴的说后,就匆匆地走了。脚步快的兄,眼见着,在那草里和已经浓厚的夕霭之中,消失了他的后影了。只有他吹响着的口笛的声音,在晚风里微微地飘着。

小花与小红,或在他们的后面,或在前面走着。我们的心里虽是安定了,可是兄为什么那样的一个人先回去呢?我是止不住不平了。兄何以是冷淡到那种地步的人?我不觉对于阿嫂抱歉了。阿嫂跟在我的背后,低着头默然走路。

从此以后,阿嫂有一二次回去,只留宿一夜,就温顺地回来了。可是从第三次起,又变做同从前一样不思归来的阿嫂了。我是喜欢阿嫂的家的,其实我也无论何时都不想回来;然而一想到留宿过了日期,阿嫂又要被我家母亲叱骂的事,又依然警醒了我了。昨天说回去吧,回去吧,阿嫂终于慢吞吞地不想出发了。今天如果不回去——我这么想,靠住店前的柱头,茫然地眺望路上的行人。这时不知何处有两声三声犬吠的声音。那像是小花和小红的吠声;如果不是它们,像那样吠的犬是没有的。我就跑到外面去了。我循着那声音走到桥的对面的磨房边旁去,小红和小花就摇着尾巴走来,跳跃在我的左右。见了它们跟在我的后面走进店头的门首,阿嫂就说——

"呀,小红,小花,来得正好呢,来接我的吗?虽只来过两三次,就很记得到这里来的路呢。"说时,交互地抚摸它们的背。小红和小花都规矩地并齐了前脚,张口喘息,等分地凝然眺望着阿嫂和我的脸。

阿嫂决心准备回去了,于是叫两匹犬走在前头,我们便出发了。

"单是小红和小花来吗?"

走过第一座山坡时,阿嫂遽然的,好像老早就想说地低声问我了。我也想,在那里没有听着兄的口笛吗?

后来,阿嫂的逗留延长了三天四天,小红和小花一定要来迎接的。它们,确乎地,只有它们来迎的样子。不知在什么时候跑来的它们,在店前的大门口,并齐了前脚:"呀!我来迎接了,请回去吧!"好像在这样说了。

"哈,你们又来迎接吗?"阿嫂寂寞地笑着,蹲在入口的阶段上,交互地拥抱似的抚摩它们的背。在凝然地看着阿嫂的两匹犬的眼里,有要申诉似的祈求似的哀怨的表情,好像在说"请回去呀,请回去呀,请回去呀"似的了。阿嫂抚着犬的背,簌簌地落泪了。那眼泪落在粗糙的毛上,成了泪珠,圆圆地掉下。

"芳哥儿,那么,回去吧!"

阿嫂这么说,动手慢慢地准备了。于是二人叫犬走在前面,慢吞吞地翻越那岑寂的山坡了。

有时,即使小红和小花来迎,阿嫂依然不回去的事也有的。

"芳哥儿,我想不再回去了。真的,芳哥儿不是已经做了这里的孩子了吗?"阿嫂用噙着眼泪的眼,凝然地看着我,用断然的语调这样说。我不知要怎么回答才好,只是悲哀,泛滥地流了眼泪而困窘了。

小红和小花甚至到黄昏时也等着的。可是,如果知道了我们无论怎样都不回去了,便也怏怏地归去。然而到了次日的同一个时刻,又一定来迎接的。

"呀,又来了哪!"阿嫂在流泪的脸上,浮着似乎聊以遣愁的微笑,过了一会,就徐缓的——

"我仍旧回去吧。"说时,又动手作回去的准备了。阿嫂的面颊为眼泪濡湿着,赶着寂寞的山路。小红和小花时时关心我们似的,抬起头来看我们,或前或后地走着。走到我家后面的山下时,它们喜悦着叫了两三声,一齐在前先跑了。

我们回来,走到了后门,兄的寂寞的姿首,一定在那近旁可以看见。阿嫂走近那旁边——

"又久住了,对不起了,本想在昨天就回来的——"这样地道罪了。兄瞬然地看了阿嫂的脸。这刹那间互视着的二人的深思的眼色,在我却不能不有所感触了。可是兄除那样而外,什么也不说,用平时的冷淡的模样向着那边——

"喂,小红、小花!"把两匹犬抱在他的蹲着的膝上,仿佛在说"辛苦了,辛苦了"似的——

阿嫂孤单地看着那样子,跨立在后户的门槛上。走进了门槛,在火炉的旁边,母亲的脸——越过眼镜,睨然地使眼睛放光的脸——在阴暗的空气之中,像一件物事般地摆在那里。

"呃,回来了吗?以后如果逗留着不回来,单给我把芳之助放回来,又有学校,加以家中是这样的没有人手呢!"

"真真对不起了!"才说了这一句,阿嫂因为要去换衣服,就走进藏衣室去了。

"阿嫂!阿嫂!"

我立在才解了衣带,就那样伏在席子上啜泣的阿嫂的身旁,这样叫了。唉,唉,特意地回来了,为什么阿哥一句话也不向她说呢!我这样想着——

小学校卒业后,我就进了K市的中学的寄宿舍了。在那时,阿嫂似乎已经住惯了,归宁的次数减到三个月一次四个月一次了。代替归宁的,因为继母忽然衰弱,阿嫂不能不服侍翁姑两人的病了。阿嫂不能够只是恋家流泪了。多忙的主妇的生活,好像一点一点地恢复了阿嫂的快活的本性了。

我将进 K 市寄宿舍去,初离村的时候,小红和小花同着阿嫂到停车驿来送我。可是它们都已老了,没有精神了。

冬天归省后再出外,约有两星期,从阿嫂来的信里,告诉我说小红忽然害急病死了。我读了那信,回忆着各样的事,一个人流眼泪了。

归家去一看,小花因为和它的兄弟死别,它全然衰弱了。畏缩的眼中流出眼粪,毛的光泽也十分变坏了。

虽是如此,我回学校时,也仍然到停车驿来送我。到了翌年的暑假我回家的时候,像已经没有欢迎我回来的精神似的,小花全然衰弱了。在谷仓的厢房里,长长地卧着,半开的眼睛昏昏然睡着的事也多。食欲也没有了,虽是拿牛乳牛肉等给它,它连正看也不看一看了。

有一天黄昏——那是,穿过了柿树的枝叶,晚霞辉煌着的黄昏,小花也终于死去了。仿佛像远吠似的一声长叫,就那样冷冰冰的了。

"唉!终于死了吗?"

"终于死了,小花也,小红也——"我以噙着眼泪的眼仰视着阿嫂,用静寂的语调说了。阿嫂把面颊挨着这年春天出世的长子晋一的头,也用噙着泪的眼睛,呆然地注视着小花的死骸——

(选自《接吻》)

〔作者〕

加藤武雄(1888—?)①现为东京新潮社《文学时代》的编辑者。以前曾做小学教师,现与菊池宽等齐名,为日本第一流的作家。《乡愁》一卷,为他的最早的短篇集,内收诸作,均富于感伤的情趣,为乡土艺术的佳作。此外有《离开土地》《梦见之日》《处女的死》《到幸福之国》等短篇集;及《可恼的春》《久远的像》《东京的面影》《走向都会》《夜曲》《抛珠》等长篇小说。他的小品文字,为当世的绝品,是他人所不易企及的。

〔注释〕

[注1]日本的杂志,大多数附设一栏,名叫"投书栏",登载阅者的投稿。

[注2]杂志的本文用五号铅字排印,投稿则用较小的六号铅字排印。

[注3]日本的学生,住在距学校很远的地方的,不回去吃中饭,清晨上学时便把饭盒带来。饭盒原名"辨当"。

[注4]起头的意思。

[注5]心里快乐时,便起一种想歌唱的情意。

[注6]日本的琴,名叫三味弦,弹时手指上戴着"套甲",以免伤指甲。

[注7]日本女子出嫁后所梳的发髻,名叫"丸髷"。

[注8]堆放杂物的房间。

[注9]"町"在这里用为计算里数之意,六尺为间,六十间为町,三十六町为里,每町约合中国三十四丈零九寸有奇。

[注10]天狗是日本人想像中的一种怪物,住在深山里面,形体如人,鼻

---

①加藤武雄逝于1956年。

尖而长,有两翼,来去自如。此物除为民间传说里的主要物件外,有人也将它做成陶器的玩偶,陈设在花园里。或供商店牌号之用,如天狗堂等类。

〔解说〕

本篇为加藤氏的代表作,借两匹犬抒写阴暗的家庭,充溢感伤的情怀。日本小说家加能作次郎评论他的著作的态度,说是一种求救助的心。

父亲在亚美利加

[芬兰]亚勒吉阿　作　　鲁迅　译

也像许多别的农夫和流寓的人们一样,跋垒司拉谛·密珂忽然想起来了,到"亚美利加"[注1]去,这思想,不绝地烦劳他,于是他一冬天,即如正二月时节,全不能将他抛开了。现在这已经不只是时时挂在心上的想头了,却成了一种苦恼的真心的热望。他的思想,已经留连于亚美利加的希望之山,而在那地方,访求着他时时刻刻所访求的幸福之石了。

他当初全不过自己秘密地想,但有一回,当他的女人悲伤地诉说,说是"穷苦总不会完"的时候,密珂便忍不住说了出来:

"这总有一个完,倘我春天到亚美利加去!"

"你!"女人叫着说,伊的眼便异样地发了光,这是欢喜呢还是惊愕呢?

这一日伊不再诉苦了。伊待遇伊丈夫,只是用了一种较深的敬畏和较大的留神,过于从前了。

这出行实在定在春天。密珂从他田庄的抵押,筹到了旅费。

出行的日期愈逼近,那女人也愈忧虑了。但如男人问道:"你有什么不舒服呢?"伊也不说出特别的缘由来。

出行的日期正到了。女人从早晨便哭,至于使伊那有病的眼睛再没有法子好。

"不要这样哭。"过了一会之后,男人说,"倘若上帝给我幸福,我们不至于长久分离的!"

"不是……但……"

"什么但……"

这在男人,似乎觉得其中藏着一种的疑惑。但当告别的瞬间以前,女人凄楚地哭着,倒在他怀里,并且吃吃地说:

"不要忘却我,父亲……要想到孩子们。"

"忘却!你想到哪里去了?……你用了你的猜疑,使我直到心的最里面也痛了!"

"不,爱的密珂,我不是这意思!但世界是这样坏……而我一人和三个小孩子们留在这里……田庄是为了你的旅费,抵押出去了……不要生气,父亲,但我的心为这样地塞满了!"

密珂对于这话,几乎要给一句强硬地回答,但在他女人还只是拥抱着的时候,他的心柔软了。于是他将孩子抱在臂上,接吻他们——挨次地个个接了吻,此后便是那母亲……

是的,上帝知道,密珂全没有想到,撇下他们竟有这样的艰难——只要有人肯来要他工作,他便不再出门去了——不,决不的。

然而现在他必须出门去!

女人哭了整两日。这是极凄楚的恐慌,是各样忧惧的想像的一个结果,这其间便要发现的。但伊的眼泪为了"道罗"[注2]这一个思想,也渐渐地干燥起来。孩子们也想着他,而且在村里说:"父亲寄亚美利加道罗给我们,我们便可以买点什么好东西了!"

最初密珂屡次地写信。他也时时寄一点钱。他常说:后来要寄一宗大款,这只是一点小零用。

年月过去了。书信的间隔愈加久长,银信的间隔也愈加不可靠。时候坏,他不能不换他的工作而且又生病了,他这样写。但其他盼望将来的嘱咐,是不绝的。

母亲的面容永是显得忧愁,而面包也永是紧缩起来了。

密珂已经去了五年。从三年多以来,他便没有写一封信给家里。

春天到了。

燕子又从南方回来了,造伊的巢在跋垒司拉谛的低矮的屋背下。伊每日对着孩子们,讲那丰饶的南方的土地,那里是葡萄已熟,圆的美丽的无花果弯曲了树上倔强的枝条。燕子讲些什么,孩子们没有懂;然而他们领会的,这是一点快活的事,即此一点,人就可以欢喜而且拍起他们那瘦的小手来。

"或者这燕子见过父亲?"有一天,中间的孩子质问说,是一个女儿。

"是的,倘能够知道这个。"最大的说。那最小的一个,是因此才引起他想到父亲,而于此却全不能记起的,问道:

"父亲强壮吗?"

"是的,的确。"最大的保证说。

"如果父亲回家来。"那中间的又说。

然而人还是永远听不到父亲的事。

野草在茅屋周围渐渐地发绿了,土埂上的小果树丛也着起花来。母亲掘开了石质的屋旁的田地,栽下马铃薯去,孩子们都热心地帮伊。夏天将他们青白的两颊染得微红了……单是空气里有滋养料的!母亲也觉得心里较松些,夏季用了轻妙的画笔,在他色彩装饰上描出将来的希望,较为光明一点了。

伊晒出密珂的皮衣、皮帽和衣裳来,都挂在马铃薯田的篱柱上:"倘他回来,他看见,我们并没有忘了他,也不使他的衣裳给虫子蛀坏呢。"

正是这瞬间来了那农人,是借给密珂旅费的:"哪,人还没有听到你们的密珂吗?"

那女人不安起来了。否认的回答,不是好主意,而承认也一样的危险:"近时他没,……"

"这是一个坏人!倘没有从他便寄钱来,我就得卖了这草舍和一点田地。这快要不够了。"

这在女人,似乎心脏都停顿了,而且伊也全不知道,应该怎样地回答。当那农人许可,还等到明年春天的时候,伊才能够再嘘出一口气来。

秋天到了。

母亲哭得愈多了。伊的按捺的语气,往往当对待孩子的时候,在忍不住的愤激的话里，发表出来。于是他们便自己蹲在炉灶后面的昏黑的角里，而其中的一个偷偷地说道："倘若父亲永不回到家里来……"

别一个便说："回家！一定！倘若他有了别的女人……"

孩子们不很懂，这是什么意思，倘遇见人们说着这事，说那父亲在外面有了别的女人了，但他们倘看见他们的母亲，泪在眼里永没有干，他们便直觉地感得，父亲是很不好很不好，母亲是很艰难，而且他们是很饥饿……

然而人还是永没有听到父亲的事！

（选自《现代小说译丛》）

〔作者〕

亚勒吉阿〔Arkio，本名菲兰兑尔（Alexander Filander）〕，是芬兰一处小地方的商人，没有受过学校教育，但他用了自修功夫，竟达到很高的程度，在本乡很受尊重，而且是极有功于青年教育的。（译者原注）

〔注释〕

［注1］America 的译名。

［注2］Dollar 的音译，意为银币。

〔解说〕

芬兰和我们向来很疏远，但他自从脱离俄国和瑞典的势力之后，却是一个安静而进步的国家,文学和艺术也很发达。他们的文学家,有用瑞典语著作的,有用芬兰语著作的,近来多属于后者了。这亚勒吉阿(Arkio)便是其一。

他的小说,于性格及心理描写都很妙。勒劳绥惠德尔批评说,亚勒吉阿尤有一种优美的讥讽的诙谐,用了深沉的微笑盖在事物上,而在这光中,自然能理会出悲惨来,如小说《父亲在亚美利加》所证明的便是。(根据译者原注)

鼻　子

[日本]芥川龙之介　作　　鲁迅　译

一说起禅智内供的鼻子，池尾地方是没一个不知道的。长有五六寸，从上唇的上面直拖到下颏的下面去。形状是从顶到底，一样的粗细。简捷说，便是一条细长的香肠似的东西，在脸中央拖着罢了。

五十多岁的内供是从还做沙弥的往昔以来，一直到升了内道场[注1]供奉的现在为止，心底里始终苦着这鼻子。这也不单因为自己是应该一心渴仰着将来的净土的和尚，于鼻子的烦恼，不很相宜，其实倒在不愿意有人知道他介意于鼻子的事。内供在平时的谈话里，也最怕说出鼻子这一句话来。

内供之所以烦腻那鼻子的理由。大概有二：其一，因为鼻子之长，在实际上很不便。第一是吃饭时候，独自不能吃。倘若独自吃时，鼻子便达到碗里的饭上面去了。于是内供叫一个弟子坐在正对面，当吃饭时，使他用一条广一寸长二尺的木板，掀起鼻子来。但是这样的吃饭法，在能掀的弟子和所掀的内供，都不是容易的事。有一回，替代这弟子中童子打了一个喷嚏，因而手一抖，那鼻子便落到粥里去了的故事,那时是连京都都传遍的。然而这事,却还不是内供之所以以鼻子为苦的重大的理由。内供之所以为苦者,其实却在乎因这鼻子而伤了自尊心这一点。

池尾的百姓们,替有着这样鼻子的内供设想,说内供幸而是出家人,因为都以为这样的鼻子,是没有女人肯嫁的。其中甚而至于还有这样地批评,说是正因为这样鼻子,所以才来做和尚。然而内供自己,却并不觉得做了和尚,便减了几分鼻子的烦恼去。内供的自尊心,较之为娶妻这类结果的事实所左右的东西,微妙得多多了。因此内供在积极的和消极的两方面,要将这自尊心的毁损恢复过来。

第一,内供所苦心经营的,是想将这长鼻子使人看得比实际较短的方法。每当没有人的时候,对了镜,用各种的角度照着脸,热心地揣摩。不知怎么一来,觉得单变换了脸的位置,是没有把握的了,于是常常用手托了颊,或者用指押了颐,坚忍不拔地看镜。但看见鼻子较短到自己满意的程度的事,是从来没有的。内供际此,便将镜收在箱子里,叹一口气,勉勉强强地又向那先前的经几上唪《观世音经》去。

而且内供又始终留心着别人的鼻子。池尾的寺,本来是常有僧供和讲论的伽蓝。寺里面,僧坊建到没有空隙,浴室里是寺僧每日烧着水的。所以在此出入的僧俗之类也很多。内供便坚忍地物色着这类人们的脸。因为想发现一个和自己一样的鼻子,来安安自己的心。所以乌的绢衣、白的单衫,都不进内供的眼里去;而况橙黄的帽子、坏色的僧衣,更是生平见惯,虽有若无了。内供不看人,只看鼻子,然而竹节鼻虽然还有,却寻不出内供一样的鼻子来。愈是寻不出,内供的心便渐渐地愈加不快了。内供和人说话的时候,无意中扯起那拖下的鼻端来一看,立刻不称年纪的脸红起来,便正是为这不快所动的缘故。

到最后,内供竟想在内典外典里寻一个和自己一样的鼻子的人物,来宽解几分自己的心。然而无论什么经典上,都不说目犍连和舍利弗的鼻子是长的。龙树和马鸣,自然也只是鼻子平常的菩萨。内供听人讲些震旦的事情,带出了蜀汉的刘玄德的长耳来,便想道,假使是鼻子,真不知使我多少胆壮哩。

内供一面既然消极地用了这样的苦心,别一面也积极地试用些缩短鼻子的方法,在这里是无须乎特地声明的了。内供在这一方面,几乎做尽了可能的事。也喝过老鸦脚爪煎出的汤,鼻子上也擦过老鼠的溺。然而无论怎么办,鼻子不依然五六寸长地拖在嘴上吗?

但是有一年的秋天,内供的因事上京的弟子,从一个知己的医士那里,得了缩短那长鼻子的方法来了。这医士,是从震旦渡来的人,那时供养在长乐寺的。

内供仍然照例,装着对于鼻子毫不介意似的模样,偏不说便来试用这方法;一面却微微露出口风,说每吃一回饭,都要劳弟子费手,实在是于心不安的事。至于心里,自然是专等那弟子和尚来说服自己,使他试用这方法的。弟子和尚也未必不明白内供的这策略。但内供用这策略的苦衷,却似乎动了那弟子和尚的同情,驾反感而上之了。那弟子和尚果然适如所期,极口地来劝试用这方法,内供自己也适如所期,终于依了那弟子和尚的热心地劝告了。

所谓方法者,只是用热汤浸了鼻子,然后使人用脚来踏这鼻子,非常简单的。

汤是寺的浴室里每日都烧着。于是这弟子和尚立刻用一个提桶,从浴室里汲了连手指都伸不下去的热水来。但若直接地浸,蒸汽吹着脸,怕要烫坏的。于是又在一个板盘上开一个窟窿,当作桶盖,鼻子便从这窟窿中浸到水里去。单是鼻子浸着热汤,是不觉得烫的。过了片时,弟子和尚说:

"浸够了吧。"

内供苦笑了。因为以为单听这话,是谁也想不到说着鼻子的。鼻子被汤蒸热了,蚤咬似的发痒。

内供一从板盘窟窿里抽出鼻子来,弟子和尚便将这热气蒸腾的鼻子,两脚用力地踏。内供躺着,鼻子伸在地板上,看那弟子和尚的两脚一上一下地动。弟子常常显出过意不去的脸相,俯视着内供的秃头,问道:

"痛吧?因为医士说要用力踏……但是,痛吧?"

内供摇头,想表明不痛的意思。然而鼻子是被踏着的,又不能如意地摇。这是抬了眼,看着弟子脚上的皲裂,一面生气似的说:

"说不痛……"

其实是鼻子正痒,踏了不特不痛,反而舒服的。

踏了片时之后,鼻子上现出小米粒一般的东西来了。简括说,便是像一匹整烤的拔光了毛的小鸡。弟子和尚一瞥见,立时停了脚,自言自语似的说:

"说是用镊子拔了这个哩。"

内供不平似的鼓起了两颊,默默地任凭弟子和尚办。这自然并非不知道弟子和尚的好意;但虽然知道,因为将自己的鼻子当作一件货色似的办理,也免不得不高兴了。内供装了一副受着不相信的医生的手术时候的病人一般的脸,勉勉强强地看弟子和尚从鼻子的毛孔里,用镊子钳出脂肪来。那脂肪的形状像是鸟毛的根,拔去的有四分长短。

这一完,弟子和尚才吐出一口气,说道:

"再浸一回,就好了。"

内供仍然皱着眉,装着不平似的脸,依了弟子的话。

待到取出第二回浸过的鼻子来看,诚然,不知什么时候已经缩短了。这已经和平常的竹节鼻相差不远了。内供摸着缩短的鼻子,对着弟子拿来的镜子,羞涩地怯怯地望着看。

那鼻了,那一直拖到下面的鼻子,现在已经诈话似的萎缩了,只在上唇上面,没志气地保着一点残喘。各处还有通红的地方,大约只是踏过的痕迹罢了。既这样,再没有人见笑,是一定的了——镜中的内供的脸,看着镜外的内供的脸,满足然地眨几眨眼睛。

然而这一日,还有怕这鼻子仍要伸长起来的不安。所以内供无论唪经的时候,吃饭的时候,只要有闲空,便伸手轻轻地摸那鼻端去。鼻子是规规矩矩地存在上唇上边,并没有伸下来的气色。睡过一夜之后,第二日早晨一开眼,内供便首先去摸自己的鼻子,鼻子也依然是短的。内供于是乎也如从前地费了几多年,积起抄写《法华经》的功行来的时候一般,觉得神清气爽了。

但是过了三日,内供发现了意外的事实了。这就是,偶然因事来访池尾的寺的侍者,却显出比先前更加发笑的脸相,也不很说话,只是灼灼地看着内供的鼻子。而且不止此,先前将内供的鼻子落在粥里的中童子那些人,若在讲堂外遇见内供时,便向下忍着笑,但似乎终于熬不住了,又突然大笑起来。还有进来承教的下法师们,面对面时,虽然恭敬地听着,但内供一向后看,便屑屑地暗笑,也不止一两回了。

内供当初,下了一个解释,是以为只因自己脸改了样。但单是这解释,又似乎总不能十分地说明。——不消说,中童子和下法师的发笑的原因,大概总在此。然而和鼻子还长的往昔,那笑样总有些不同。倘说见惯的长鼻,倒不如不见惯的短鼻更可笑,这固然便是如此罢了。然而又似乎还有什么缘故。

"先前倒还没有这样地只是笑……"

内供停了哜着的经文,侧着秃头,时常轻轻地这样说。可爱的内供当这时候,一定惘然地眺着挂在旁边的普贤像,记起鼻子还长的三五日以前的事来,"今如零落者,却忆荣华时",便没精打采了。——对于这问题,给以解释之明,在内供可惜还没有。

人类的心里有互相矛盾的两样的感情。他人的不幸,自然是没有不表同情的。但一到那人设些什么法子脱了这不幸,于是这边便不知怎的觉得不满足起来。夸大一点说,便可以说是其甚者且有愿意再看见那人陷在同样的不幸中的意思。于是在不知不觉间,虽然是消极的，却对于那人抱了敌意了。内供虽然不明白这理由，而总觉得有些不快者，便因为在池尾的僧俗的态度上，感到了这些旁观者的利己主义的缘故。

于是乎内供的脾气逐渐坏起来了。无论对什么人，第二句便是叱责。到后来，连医治鼻子的弟子和尚，也背地里说"内供是要受法悭贪之罪的"了。更使内供生气的，照例是那恶作剧的中童子。有一天，狗声沸泛地噪，内供随便出去看，只见中童子挥着二尺来长的木板，追着一匹长毛的瘦狗在那里跑。而且又并非单是追着跑，却一面嚷道"不给打鼻子，喂，不给打鼻子"而追着跑的。内供从中童子的手里抢过木板来，使劲地打他的脸。这木板是先前掀鼻子用的。

内供倒后悔弄短鼻子为多事了。

这是或一夜的事。太阳一落，大约是忽而起风了，塔上的风铎的声音，扰人得响。而且很冷了，在老年的内供，便是想睡，也只是睡不去。辗转地躺在床上时，突然觉得鼻子痒了。用手去摸，仿佛有点肿，而且这地方，又仿佛发了热似的。

"硬将它缩短了的，也许出了毛病了。"

内供用了在佛前供养香花一般的恭敬的手势，按着鼻子，一面低低地这样说。

第二日的早晨，内供照例地绝早地睁开眼睛看，只见寺里的银杏和七叶树都在夜间落了叶，院子里是铺了黄金似的通明。大约塔顶上积了霜了，还在朝日的微光中，九轮经已眩眼得发亮。禅智内供站在开了护屏的檐廊下，深深地吸一口气。

几乎要忘却了的一种感觉,又回到内供这里,便在这时间。

内供慌忙伸手去按鼻子。触着手的,不是昨夜的短鼻子了,是从上唇的上面直拖到下唇的下面的,五六寸之谱的先前的长鼻子。内供知道这鼻子在一夜之间又复照旧地长起来了。而这时候,和鼻子缩短时候一样的神清气爽的心情,也觉得不知怎么地重复回来了。

"既这样,一定再没有人笑了。"

使长鼻子荡在破晓的秋风中,内供自己的心里说。

(选自《现代日本小说集》)

〔作者〕

芥川龙之介(? —1927)①日本新思潮派作家。东京帝国大学英文科毕业。著有短篇小说集《罗生门》《烟草与恶魔》《傀儡师》《影灯笼》《夜来的花》《将军》《春服》《沙罗之花》《黄雀风》等作。于1927年因思想上的苦闷自杀。现有《芥川龙之介全集》(岩波书店出版)行世。

〔注释〕

[注1]禁中修佛的处所。

〔解说〕

作者是欢喜在旧书里面搜求题材的,本篇的主题,是写禅智内供目的已

---

①芥川龙之介生于1892年。

达后的失望心理,结构也极巧妙。在文字方面,作者趋重表现的技巧。芥川氏的老师夏目漱石见了这篇作品之后,就告诉作者说:"你若写这样的作品十篇,在日本固然不必说,即在世界,也可自成一家了。"诚如夏目氏之言,作者表现题材的巧妙,是很可惊异的。

〔习题〕

试就本篇及第十三、第十八诸篇的"题材""主题",作比较的研究。

地狱变相

[日本]芥川龙之介 作　　江炼百 译

一

住在堀川的我们那位主公，恐怕不但是空前的人物，就在后世，也未必再有第二个呢。传闻主公未出娘胎的时候，老夫人曾经梦见大威德明王菩萨站在枕边，总算是生有异禀，不与平常人相同的了。难怪他所行所为，没有一件不出我们的意表。只看那堀川府第内的规模，称它是宏壮，或是雄大，也许还欠贴切，竟有我们常人简直意想不到的一种敢作敢为独断独行的气象。还有人因此加以种种议论，将我主公的性情举动，去比秦始皇、隋炀帝，这种话，只算是常言所说瞎子摸象的一孔之见吧。主公的胸怀，决不是那样专为自己图享荣华，却是很能体念下情，有与天下同乐的大度量。

所以他即令遇着二条大宫地点的百鬼夜行，必不致受什么病痛。就是在那东三条街以摹仿陆奥地方的盐灶风景出名的河原院内，传说每晚会出现的融左大臣的亡灵，若被主公一喝骂，也必定会销声匿迹的了。因为有这样的威望，当时京都的男女老幼，谈起主公，便都尊他是全然一位活菩萨，这种情形，决非偶然。还有一次，主公由内廷赏梅宴回府的中途，拖车的牛脱轭撞伤了路上的老者，这老者因为是被主公的牛所撞，反为合十谢恩呢。

因此之故，主公在世一生，足为后人称道的事，实在不少。乡宴后下赐宾客的礼物。就是白马一宗，也不下三十匹，又因修建长良桥，曾愿牺牲宠爱的侍童，将他镇压在桥脚下，又曾命学得华陀医术的震旦僧，割治腿疮，一一数来，真个不胜列举。但在这许多轶事之中，最令人可惊可骇的，只怕就是现今成为传家宝的那个画有地狱变相的屏风来历谈吧。纵令生平不动声色的主公自己，当那时节，也曾惊心动魄，何况在旁侍候的我们，个个吓得魂不附体，更不消说了。尤其像我个人，服侍主公二十年以来，亲见那种悽惨的景象，还是平生第一遭啊。

我须先说画那地狱变相的画师良秀是何等样人，然后再讲屏风的事迹吧。

二

说起那良秀，或者现今也还有记得他的人。他是一个有名的画师，当时画界中，几乎没有一人能高过他的。在那屏风事件发生的时候，已经年将半百，真亏他还有力量干得下去啊。只就外貌而论，不过是个身体矮小骨瘦如柴脾气不好的老头儿。他进主公府第的时候，常穿着玄丝褂，戴着黑绉帽，人品却十分卑贱，不知怎的，他那副嘴唇皮,鲜红得刺目,简直不像老头儿,令人看了,越发觉得可怕,好像很带着兽类的神气。有人说是因为把画笔舐红的,究竟什么缘故,真真莫明其妙。还有一个刻薄小子,说良秀神情举动,好像猢狲,竟替他取了绰号,叫做"猿秀"。

说起良秀来,另外还有一桩故事。那时良秀有一个独生女儿,年纪十五岁,在主公府里充当侍婢。性情丝毫不像她的生身之父,是个讨人欢喜的女孩儿。并且也许是因为早就离了母亲,天性老成,能体贴世故,而又聪明,年纪虽小,像个大人,不问何事,无不留心,所以上自夫人,下至其他的侍女,都没有不喜欢她的。

偶然由丹波国献来了一只驯猴,在那时节,我们公子正是十分顽皮,就替他取个名字,叫做良秀。只为那猴子的样子可笑,取了这名字,府中上下便没有一个人不发笑的。只是笑笑,也不打紧,却每逢它爬上了院子里的松树,或是污毁了房间里的席子的时候,大家还凑趣地喊着"良秀良秀",总而言之,人人都要去作弄它。

有一天,画师良秀的女儿拿着系了信笺的红梅枝正在踱过走廊的时候,从老远的门那边出来的,就是那个猴子良秀,它大概因为折伤了腿,像平常那种爬柱头的精神,也都没有,一跛一跛地拼命逃来了。而且在后面挥着树枝的公子"偷橘子的贼,往哪里走!往哪里走!"一面嚷着,一面赶了来呢。良秀的女儿看见这种样子,心中慌了一下,恰巧此刻逃来的猴子,攀着她的裙边同时放出哀声叫将起来——陡然引起怜悯之心再也忍不住了啊,便一手依旧举着梅枝,一手轻拂紫衫袖,很温和地将猴子抱起,到公子面前,弯了一弯腰。清清爽爽地说道:"很对不起公子,它是个无知的畜生,请开恩饶恕了吧。"

然而公子是在气头上跑了出来的,现出很难看的面色,接二连三地顿着脚道:

"为什么去帮助它?它是偷橘子的贼呀。"

"它是个无知的畜生,总求……"

这女孩又说了一遍,立即轻轻地赔着笑脸。

"但是提起了良秀,好像是我父亲受了责骂一样,实在过意不去。"这话说得斩钉截铁,虽是公子,也让了步呢。

"啊,既然是替你父亲请命,姑且赦了它吧。"

公子很不情愿地说着,把树枝丢在地下,就向原来的门走回去了。

三

良秀的女儿同这猴子从此以后便成了好朋友。她吗,把小姐赏赐的金铃,用美丽的红带子吊着,给猴子挂在头上,猴子也是无论怎样,总不大离开女孩的身边。女孩有一次感冒风寒睡下了的时候,这猴子整个在枕边坐着不动,一面现出担心的脸孔一面在咬她的指甲。

这么一来,说也奇怪,没有一人再像从前那样作弄这猴子的了。而且反为渐渐爱起它来,末后,虽是公子,不但也时常抛柿子或栗子给它,有个侍者踢了这猴子,也还发过大怒呢。后来主公特意叫良秀的女儿抱了猴子来看,也许是因为已经听见公子发怒的事。这女孩实爱猴子的情由,只怕也是自然连带着听见的了。

"倒是个孝子,奖赏她吧。"

主公命令一下,女孩儿就蒙赏赐了红衬衫。然而猴子却看得真做得像,学着女孩的样子,恭恭敬敬地也不问情由拜受了这件衬衫。主公因此越发高兴得很。所以主公赏识良秀的女儿,完全是因为夸奖她有爱猴子的一片孝心,世人种种推测,说是因为爱上了她的美貌,其实断无此理。原来这种流言的起因,也无根由,姑且放在后面慢慢地说吧。我主公是何等样人,纵令她十分美貌,也不致去恋爱画师等类的女儿。在这里只须表明这句话,也不用我多讲的了。

却说良秀的女儿这样体体面面地由主公面前退了下来,她本是个聪明的女孩儿,并没有惹起其他不足道的侍女们的妒嫉。从此以后,和那猴子一同,反而处处为人所爱,尤其是在小姐身边,可以说是没有离开过,跟班坐车出外游览,也是没有一回不同去的。

这女孩儿的事暂且放下不提,现在再说良秀的事吧。那猴子真个不多几时,就讨大家的欢喜,然而这最关紧要的良秀,还是人人厌恶,都依旧在背地里叫做猿秀。而且不但是府里如此,就是在横川的僧官,说起良秀,也好像着了魔障一般,变起脸色地恨他。(听说是因为良秀曾将僧官的生平事迹画成讽刺画,但这也不过是底下人们传说的话,不敢说是的确如此)总之,良秀这人的不名誉,无论去问哪个,都是这样说。至于不讲他坏话的,只有两三个画师或者是知道他的画而不认识他的一种人罢了。实则良秀非但外貌卑贱,并且有惹人厌恶的坏脾气,所以只得由他去自作自受,此外也没有别的法子。

四

他那脾气,就是吝啬、贪狠、无耻、懒惰、不知厌足——而且尤其坏的脾气,是趾高气扬目空一切,时常把本朝第一的画师招牌挂在额角上呢。若只就画说,都不管他,但是这人到了不肯服输的时候,连世上的习俗惯例,等等,不糟蹋尽了是不甘心的。据他多年的弟子所说,有一天在某高官的府里,大名鼎鼎的桧垣女巫被神灵附身,说出可怕的天机,那良秀只当作耳边风,把身旁现成的笔和墨,将那女巫的惨相,仔细地画了出来。大概在他看起来,神灵的作祟,也不过是哄骗小孩的玩意啊。

性情是这样的人,所以画吉祥天,便画了下贱的妓女面孔,画不动明王菩萨,就摹仿无赖的牢头禁子的姿势,做出种种亵渎神明的举动,如果去责问他本人,"良秀所画的神佛,会把冥谴加到良秀身上,真是奇谈了。"他回出这样的话来,岂不是装聋卖哑吗。怪不得他的弟子们也都吓呆了,其中因为想到日后的可怕情形,赶快告辞了的人,看来也不在少数。说句简单的批评话,只好叫作傲气熏天吧。总之他是个自命为天上地下惟我独尊的人。

那么,良秀在画术上,是怎样地目空一切,也不用说的了。原来他的画,不问是笔法是着色,都完全与别的画师不相同,所以和他交情不好的画师们,说他是骗子,这样的评论,似也不少。照他们口中讲起来,川成呀,金冈呀以及其他古名家所画的板门上的梅花,每达月夜,会放出香气哪;屏风上的内臣所吹的笛子,连笛声也会听见哪。

是有这样优美的逸话的,至于良秀的画,总归只有令人不快,希奇古怪的传说罢了。像他在龙盖寺寺门上画了的五趣生死图,到深更半夜走过门底下,就听见天人叹息的声音或是啜泣声音。并且有人说还闻着死尸腐烂的臭气呢。还有主公叫他所画的侍女们的肖像,被画了像的人,不是未满三年便都害了失落魂灵儿似的毛病,呜呼哀哉了吗。骂他的人,可要说这是良秀的画坠入了邪道铁证啊。

但是以前曾经说过,良秀是个很倔强的人,所以这些事在他反为自鸣得意。有一次,主公说笑着道:"你这人好像往往欢喜难看的丑东西。"他把那与年纪不相称的红嘴唇,一面做出可怕的狞笑,一面傲慢地回答道:"真个是的,外行的画师,对于丑东西的美点,他们哪能懂得。"就算他是本朝第一位了不得的画师,偏敢在主公面前说出这样的大话。先前讲过的那个弟子,暗地里替师父取了"智罗永寿"的绰号,讥笑他夜郎自大,可算名副其实。这"智罗永寿",诸君也许知道,是古时由震旦来的傲慢者的名字。

但是这良秀——这个难以形容的妄人良秀,却有一桩还像人类具有情爱的地方。

五

良秀的情爱不是别的,就是对于那独生女儿简直发狂似的十分钟爱。他的女儿,如先前所说,是很温和而有孝心的女孩,但是良秀这人宝爱子女的程度,也决不会在她之下。不管哪里的庙宇化缘,从来不肯布施的这个良秀,只要是女儿的衣裳呀首饰呀,他却毫不吝惜钱财地买给她，这种事实，说出来恐怕还没有人相信呢。

但是良秀爱他的女儿，仅只是一味地爱，过一会儿招个好女婿的念头，他做梦也没有想到。并且若是有人说女儿坏话的，他也许就有邀拢街头的少年把那人暗杀了的打算。所以那女儿奉主公命令充了侍婢的时候，他心中却很不服，在那时节，到了主公面前，总是皱着眉头的。主公是被这女孩的美貌动了心，不管她父亲肯不肯就收留下来的那个流言，大概是由于看见这种情形的人所揣度出来的吧。

这流言本来是假的，但是良秀爱女心切总在恳求赏还他女儿的事，却是真的。有一次，主公叫他画文殊师利童子菩萨，他把主公所宠爱的侍童的面貌做样子，画得十分出色，主公因此很为满意的：

"把你所希望的东西奖赏给你，希望什么，老实说吧。"发下这样有恩典的话来。良秀于是恭恭敬敬的，却不料他说出"请把女儿赏还给我"这样毫无忌惮的言语。若在别的府里，也算罢了，可是在堀川的主公身边的侍女，即令做父亲的如何钟爱她，像这样莽撞求退的人，真是天下少见呢。宽宏大量的主公听了他的话似乎也有点不高兴，暂时只是不作声地望着良秀的脸孔，停了一会儿冲口而出地说道："那可不行。"便立刻走开去了。

像这样的事，恐怕前后总有四五次之多。现在回想起来，主公看见良秀时候的眼色，好像逐次地渐渐变为冷淡了。这样一来，又加以那女孩只怕是因为替父亲担心，她退到房间里去的时候，总是咬着衫袖，嘤嘤啜泣。于是主公爱上了良秀女儿的那种流言，就越发传播开了呢。还有人说那地狱变相的屏风故事，的确是因这女孩不肯依从主公的意思而起,其实哪里会有这样的事。

由我们看起来,主公不答应赏还良秀的女儿,完全是因为觉得这女孩处境可怜,以为与其放在那样倔强的父亲身边,不如留在府里,让她可以自由自在地过活,是有这样一番恩遇的意思。本来那样性情温和的女孩,主公赏识她,也是真的,若说是爱上了她的美貌,恐怕是附会的话吧。不但是附会,简直可算是毫无根据的荒唐话。

这些话,且莫管它,却说良秀自从女儿的那回事以来,恩宠就差了很多。在这时候,主公不知起了什么心思,忽然把良秀唤来,叫他去画地狱变相的屏风了。

六

说起地狱变相的屏风,我就觉得那可怕的画景,好像活现在眼前一样。

同是地狱变相,良秀所画的和别的画师的比起来,第一,布局就是两样。在那一扇屏风的角上,小小地画着十殿阎王以及眷属的形像,其余就是一片通红的猛火,这火冲卷起来,仿佛刀山剑树都会烧焦似的。所以除了冥官穿的中国风的衣裳上,著有黄点蓝点以外,只见到处都是炎炎的红焰,那泼墨的黑烟洒泥金的火星子,简直像"卐"字似的猛烈盘旋在这红焰之中。

仅只如此,已经是令人惊心骇目的笔势,加之,被业火所烧辗转受苦的罪人,也几乎没有一个是平常的地狱画中所能有的。这是什么缘故呢,因为良秀在那许多罪人之中,是把上自公卿显贵下至乞丐贱民各种身分的人做影本画了出来的。高冠博带威风凛凛的王公、宫妆艳丽的娇娥、挂念珠宣佛号的和尚、穿高木屐的侍徒、着长衫的侍儿、手捧纸钱的阴阳家——一一数来，哪里数得穷尽。总之，这样各种的人们，在火烟翻卷之中，受着牛头马面的牢头禁子的虐待，如狂风吹散落叶似的，纷纷向四下里东逃西窜。被钢叉卷着头发，手脚缩得赛过蜘蛛的女子，只怕是神巫一类的人吧。被铁矛刺穿了胸膛，身体倒挂着像蝙蝠的男子，一定是那班青年宰官。此外或是被铁鞭抽打的，或是被重石头压住的，或是被怪鸟的嘴啄住的，或者又被毒龙的颚咬住的——就是责罚，也按着罪人的数目，不知有多少种。

然而其中令人格外觉得凄惨不过的，就是一半挨着那简直如兽牙般的剑树尖端（这树尖上还有死尸垒垒穿挂着）从天空落下来的一辆牛车啊。被地狱阴风吹起了的那个车帘里面，打扮得花团锦簇真会错认作妃子宫娥的一个侍女，长的黑发在火焰中披靡着，一面扭转粉颈，一面苦得死去活来。这侍女的形状，这烧毁了的牛车，没有一样不是令人涉想到火焰地狱的折磨的。看起来，偌大画面的恐怖，好像都集中在一个人物身上呢。这真画得出神入化，令看的人们耳根子里，也都仿佛自然会听见凄声惨叫似的。

啊唷，就是这个，就是因为画这个，才惹起了那桩可怕的故事。而且若非如此，良秀虽是十分高明，哪能那样活灵活现地画出地狱的艰苦啊。这人把屏风的画是画成功了，却落得个连性命都送了的惨酷的下场头。如此说来，这画的地狱，就是本朝第一位画师良秀他自己会堕进去的地狱了……

我因为忙着说千载难逢的地狱变相屏风，也许把讲话的前后次序弄颠倒了。以下再接着说那奉了主公命令画地狱图的良秀吧。

七

良秀从此以后有五六个月，简直不上府里来，只是专在画屏风的画。那样钟爱子女的人，一遇着画起画来，连女儿也不想瞧瞧，真是稀奇事呢。上文讲过的那个弟子，说他师父每逢动起笔来，简直像是被狐狸迷着了似的。而且实则据当时的传闻，就有人说良秀在画术上所以会成名，是因为向大仙发誓许过愿的缘故，当他画画的时候，静悄悄地躲在后面去偷看，必定看见许多仙狐形状，阴森森地团聚在前后左右，这就是明证。有这种讲究，所以一提了画笔，只晓得画完他的画，此外什么事都忘怀了啊。不管是白天是夜晚，总是躲在一间房子里，几乎连阳光都不大看见，尤其是在画地狱变相的屏风的时候，这种专心一意的神气，似乎要来得厉害。

讲到这利害的神气，像他躲在白天都关上窗板的房间里，就着高脚油灯的光底下，或是调和秘密的颜料，或是叫弟子们，穿起白衫呀丝褂呀，装扮成种种模样，按着一个一个仔仔细细去临摹他们的姿势——并不是指这些事而说。他那个人，仅只这样一点特别的举动，就不画那地狱变相的屏风，只要是在画画，总归会做得出来的。岂但如此，就是在画那龙盖寺的五趣生死图的时节，平常人都特地撇开眼睛不去看的那个路上死尸，他却从容不迫地坐在这死尸面前，把腐烂着的脸孔手脚，不差丝毫临摹过了呢。且说他那种专心一意的利害神气,究竟是怎么一回事,想必诸君之中也有人不明白的啊。现在虽没工夫来详细地讲,但是说几句简要的话,大抵就如以下的情形。

良秀的一个弟子(就是前面说过的这个人)有一天正在调颜料,师父忽然走了来道:

"我想睡睡午觉,可是这一向梦做得很坏。"这也算不得什么稀罕的事,所以那弟子手还不停地调颜料,仅只"可不是吗"这样老套头地答应着。然而良秀现出异乎寻常的一种悄然的面孔,说道:

"那么,我睡午觉的时候,想烦你在枕边坐着。"似乎很客气的样子在那里央求呢。弟子觉得师父不像平日,连做梦都要担心,好生奇怪,但是陪着坐坐并非吃力的事,便答道:

"可以的,可以的。"师父还是很担心地一面踌躇着一面吩咐道:

"既是这样,立刻就到后房里来吧。停歇就是有别的弟子来了,我睡的地方,莫要叫他进去。"这后房便是良秀画画的房间,在那天也同夜晚一样,关了门,闭了户,房间里,油灯朦胧地点着,才只用炭笔描了草底的那个屏风,却团团转地围绕在四面。且说良秀一到了这里,便枕着手膀,简直像倦极了的人一样,酣酣地睡着了。但是不到一刻工夫,坐在枕边的弟子,就听见了一种难以形容的令人毛骨悚然的声音。

八

起初仅只是声音,停了一会,就渐渐变作断断续续的言语,好似快要淹死的人在水中呻吟的样子,说出一些话来。

"什么,叫我去吗？——到哪里——到哪里去？到地狱里去。到火焰地狱里去。——是谁,你这小子。——这小子是谁——我道是谁原来是——"

弟子不觉把调颜料的手停住,战战兢兢地顺着灯光去偷看师父的面孔,只见皱得一团糟的脸变作白色,还有大颗儿的汗珠冒出来,把那嘴唇焦干牙齿稀疏的口,像喘气似的大大地张开着。而且在那口中,动得令人眼花瞭乱,活像装了什么线在拉扯的一件东西,不就是他的舌头吗。断断续续的言语,原来是由这舌头说出来的。

"我道是谁——咳,是你这小子啊。我料到总是你这小子。什么,迎接来了？所以要去。到地狱里去。在地狱里——地狱里我的女儿等候着。"

在这时候,弟子的眼睛里,好像看见朦胧的怪影子,挨着屏风上面憧憧地跑下来似的,不觉心惊胆怯起来。他自然是立即用手竭力地去推醒师父,但是良秀依旧梦魂颠倒独自地说个不休,未见得便会醒转来。于是弟子不管三七二十一,把放在旁边的笔洗里的水,对着他兜头劈面地泼了过去。

"在等候着,就坐这车子去——坐这车子,到地狱里去——"一面说,一面变成扼住了咽喉似的呻吟声,良秀这才好容易把眼睛睁开,惊慌得赛过被针刺痛的样子,急忙忙地跳了起来,大概是梦中所见的奇形怪状,还没有离开眼眶呢。他暂时只是现出可怕的眼光,依旧张开大口,呆望着天空,停了一会儿,才苏醒过来,回复了平常的态度。

"够了。不必在这里,到那边去吧。"此番却是很无情理地发下吩咐弟子。知道像这种时候，倘不依从，总是会挨大骂的，便赶忙从师父房间里走出来，他看见了在外面依旧明晃晃的日光，还道是自己真个从噩梦中醒转来，不觉透了一口气似的宽下心了。

但是像这些事，还算是好的，以后大约过了一个月，却又特地唤别的弟子进后房去，良秀仍旧在阴暗的油灯光里，咬着画笔，忽然转过脸来向着弟子道：

"要辛苦你，来把身上的衣服脱个精光吧。"这话，在当时人的心理，动不动还都以为究竟是师父所吩咐，非同小可的，所以弟子立即脱了衣服，光着个身子。这良秀却怪头怪脑地皱起眉毛拗着脸道：

"我想看看被铁链绑着的人，真对不住你，但只这一刻工夫，可能照我的办法做。"偏偏他那副神气，连一点抱歉的影儿都不显出来，只是冷冰冰地说了这番话。原来这弟子是挥画笔仿佛不大配耍刀却单像很对的一个壮健的青年。但是他在此次，似乎也就吓坏了，后来谈起这回事，他还三番两次地"我以为师父真个发了疯要处死我"讲出这样的话。且说当时良秀因为弟子还在迟疑，就等得不耐烦起来了。把不知从哪里拿出来的细铁链，哗喇哗喇地抽着，连忙飞也似的扑到弟子的背上去，便不问情由，把他两只手膀扭起，用铁链重重地捆住。而且还把链头狠心地使劲一抽，这叫人怎能当得起啊。弟子的身体，因为碰着这样凶暴的来势，把地板猛震得发响，同时也就站立不住，一骨碌倒下去了。

九

这时弟子的神气，只好说是同滚酒坛一样呢。原来手脚都被恶狠狠地扭弯着,能够动的部分,只有一个头。而且肥胖身体里的血脉,被铁链捆得无从流通,那脸上身上,到处的皮色不都是红遍了吗。然而良秀却像不大放在心上,反为前后左右地转着瞧那酒坛样的身体,还照着临摹出好几张写生画呀。在这时节,被捆着的弟子身体,是何等苦痛,谅也不必特别再说了。

倘若没有出什么事端,恐怕这种苦痛还要继续下去啊。幸而(与其这样说,毋宁说是不幸,也许较为妥当)过了一会,由房角里的壶后面,有个简直像黑油样的东西,细条条地蜿蜒着流了出来。在先似乎很黏滞,只是慢慢地动,等到渐渐滑溜起来,便闪闪地放着光,流到眼面前来了,弟子一瞧见,不觉倒抽了一口气地叫着。

"蛇呀——蛇呀"。此时全身的血,好像立刻吓冻了,这也并非说得过分。实则蛇的冷舌尖,再差一点,就要舐到铁链勒住的颈肉上去。无论怎样横行霸道的良秀,遇着这样意外的事,也吓了一跳哪。慌忙丢了画笔,赶快把身子一弯,立即捉住蛇尾,将它倒拧起来。蛇虽被倒拧,还是把头伸起,卷缠在它自己的身体上,但是总不能够卷到良秀手捏的地方来。

"因为你这混账东西,可惜把我的画弄坏了一笔哪。"

良秀愤愤地叽里咕噜埋怨着,把拧着的蛇摔进房角的壶里面,于是很不情愿地把弟子身上所捆的铁链替他解开了。然而也仅只是解开,至于对着这位难得的弟子,却连一句温慰的话都不向他说。大概是弟子被蛇咬,还比不上坏了一笔画的值得愤怒吧。——后来听说,这条蛇,也是他预备写生用,特地养着的。

诸君只须听过这一段故事,那良秀的近于疯癫令人战栗的专心一意的神气,就大概可以知道了。但是最后还得说一桩事,在这回却有一个才只十三四岁的弟子,也是因为托地狱变相的屏风之福,尝过可怕的苦头,说起来真是连性命都险些儿不保。这弟子虽是个男子汉,生来就像粉装玉琢的女子,有一夜,不料被师父唤到房里来,那时良秀在灯光底下,手掌里放着些腥臭的肉在喂养一只稀奇少见的雀儿。它的身体,仿佛有平常的猫子那般大小呢。若是这样说法,真个那种像耳朵一样撑在左右两边的羽毛,那个像琥珀色的大而圆的眼睛,看起来总觉得是像个猫子。

十

原来良秀这人,凡是自己所做的事,最不喜欢旁人插嘴,自己房里有些什么东西,一概都没有告诉过弟子们,前回所说的蛇,就是一个例子。所以时而桌上放着骷髅,时而又摆着银碗或是金漆的高脚碟子,按照当时画画的情形,就会有万万料想不到的东西陈列出来。但是平日这些物件,究竟存放在什么地方,却又谁也不曾知道。良秀有大仙在暗中帮助的那个流言,上面这些事,的确也是一种原因啊。

弟子以为桌上这只异样的雀儿,一定也是画地狱变相的屏风所用的,他独自地这样想着,恭恭敬敬地到师父面前问道:"有什么吩咐?"良秀简直像没有听见一样,把舌头舐那红嘴唇道:

"怎样,不是很驯的吗。"他的嘴巴却对着雀儿那边。

"这叫做什么雀儿呢。我是向来没有看见过的。"

弟子一面说着，一面提心吊胆目不转睛地望着这个耳朵像猫子的雀儿，良秀还是使着老规矩的嘲笑口调：

"怎么，没有看见过？你这种城里养大的人真是没有办法。这雀叫做猫头鹰，是前两三天鞍马山的猎师送给我的。但是像这样很驯的，只怕不多啊。"

他这样说着，便慢慢地举起手来，把刚才吃完食的猫头鹰的背脊毛，从下面轻轻地倒摩上去了。就在这个当儿，猫头鹰忽然急促地尖叫了一声，说时迟来时快，立刻从桌上飞起，张开两只脚爪，连忙向着弟子的脸上冲扑过来。倘若这时弟子没有把衣袖遮着惊慌的脸孔，必定已经受了几处的伤痕呢。口里啊"呀"地喊着，正在挥袖，要去追赶，那猫头鹰却伏在一件东西的盖子上，嘴里叫着，又向他一冲——这弟子也忘记了是在师父面前，时而站起来防御，时而蹲下去追赶，在窄小的房里，忘其所以地四面乱窜，那只怪鸟自然也是跟着高高低低地飞上飞下，只要有隙可乘，便瞄着他的眼珠，陡然扑过来。每逢这种时候，那翅膀使劲地扑得噼啪地响，令人好像感觉到荒郊里落叶发臭瀑布飞溅或是猩猩酿的酒发馊，只怕会有妖怪样的东西出现，真是说不尽的心惊胆战。那弟子还道是惨淡的灯光好比朦胧的月影，师父的房间，就像深山里妖氛弥漫的洞窟一般，好不怕煞人也。

然而弟子所怕的，岂止被猫头鹰冲扑的一件事，还有更加使他毛骨悚然的，就是师父良秀对于这桩乱子，一面冷眼旁观，一面还从容不迫地摊开纸舐着笔，在描摹美貌少年被怪鸟欺侮的惨相。弟子一见这样情形，陡然觉得万分可怕，当时还真个以为性命就要断送在师父手里的了。

十一

实则被师父断送性命的事,也不能说是完全没有。他那晚特地把弟子唤来,似乎的确是怀着诡计,有意唆使猫头鹰,打算摹画弟子的逃窜形状的。所以弟子一瞧见师父那种举动,不觉赶紧把全袖遮着脑袋,放出哀声,自己也不知口里喊的是些什么,跑到房角的门脚边,蹲着不动。正在这个当儿,良秀也不知怎的慌张得大叫,好像他是站起身来了。陡然间猫头鹰的翅膀声音比前越发凶猛,还有东西倒下来的声音呀,打破了的声音呀,不是喧阗得震耳吗。弟子因此又弄得惊慌失措,不觉把藏着的头伸出来一看,房间里不知几时灯也熄了,在这漆黑之中,师父叫唤弟子们的声音,像是很焦急的样子。

一会儿,有个弟子在老远地答应着,于是拿了灯,用手掩护着,赶快地走了来,从这油灯的光中瞧过去,房里的高脚油灯已经倒翻了,泼得地板上席子上到处都是油,还有先前说过的猫头鹰,把一只翅膀很苦痛地扑着,在地上辗转挣扎。良秀却在桌子前面,挺着上半截身子,真个脸上现出发呆的神气,嘴里叽里咕噜的不知说的什么话。——这却也怪他不得。原来那猫头鹰的身上,有一条黑蛇,从颈脖搭到一只翅膀,缠得紧紧的。大概是因为弟子蹲到门脚边的时候,把放在那里的壶碰翻了,壶里的蛇爬出来,猫头鹰偏要去抓它,便闹得这样惊天动地啊。两个弟子你望望我,我望望你,暂时只是呆瞧着这种奇怪的情形,过了一会儿,才对师父行个礼,偷偷地走出房来。

至于蛇同猫头鹰后来是怎样了,却没有一个人知道。

像这样的事情,此外还出过好几桩。以前有几句话说漏了的,就是吩咐画地狱变相的屏风,是秋初的事,所以由秋初到冬尾,良秀的弟子们,都接二连三被师父的古怪举动吓坏了。但是在这冬尾,良秀对于屏风,便画得有些不称心起来,比从前态度也更加愁闷,说话也越发显然的粗暴了,同时屏风上的底稿,也是画到八成就停了笔,没有再继续进行的意思。不但如此,说不定还要连画成的部分,都会去涂抹了的神气。

究竟是屏风的什么地方画得不称心,别人偏又无从晓得。而且也许没有人想要晓得。因为尝过以前种种苦头的弟子们,觉得简直是同虎狼在一个笼里一样,都拿定主意,务必不近师父的身边。

十二

所以在这些时候的事情,也没有什么值得说的。若要勉强说说,只有一桩事,就是那个倔强的老头儿,不知怎的,会变成软心肠,在没有人的地方常常独自地哭泣,而且有一天,一个弟子因为有些事,来到院子里的时候,师父站在走廊上,呆望着冬尽春来的天空,眼眶里是泪汪汪的,弟子看见了,反为自己觉得难为情,悄悄地退了回来,可是从前为着画五趣生死图,连路旁的死尸,也临摹过了的这位傲汉,却因为屏风画得不称心这点小事,会像孩子脾气哭泣起来,岂不奇怪吗。

然而一方面良秀是这样简直昏天黑地地专心专意在画屏风的

画,一方面他那女儿,不知怎的,渐渐闷闷不乐,一副泪人儿的模样,连我们都分明地看出来了。原来越是愁容玉貌的娇羞女子,越是令人觉得她好像秋水无神,眼眶儿都带着黑晕,多么凄凉。起初还有人以为是因为挂念父亲呀,再不然,就是害着相思病呀,下了种种的推测,以后又生出一种流言,说完全是因为主公要她依从自己的意思,自从有了这流言以来,好像大家都忘怀似的,马上不谈论这女孩的事了。

恰巧在这时节啊。我有一夜,更深人静后,独自踱到府里的走廊,那猴子良秀,猛然间不知从哪里跑了来,只管拉扯我的裙摆,这时分,的确已经是梅香扑鼻、淡月当前的温暖夜里,迎着月光瞧来,这猴子却露出白牙皱起鼻尖,几乎要发狂的样子,在没命地叫唤呢。我有三分胆怯,七分恼怒,不该扯我的新裙,本当踢开猴子,走之大吉,转念一想,从前有个侍者,因为责打它,还惹得公子生过气的。况且猴子的举动,看来总不像是毫无道理。于是我也拿定主意,跟着拉扯的方向,不知不觉走了三丈多远。

由走廊一转过弯来,虽是在暗夜里,也还看见枝叶苗条的松树后面,微白的池水,渺渺茫茫,一望无际。刚刚走到这地方,好像在近边的一个房里,有人嚷闹的样子,很匆迫而又怪冷清地听到耳朵里来。这一带都是非常寂静,在月光不像月光、烟雾又不是烟雾的里面,除了鱼儿跳得泼剌地响,连说话的人声,一点也没有听见,却偏偏会有这种嚷闹的声音哟。我不觉停住了脚步,心里盘算着,如果是有胡闹的人,定规使点利害给他看,便悄悄地屏着呼吸,将身儿挨近那房外边去。

十三

然而这猴子良秀,好像是说我办得太慢了呢。它很急切地,三番两次在我脚边跑来跑去,陡然间,活像被人扼住咽喉似的叫着,忙将身子一纵,跳上了我的肩头。我不觉把颈脖一偏,惟恐被它抓伤,猴子也揪着我的衫袖,惟恐落下去,这样一来,我就立脚不稳,不知不觉地晃了几步,猛然把背心碰着门上了。弄到这步田地,真是一刻也不能再缓。我马上把门打开,正要向那月光照不着的黑洞里跳进去。然而这时候,有个在我眼前一闪的东西呀——而且还有令我更加吃惊的,就是同时由这房里,冲锋似的正在跑出来的一个女子,这女子,劈面而来,险些儿把我撞着,顺势就跌出房门外了。但是不知怎的,她一面倒在地上喘气,一面战兢兢地望着我的脸孔,像瞧看什么可怕的东西似的。

这个女子是良秀的女儿,也不必特别地表明了。但是在那夜的她,与平常简直像两个人的样子,是分分明明地看在我的眼睛里。她的眼珠儿睁得亮晶晶的,脸庞儿也总红得像火一般哟,并且散乱的衫裙,还添出与平常孩子气大不相同的一种娇姿艳态。这真是良秀的那个弱不胜衣事事羞怯的女儿吗。我把身子靠住门,一面瞧着月光里的美貌女孩的姿态,一面指点那慌慌忙忙走得远远的另外一个人的脚步声音,悄悄使个眼色去问她那是谁呀。

然而这女孩咬着嘴唇,默默地摇了头。她的态度好像是又很怀恼的样子。

我于是弯着腰,把嘴对着女孩的耳边,这回却小小声气地问道:"是谁?"她还是只管摇头,没有回答一句话。并且同时长的眼睫毛上,含着一包泪珠儿,比以前越把嘴唇咬紧了。

生来就蠢笨的我,只有极其明白的事才能够晓得,此外什么事,偏偏一点也懂不了。所以也不知要说什么话才好,暂时只得像是倾听女孩心头突突的跳声的样子,呆板板地站在那里。本来还有一层缘故,就是不知怎的总觉得再要向她往下问,是很过意不去的。

像这样也不知经过了多少时光。我才一面把开着的门关上,一面回过头来望着那个心头无明火像是已经平了的女孩,极其温和地说道:"请回到房里去吧。"于是我自己也好像看了不应该看的东西一样,心里好不自在,觉得格外羞愧,便向着原来的方向悄悄地走出去了。然而还没有走上十步,不知哪个,又从后面,惊慌慌地扯住我的裙摆哪。我吓得掉转头来,诸君你道是谁?

睁眼一看就是在我脚边的那个猴子良秀,像人的样子用两只手把金铃摇着响,客客气气地在接二连三地点头。

十四

自从那夜的事以来,约摸过了半个月光景。有一天,良秀忽然来到府里,就要马上求见主公。这样身分微贱的人,大概是因为平常很得了宠的缘故吧。对于随便哪个都不大容易赐见的主公,在这天,倒很高兴地答应了,立刻把他唤到面前来。这良秀依旧穿着玄丝褂,戴着软绉的黑帽子,摆出比平常还要不高兴的面孔,恭恭敬敬地俯伏在主公面前，一会儿，着嘎嗓子禀道：

"从前吩咐下来的地狱变相的屏风，我日夜尽心竭力的，画得还成个东西，可以说已经是差不多画完了。"

"这倒是可喜的事，我也很称心的啊。"

但是主公说出这句话的声音里头，不知怎的，带有一种怪无气力的没奈何的神气。

"不，不，这是一点也没有可喜的。"良秀好像有点动气的样子，瞪起眼珠，朝下望着，"画是差不多画完了，但是我还有一个画不来的地方。"

"什么，有画不来的地方？"

"正是的，我没有看过的东西，总是画不来的。就是勉强地画得来，也不能称心如意。这不是同画不来的一样吗。"

主公听了这番话，脸上露出微微地讪笑来了。

"那么，要画地狱变相的屏风，只怕不得不瞧瞧地狱吧。"

"真个是的。但是我在前几年失大火的时候，仿佛火焰地狱里的猛火一样的火势，是在眼面前看见过的。我所画的那个'不动明王菩萨'的火焰，的确是因为看过那回失火而起。我主公总也知道那个画哟。"

"但是罪人又怎样画呢。牢头禁子，只怕没有看见过吧。"主公好像没有听见良秀所说的样子，接着问了这番话。

"铁链捆的人，我是看过的。被怪鸟折磨的人的姿势，也仔细临摹过的。那么，罪人被打骂的苦痛样子，也不能说是不晓得。还有牢头禁子——"良秀这样说着，一面发出可怕的惨笑来，"还有牢头禁子，我在似梦非梦的时候，眼睛里也见过好几次。或是牛头，或是马面，或是三头六臂的鬼样儿，拍着不响的手，张着无声的口，来欺侮我，可以说几乎每天都是这样啊。——我要画又画不来的，并不是这些东西。"

这番话，主公也听得吓倒了呢。暂时只是不耐烦似的，瞟着良秀的面孔，一会儿，耸起眉头，像是不在意地说道：

"那么，是什么东西画不来呀？"

十五

"我打算在屏风的正中间，画一辆蒲葵车由天空落下来的模样。"良秀说了这话，才把尖钻钻的眼睛，望着主公的脸孔。曾经听人说过他一谈到画画，就同疯了一样，在这时候的眼光，的确像是有那样可怕的神气。

"那车子里面，有一位大家闺秀，在猛火中把黑发散乱着，哭得死去活来。被烟子呛得哭丧着脸，皱拢眉尖，向上仰望着车顶啊。用手撕扯车里的帐幔，只怕是想防那落得雨点一般的火星子。而且四面八方，还有古怪的老鹰，何止十只二十只，嘴里叫着，纷纷地围住飞。——啊，这牛车里的闺秀，我无论如何总是画她不来。"

"那么——怎样呢。"

主公不知怎的倒是怪高兴的神气，这样地催着良秀，良秀把照例的红嘴唇，像发了热似的抖着，仿佛在说梦话的样子。

"我是画她不来。"又这样地说了一遍,便陡然嗥叫似的道:

"恳求把一辆蒲葵车,在我面前烧起来。并且如果能够办得到——"

主公的面色沉了一沉,立刻就哄然大笑起来。于是笑得转不过气的说道:

"呵,一切都照你所说的办吧。办得来办不来,那是用不着研究的呀。"

我听了这话,好像鬼使神差地觉得很有些害怕。而且的的确确主公那副神气,嘴角里也含着白沫,眉毛边也闪闪地放着电光,好像简直传染了良秀的疯癫似的。这可不是一桩寻常的小事,主公刚刚说完了那句话,立刻又像什样东西炸裂了的势子,喉咙里接连地响着,笑了出来。

"蒲葵车也把火烧着吧。而且还叫一个上等的女子,穿起闺秀的服装,把她坐进车子里面吧。这车里的女子,被火焰黑烟熏烧得辗转地哭死——会想到要画这个,真是不愧为天下第一的画师呀。应该夸奖的。是的,应该夸奖啊。"

良秀听了主公的话,顿时吓变了脸,气喘喘地尽管抖着嘴唇,过了一刻工夫,好像身上的筋肉松动了似的,把一双手紧紧地按在席子上,恭恭敬敬表示感激的意思道:"谢谢恩典。"这句话的声音低得几乎令人听都听不见。大概是因为他自己所想的办法的那种恐怖,由于主公的话,弄得活现到眼面前来了的缘故吧。我生平只有一回觉得独独在这时候,良秀是个可怜的人。

十六

从此过了两三天，是在夜里的时候，主公依着前言，将良秀唤来，把蒲葵车当面烧了给他看。原来这烧车的事，不是在堀川府里，是在都门外的山庄里烧的，这山庄，世上都叫做雪解殿，是从前主公的胞妹所住的。

这个雪解殿，已经是长久没有一人住过的地方，广大的庭院也都让它荒芜完了，大概是有人看见这种冷落的模样，便无端地乱猜起来，关于在这里去了世的主公胞妹的事，也往往发生无谓的流言，并且有人谣传每逢无月的夜里，至今还令人可疑的那条绯红裙，会临空飘荡，毫不着地地在走廊上走。——这也并非无故。因为白昼都很冷清的这所殿堂，一到了黄昏时候，庭院里的流水，阴阴地发响，在星光里飞的苍鹭，也仿佛像怪物，是有这么样可怕的。

恰巧那天晚上也没有月亮，可算得是一个暗夜，由正殿的油灯影里瞧过去，坐近外廊的主公，穿着淡黄袍紫花裙，在白地锦边的草垫上，高高地打着盘脚。前后左右侍候的，五六个人，恭恭敬敬排着班，这也不必细表。但是其中有一个人，是自从往年在陆奥战争的时候吃过人肉以来，连生鹿角都能扯脱的有大气力的侍者，下半身缠着铠甲，腰里挂着单刀，把刀尖向后面跷起，威风凛凛地蹲在廊下，明明像有事故会发生的样子。这班人都在夜风吹动的灯光里，或明或暗，几乎同梦幻一样，倒很惊心动魄地显现出来。

还有拖来放在庭院里的蒲葵车，那个高车顶，将暗夜压得沉沉的,把没有驾牛的黑车杠,搁在凳上。车身的金饰,像星点样闪闪地放着光芒,令人一见就觉得虽是春天,也不由得身上不打寒战。原来车里面,有花绫镶边的青帘子紧紧闭着,所以车箱里装着什么东西,也无从知道。而且在车子周围,杂役人等,一个一个拿着点得通红的火把,惟恐烟子会吹到廊边去,神气十足地一旁侍候着。

那个良秀,是稍微离得远一点,恰在外廊的正对面,双膝贴地地跪着,他仍旧身穿玄色模样的丝褂,头戴黑绉帽,像被星天的重量压住似的,觉得比平日更来得藐小卑贱。后面还有一个照样戴黑帽穿丝褂蹲着的人,大概是带来的一个弟子吧。他们两人都蹲在远远的黑暗中,由我这里的廊下看过去,连丝褂的颜色,也辨不清楚。

十七

时刻是差不多到了深更半夜啊。这笼罩林泉的暗夜,好像静悄悄不作声地在偷听我们的呼吸,这时只有轻微的夜风吹得响,火把的烟子就随着把臭气一阵阵地送将过来。主公暂时没有发话,呆望着这种奇异的景色,停了一会儿,把膝头向前面移了一移,便猛然喊着:

"良秀。"

良秀仿佛回答了一些话,但是在我的耳朵里,除了哼哼唧唧的声音以外,什么都没有听出来。

"良秀,今天晚上照你的希望,把车子烧给你瞧吧。"

主公说了这话,向着左右的人们瞟了一眼。此时好像看见主公与身旁的某某之间,交换了别有用意的微笑,这或者是我多了心也未可知。良秀于是诚惶诚恐地抬起头来好像仰望廊上的样子,但是依旧默默的,一声也不响。

"仔细看哪。这是我平常坐的车子啊。你也总该记得的。我就准备烧这车子,打算把火焰地狱现到眼面前来。"

主公又停住话头,向着左右人们递了眼色。于是陡然使着很厌恶的口调:"那里面是坐着一个捆绑了的有罪的侍女。只要把车子烧起来,这奴才必定肉烂骨焦,死得苦痛非凡吧。在你完成屏风画的这件事上,是不可再得的好影本呢。雪样白的肉被火烧烂的模样,莫要看漏了。黑发同火一样卷将起来的神气,也得仔细瞧瞧。"

主公有三回闭住口不发话,末后不知因为想起了什么事,只是摇着肩膀,默默地笑起来。

"这是永难再见的奇观啊。我也在这里看看吧。喂、喂,揭开帘子,把车里的女子给良秀瞧呀。"

闻命之下,有个杂役,一只手将火把高高举起,大踏步地近车子旁边,急忙伸出一只手,把帘子揭开来了。烧得噼啪响的火把光芒,一霎时红红地闪着,立刻就把窄小车箱里面,照耀得通明,在车座上被铁链恶狠狠捆住的侍女——嗳唷,谁会把她认错啊。梳作堕髻的黑发,娇滴滴地披在锦绣斑斓的粉红短衫儿上,斜插的金钗,也闪烁灿烂得好看,只就这装束讲,固然是别个人,然而纤小的身段,雪白的颈项,与那很凄凉的娇怯怯侧面向人的脸庞,却真是良秀的女儿。那时候我几乎要叫了出来。

就在这个当儿,我对面的一个侍者,急忙忙站起身来,一只手按着腰间的刀把,把眼睛狠狠地望住良秀那面了。吓得我睁眼一望,那良秀遇着这种光景,只怕很有些神魂恍惚吧。他本是蹲在地下的,一到了此刻,就陡然将身一纵,立即伸着两只手,忘其所以地正要向车子这边跑了来。只可惜他那面,正如前文所说,是个远远的黑暗地方,面貌却不能看得清楚。但这也只是我一瞬的感觉,那个惨白无人色的良秀的脸孔,而且简直像被一种隐秘力拧了起来的那个良秀的身段,就马上由黑暗里冲将出来,活现到我的眼面前了。装载女孩的蒲葵车,在这时,被主公"用火把吧"的命令一下,杂役人等所抛的火把的次浇得同落汤鸡一样,就热腾腾地烧将起来。

十八

火势看着就把车顶包围住了。挂在车帘的紫缨络,骤然被火焰冲得披靡着,还有在夜里也看得出的白烟,由下面濛濛地盘旋着,不管是帘子,是衫袖,或是车脊上的金饰,都一齐破碎得飞舞似的,火星子就像雨点般地翻腾起来——这种可怕的景象真是一言难尽。而且更可怕的,是闪闪的吐出舌头,卷住车子的边窗,一直冲到半空中的烈烈红焰,好比太阳堕地天火迸出来的模样啊。先前几乎失声喊叫的我,到了这时,也就完全失魂落魄,只得茫然地张着口,望着这种可怕的景象罢了。然而那女孩的父亲良秀呢——

良秀在此时的面貌,我到如今都还记得。那个忘其所以正要跑到车子这边来的良秀,在火一烧着的当儿,就停住了脚步,依旧伸着手,睁着眼睛,牢牢地望着包围车子的火焰,他全身是照在火光里,皱成一团糟的丑脸上，连胡须的尖子都可以看得清清楚楚。那睁得大的眼睛里，那扭歪了的嘴唇边，或是那抽得不停的颊肉的震颤，没有一样不是把良秀心坎里一起一落七上八下的恐怖悲痛与惊骇活现到脸上来。就是正要斩首的强盗，或是拖到阎罗殿的五逆十恶的罪鬼，也不会有这样的愁眉苦脸吧。得那么有大气力的侍者，也不觉吓得变色，惶惶恐恐地仰望着主公的脸上。

然而主公是把嘴唇紧紧地咬着，常常在发狞笑，眼睁睁地一直望着车子那边。至于那车子里面——咳，车子里面的女孩是何等模样，我在当时是看见了的，但是如今要详细说她，实在没有这种勇气。那吞着烟子向上仰望的脸孔的白，扫着火焰披离散乱的头发的长，还有转瞬就变成火的粉红短衫儿的美，——是何等惨酷的景象啊。而且夜风向下一吹，烟子扑到那边去的时候，由红火上面洒着泥金似的焰中冒出来，把头发咬在口里，捆住的链子都会弄断的这种辗转苦痛的情形，好像把地狱的苦难描写到眼面前来，从我自己以至于那个有大气力的侍者，都不由得不毛骨悚然。

于是又起了一阵夜风，呼呼地吹过庭院里树木的梢头——在这时，人人都觉得啊，觉得这种声音，传遍到暗空中的时候，陡然有个黑东西，也不落地也不飞上天，像球一般地跳着，由殿堂顶上向着烧得通红的车子里，一溜烟地跳进去了。就在那像朱漆的边窗噼噼啪啪烧脱的当儿，把仰翻着身儿的女孩肩膀抱住，放出裂帛样的尖声，哭得难以形容似的，要把她远远地抛出烟子外面去。接着又是两声三声——我们不知不觉，"啊呀"地一齐喊叫起来了。因为在帷幕样的火焰前面，揪住女孩肩膀的东西，就是缚在堀川府里的，那个绰号良秀的猴子哟。那猴子怎样会偷到这殿堂里来的，自然没有一个人能够晓得。看起来，究竟是平日怜爱它的女孩，这猴子都来陪着越进火里去了啊。

十九

但是看见猴子的身个儿，只不过一转瞬的工夫。金点般的火星子，扑地一阵冲到天空的当儿，这猴子自不消说，连女孩的身子，也隐没在黑烟底下，庭院中央，只有一辆火焰车，发出可怕的声响，翻腾腾地烧着罢了。更进一层说，把它叫做火焰车，还不如叫做火柱，与那直冲霄汉其势汹汹令人可怕的火焰模样，倒很贴切，也未可知。

至于面对着这个火柱，呆板板站着的良秀，说起来，好不奇怪啊。在先前受过地狱折磨的良秀，到如今有一种不可形容的光彩，然而却是恍惚兮的禅悦的光彩，在皱容满脸上显现出来，他也许忘记了是在主公面前，把两只臂膀紧紧地当胸叉着，站立在那里呢。好像这个人的眼睛里，是没有看见女儿辗转而死的状态。只有美丽的焰色与在这焰里受苦的女子的模样，令他心中快乐无穷的——这种情形，他是看见的。

最不可解的，是这个人对于自己独生女儿的临终，曾高高兴兴地看着，岂但是如此，并且在那时的良秀，不知怎的，还有不像人类而像梦里所见的狮王发怒一般的古怪威严相。所以被火势陡然吓得乱叫飞奔的无数夜鸟，也好像有所顾虑都不挨近良秀的黑绉帽的旁边。

这天真烂漫的鸟雀眼睛里,大概是看见了那人的头顶上有像圆光似的不可思议的威严吧。

鸟雀尚且如此,何况我们,连做杂役的都屏住呼吸,身体里面颤抖抖的,一种异样的随喜心,充得满满的,简直像看见开眼的佛一样,目不斜视地望着良秀。响遍天边的车子的火焰,那销魂荡魄,呆站着的良秀——是何等的庄严,何等的欢喜啊。然而其中只有廊上的主公,与平常完全像是两人,面色发青,嘴边含着泡沫,两只手把穿着紫裙的膝头紧紧捏住,恰同渴兽一般,按连不停地在喘气……

二十

那天晚上主公在雪解殿烧了车子的事,也不晓得是由谁的口里泄漏到外面了,关于这件事,似乎很有加以种种批评的人。第一,主公为什么把良秀的女儿烧死呢。——是因为想她不到手,恨得做出来的,这种流言却最多。但是主公的用意,一定是在乎惩戒画师的脾气——就是烧了车子断送了人命也要画屏风的这种画师的乖张脾气。我是的确听见主公亲口说过这样话的。

至于那良秀,哪怕亲眼看见女儿烧死,还是要想画屏风的这种木石心肠,也像受了种种的物议。其中就有人骂他是为着画画,连父女之情都忘了的,一个人面兽心的恶徒。那横川僧官,也是赞成这种见解的一个人,他很会说:

"不管是怎样技能出众,做一个人连伦常都弄不清楚,只好下地狱去。"

以后约莫过了一个月,地狱变相就画成功了,良秀连忙拿到府来,恭恭敬敬地呈请主公赏阅。恰巧这时僧官也在那里,将屏风一看,真个被那一幅冲天动地的暴风火的恐怖状态吓倒了啊。在先前,是板起脸孔,眼瞪瞪地望着良秀,到这时,就不知不觉拍着膝头说道"好极了"。主公听了这话发出狞笑来的那种神气,我至今还没有忘记。

从此以后,说良秀坏话的人,至少只就府中而论,几乎是一个也没有了。凡看见那屏风的人,纵令平日是很厌恶良秀,也都会奇妙不解地生出敬畏之心,实实在在地感觉火焰地狱的大痛苦吧。

但是到的这个时节,良秀已经不是阳世上的人了。他在画成屏风的第二夜,就在自己房里悬梁而死了。让独生女儿先走了黄泉路的他,大概是难以优游活命在世上啊。遗骸到如今还是埋在他的屋迹底下。然而小小碑石,此后几十星霜,被雨打风吹,必定会苔痕斑驳得无从知道这是当年谁人之墓了。

(选自《小说月报》)

〔作者〕〔解说〕

均参看《鼻子》。

学 生

——供献给贫苦的学生们

[保加利亚]卢耐夫斯基 作　　王鲁彦 译

学生米哈耳彼得罗夫在泰尔哥夫斯卡街上急急地走,一面寻觅着电车。

"米哈耳,米哈耳……米哈耳彼得罗夫!"忽然有谁在他的后面叫了起来。

他站住了。

"等一等吧,你跑到哪里去呀?"

"回家去。"

"米哈耳!"他的朋友也是一个学生,吃了一惊,扯住了他的衣服。

"我要回家去,放手吧,不然我会赶不上火车呢。喏——我已经有了旅费了……"

这时又赶到了两个学生,因为第一个人跑得快,所以他们落后了。

"为了那事情吗,米哈耳,为了那事情吗?"

"唔,米哈耳?……"他们都好奇地张大了眼睛。

"为了那事情……"

"这就是?"

"我已经决定了,饿着肚子是不能在这里的……"

"对呀,饿着肚子是不能在这里的。"一个学生承认说。

"那么她呢,米哈耳? 你将来把她带到这里来吗?"

"我不知道。"

"那么斯台甫卡呢? 她知道这事情吗?"

"这个我不喜欢,不要谈起她吧,诸位! 但是我应该走了,不然我会赶不上火车呢。"

"到伐尔那去吗? 呵,你还有一点半钟可以延宕。"

"诸位,我们送他吧! 米哈耳万岁,一个未来的资本家!"

他们手抚着彼得罗夫的背,穿过维妥光卡街中的稠密的人群,一起走了。

他们走到车站时,时针正指在八点二十五分,离开车的时间还有整整的一点钟,他们走入食堂,有一个便叫拿啤酒来。

"诸位,米哈耳荣幸,我听说他有……"

"但不多,诸位。"彼得罗夫和善地回答说。

"米哈耳,除了到哥尔恩雅奥莱呵维蔡的票价还有多吗?"

"是的……"

"好,你只需要买票的钱,以后你步行去也可以的。那么化了吧,当你有钱在手中的时候! 啤酒!"说话的一面敲着桌子。

啤酒一次、二次、三次地送来了。彼得罗夫亲自叫堂倌增添。

"咳,米哈耳,你已最后地决定了,不吗?"

"我怎么能不决定呀?想一想我的境遇吧:我本来须去当三年步兵的,到大学校里来求学后,第二年甚至连一个生丁[注1]也没有呢……"

"对呀,米哈耳的境遇太不好了。她呢?她至少有点中你的意吧,米哈耳?"

"中意……是的……"彼得罗夫缓慢地回答说,举起一只大杯。

"和斯台甫卡的关系呢?"

"请不要讲到这疯子。"

"然而你是爱她的,米哈……耳,然而……啤酒!……斯台甫卡也爱你的。"

"但她又爱别些人。"

"哈,你还不满意吗,她爱了你?你为什么烦恼呢,她又爱别些人?他们不是人吗?"

"不要讲到她吧!现在请告诉我,你们对我的事情的意见怎样呢?"

"我们的意见怎样吗?那是何等的实在:你贫穷,本来应该去当三年兵,二年级学生,人家要给你一个有钱的女子,你的年纪已够大了,你现在是应该接受这钱和……女子的……"

"哈,哈,哈!"那三个学生都笑了起来。

"这非常的对,米哈耳,库由姆及夫说得不错,我和他一样的意见。"

"我也一样。为什么要久久地等待着呢？或斯台甫卡或苏菲亚，例如，都是一样的——无论如何总是女人……我们且喝酒吧不要迟了，第一次的铃已响过。"

"响过了吗？让我走吧，诸位……"

彼得罗夫站起来，付了酒钱，开始数剩余的钱。

"诸位我少了六十生丁。"

"哈，美丽的事情，我也没有钱，你呢，伊凡诺夫？"

"我有——"第二个学生摸着袋内的钱说，"一共三十五生丁。你找一找吧，奥夫加罗夫！"

"我有五十生丁，但是是预备买印花的，你知道，我要做呈文……"

"且拿了出来，好让米哈耳走。你的事情我们以后容易设法。完了，你不够六十生丁，现在有八十五生丁了，这二十五生丁你明天早晨好买点心吃。唔，跑过去吧，米哈耳，只有十分钟了。"

彼得罗夫买了票，他的朋友们给他选了车室，贴在阶级上。最后一次铃响了。

"别了，诸位。"

"别了，米哈耳，愿你一路幸福，好的遭遇，而且……不要忘记我们，我们没有这样的岳父，我们难道就应该饿死……"

同伴们作着学生式的分别，叫着、笑着，有一个甚至于唱了起来。车开时，公共的"虎拉"[注2]声追着彼得罗夫，彼得罗夫尚在窗外摇着帽子。

彼得罗夫在窗子旁站了很久,凝视着黑暗那边的他的同学。灯火辉煌的车站不久就消失,铁道两旁的灯笼发出明亮的光,照着深黑的暗处,但光立刻被黑暗所吞没,灯笼只像闪闪的点子了。

他忽然想念他的同学起来。从前他为了自己的困难的境遇,想从他们那里得到欢娱得到劝告,而他们却毫不注意,反使他讨厌。现在他们快活地、自由地、没有钱也没有牵挂地在索斐亚了。他们只想着他们的面包和他们的自由。而他呢——二十五岁,热烈地想念着一个比一个可爱的理想,他去了……

他到哪里去呢?

结婚去。

米哈耳彼得罗夫生长在巴尔干山内,替尔懦伐地方的一个村中。幼时失了父母,赖亲戚们的帮助,他在初级中学毕了业,随后艰苦万状地又在高级中学毕了业。他毕业后当过小学教员,但不久就被人家辞退。当人家要他去当三年兵的时候,他这个有刚强的性格而且已受惯贫苦的人便决定入大学了,因为学生时代是可以免去当兵的义务的。赖他殉难似的一种生活法,他才读完了前二年的功课。他不是一个名人,容易造出生活的道路,容易得到生活的方法。他的过大的谦和又不许他靠有钱的同学们的钱生活,虽然这种钱有许多青年要想求学容易是常肯拿出来的。他帮助他的同学,教他们功课,但是——这总是偶然的工作,有时使他的生活的方法余溢,有时又须饿肚子。

困苦的生活逼他走近一种计划,关于这计划的完成他已踌躇了许久了。

故乡的一个最有钱的人有一个女儿,她想把女儿嫁给彼得罗夫。这女子的确在一个比普通高一点的学校里读书,但因为被乡村的环境所包围,她变成了一个真正的乡下人了,虽然她穿着城市式样的衣服。这个爱光荣的父亲对于女儿的终身很慎重,选择了又选择。她不是一个美人,但为了她父亲有钱很出名。

人家早已暗地里谈论到彼得罗夫和富翁的女儿可以结婚的事情。她的父亲愿意彼得罗夫做他的女婿,而且维持他的学费。为彼得罗夫进行的亲戚们现在要他赶快回去,好办完一切的手续,因为据他们说,还有一个有力的求婚者,这时只等待着彼得罗夫的最后的决定。所以他们寄了路费给他。

彼得罗夫在这种灵魂痛苦的状态中走到他的同学那里去,想和他们商量这事情,他们却只是嘲笑他,在他们都是一样的,无论他怎样决定。

同学们的不注意使彼得罗夫痛苦。但他能强逼他们参与他的灵魂和心的目的吗?在他们都是一样的,或他跟在美丽的女学生斯台甫卡后背,或跟在他心中连对她一颗爱的火星也没有的那有钱的村女的后背。

疲乏而且不乐地,彼得罗夫离开了窗边,贴着角隅,头靠在车室的板壁上。

月亮向火车所由来的方向跑着,它又白又清洁得如同巴尔干女郎的面孔,在哑然的四周上放出清寒的光。深沉的静默被轧轧的车声所摇动,轮声和谈话声充满了车中。平原上发出车轮的回声,立刻又消灭在远处。

彼得罗夫的眼睛机械似的朝着月亮,但又如甜蜜地睡熟了一般,他看着自己的灵魂。他观察而且评论自己:他是自己的裁判官,但又不能有所决定。他看见自己混杂在一大堆奇怪而污秽的毛中,这污秽的毛黏着了他的衣服,甚至他的身体。他想去除它总是徒然,它仿佛从汲不尽的泉源中而来一般……污秽的毛,污秽的毛,污秽的毛……在这苦恼中,在这没有出路的境遇中,他请求他的同学们的援助,但他们——讨厌的人们!——他们狞笑着,孩子一般……

"呸,该诅咒的……苦恼呀!"彼得罗夫叫了出来,蹬着脚。

"对不住,先生,但你……"坐在彼得罗夫旁边的一个旅客听见他的叫喊,吓得战栗了。

"对不住,我请求你。"彼得罗夫难以为情地说,"我是在深思,而且……"

他重又坐下,缩着身子,两臂叉在胸上,凝视着月亮……

火车仍和先前一样地跑着。

朝晨在哥尔恩雅奥莱呵维蔡催醒了一切,向拿行李的旅客们迎了过来。他们从火车里拿出来衣服箱子、筐子、孩子。狭窄的车门像在吐着男人、女人、年青的和年老的一般。阶梯上发出叫喊的回声。

在这一堆人群中,带着二十五生丁的学生彼得罗夫已挤了出来。他摸着钱,因为他觉得饿了。

正当他要去买一点食物的时候,忽然有谁拍着他的肩说道:

"你好,彼得罗夫!往哪里去呀?"

"往我的村里去。"彼得罗夫回答说。

那个问话的和他相识,是他的村庄附近的城里人。他们在中学校时同学。他是一个有钱的商人的儿子,现在在他父亲所开的店里做事情。

"唔,彼得罗夫,怕是为了那事情吧,哈?"他微笑地问,挥着轻飘的手杖。

"为什么事情呢,卡柴柯夫君?"彼得罗夫不满意地问。

"呀!为什么吗?……我早已听见了,而且……你将是你本村奥尔马那的女婿了……但我们且先坐一坐,喝一点东西,不吗?……你?"

"没有什么……自然,并非没有什么……然而不要提到这事情吧,这没有什么趣味……"

"为什么呀,彼得罗夫?不,这事情很重大,在你有很大的意义……"

彼得罗夫的眼中显出一颗微光,见他肯参与他的事情,他喜欢了。他愿意听一听他的意见。

"真的,奥尔马那是一个富翁,他的女儿也有一点美丽。你如别人一般的需要金钱,你就拿了他的钱,再去读书吧!……那时你才会明白,真的求学是一回什么样的事情。为了求学,我曾到德国去过,在那边过了两年,我甚至有两个月没有在大学校里,但是——对于生活我享受得够了。"

彼得罗夫听着他的同学,但他的面上表示出显然的不满意。他不满意他的意见。他希望他的同学依着道德的观点去批评这问题。哪知他却只计算着金钱,把它当做买卖的问题:"拿他的钱——不要别的!——问题就解决了!"

"唔,彼得罗夫,我的话不对吗?"

"是的,但不完全……"

"为什么呢?"

"这就是:你忘记了那最重大的事情!"

"那爱吗?爱吗?"

"爱,自然……"

"你思量着:你不爱她,这问题应该怎样解决吗?"

"是的,就是这样。"

"这虽然重大,最重大,然而这没有关系。倘若你不爱她,你再去爱你所喜欢的女人,会有什么妨碍呢?呵,彼得罗夫,'爱'这个名词已经旧了,没有价值了……和所爱的女人结婚——哈,哈,哈!要是应该这样,那我和你及其他的人——我们都应该只围绕着几个美人,甚至也许连眼光也不肯幸视我们的美人了。结婚吧,倘若你需要结婚,你不妨仍尊敬那'爱'的……"

"不要讲了吧,你批评这问题太新奇了。"

"一点也不,我的亲爱的彼得罗夫,你且稍微想一想,你就相信了……再会吧,火车就要开了,我要到伐尔那去呢。但你不要失了这机会……再会。"

"再会。"彼得罗夫回答说,忧郁的微笑显现在他的唇上了。

"真奇怪。"彼得罗夫想,"他也一样容易地解决了这问题,正如我的同学们一般。这在他们只是一种愉乐,而在我却是一种在地狱里似的苦恼。"

火车渐渐缓慢地移动,过了一会便在彼得罗夫的眼前飞去。他看着明亮的铁轨,对着这铁轨的平滑,他觉得他灵魂中的紊乱愈加苦恼了。

彼得罗夫在他的故乡的地上走着。这乡村像窠巢一般,人人喜欢,尤其是巴尔干的居民。山景比野景美丽,它时刻变化。平地也美丽,倘若广的,便一望无际。在山中,在每一角隅里,生活沸腾着。

高大的毛榉树林后就是他的乡村,使他凝视。他的目光用力地向黑暗的小路口望着,他年幼时是常在那里奔跑的。穿过狭窄的毛榉树干的空隙,西边露出清洁的、明朗的天空,使他的精神练强的那些山谷和山岗现在静静地躺在他的眼前了。毛榉树林中的溪水清澈的,喷着沫,仍发出他幼时所听见的甜蜜的歌。一看见故乡,情感立刻在他的灵魂中沸腾,把一路上磨难他的紊乱的思想压下了。森林的新鲜使他的疲倦的机能敏活,森林的伟大使他的灵魂坚强了。

彼得罗夫走到树林旁,不知不觉地愈加走得快起来。但忽然有谁叫唤他,他站住了。他回转头去看,后面跟来了一个本村人。

"太快了,学生,太快了!"那乡人对他说。他有一点老,瘦削,面容聪敏。"哦,你好!你从索斐亚来的吧?不吗?"

"是的,从那里来的,铁吕丰公公。"

"从索斐亚来的吗,哈?怕是为了那事情吧?真是好运气……"

"为什么事情呢,铁吕丰公公?"

"呀,还用问吗?难道不……你……自然就是……奥尔马那的女婿了……村里的人都当这是完结了的事情了,你呢?你遇到了好机会了,孩子,真的,好机会,钱……不要失掉这机会吧,米哈耳学生。娶了她,毕了业,有了钱,不受什么扰乱,自由地生活着,至少也好让你们青年改善这个该诅咒的、紊乱的国家……"

"这怎么知道,谁知道的呢,公公?"

"呀,孩子,呀!你想怎样……你想取笑我吗?在乡里,人人都谈到你,人人都已称你为奥尔马那的女婿了……怎么,你觉得欺侮了你吗?谁能叫我不赞成……!独养女,许多土田……接受吧,孩子,而且赶紧吧,因为好井是最不能久藏好水的呢。"

这样说着,那乡人就丢下彼得罗夫走了。彼得罗夫站在水晶一般亮的喷沫的流水旁休息了一会。

"这个人也是同等价值的话。"他想,当他看不见那乡人的时候,"奇怪,真是奇怪的事情!仿佛只有我一个人是头脑昏乱,没有一定的道路一般!他们计算得这样容易,好像他们买了米,计算它值一百格兰姆那样快。那里有金钱,有年青的或好或坏的女人,倘若你不中意她,你可以再爱你所欢喜的女人去等等。我的同学们计算得还要直截了当:'结婚,结了婚就有钱了。'……出路呀!呵,我要一条出路,好让我思量,照这个乡人的态度,还是什么也不管,照我的同学们的意见呢……"

彼得罗夫的记忆中显出了一个美丽的女生,她同情于他,他对她也不曾隐藏自己的情感。但他抛弃了她,甚至没有和她作别就和富翁的女儿结婚去了。这个女人,他虽然很熟识,然而他一点也没有爱她。他,勇敢的、有精神的青年,平常什么事情都在他的同学之上的,现在昏乱地落在网中了。这网,只要他一用力本来就可以撕破的,真是见鬼,不知怎的他脱身不掉了。

他的平静又渐渐消失,浑沌又在他脑中上升,"自然"在他不复可爱了。

昏暗的光在清澈的流水中荡漾,彼得罗夫俯视着,又想着别人的性格,解决脑和心、责任和利益的争辩是这样的容易。他觉得他们的道路又明坦,又一定。他们的路上没有枝节。他们的灵魂中仿佛没有像在他灵魂中交战着的那些相反的力,他们的情感和思想在他看起来似乎是浅浮的,他们的困苦似乎并不苦恼。而在他,他的灵魂仿佛绑在十字架上一般……这时,他的深思忽然被一种鼓声驱走了。他注意地细听,在村庄的那边的确有谁在敲鼓。他转过头去,不耐烦地等待着那敲鼓的人。

他看见远处树林中间有一个穿着城市样式的衣服的男子,肩上挂着一个鼓。那男子每走一步按着节拍敲一下鼓。

"那……!……"他竭力地望了过去,等着,说:"那是盖奥尔干!呵,盖奥尔干!……"

那个敲鼓的身材矮小,皮肤棕色,黑色的头发,瘦削的面孔,离他约二十步站住了。

"你……米哈……米哈耳……我的米哈耳!虎拉!我的米哈耳万岁!虎拉,虎拉拉拉!"

他立刻跑了过来,用力敲着鼓,唱道:

"马利蔡河起着泡,水染成了血色,

伤痛的寡妇悲叹而且哭泣了,

前进呀!前进呀!——和我们的米哈耳![注3]

阿你,米哈耳,亲爱的米哈耳,阿你,我的学生,我的学生……米哈耳,真的是你吗?……"

彼得罗夫站着,一直笑到两耳旁,为了这个庄严的相遇,最后又观察着感动得微颤的盖奥尔干。

盖奥尔干是人家称为"保加利亚游民"的那种国民之一。他们的确是一种很有趣的民族。他们有发光的棕色的皮肤,闪烁的眼睛,活泼的气质,在他们有力的语气上尤其可以觉察出。虽然他们羞惭这"游民"的名字,但也深知他们的由来是可疑的。

盖奥尔干也属于那一种民族。他年青时是某城里的一个铅匠,但没有进益。他丢弃了这职业,这一村那一村地来去,忽而给人家种田,忽而给人家管田,忽而唱新闻。彼得罗夫的父亲尚在世,家况整齐的时候,盖奥尔干在他的家里住了六年。他年青时是米哈耳时刻不离的同伴。虽然他是一个仆人,在一家中他却是第一个顾问。人人都爱他。但是当米哈耳的父亲事业失败后,他开始责骂,有时甚至敲打那个热烈地爱他的游民了。最苦恼的时候还是怒气冲冲的父亲轻蔑地称他为"游民"的时候,这撕忠实的仆人的心,使青年的米哈耳更烦恼。最后，分离的时候来到了。平日得到他的爱抚比得到他父亲的还多的米哈耳现在含着泪和他作别了。那时他答应盖奥尔干，将永久地记念着他。米哈耳虽然尚年青，他却不肯对仆人的和善的爱无所报酬。他在初级中学当学生时就教他读书，写字，讲他书上的故事给他听，热烈地爱着他了。

盖奥尔干走后一年，米哈耳的唯一的妹妹死了，第二年他的父亲又死了。家产都被债主分去，米哈尔像盖奥尔干一般的孤独了，在这个世界上。这同一的命运又使他们更相爱起来。米哈耳后来求学去，盖奥尔干仍在村中唱新闻。

盖奥尔干亲手做了一个大鼓，他敲着鼓唱新闻给乡人听。人家结婚时，他也带着鼓去敲。人家讥笑地激他时，他回答说：

"我是一个游民，我喜欢多说话。没有谁和我谈话时，我就和我的鼓谈话。"

他很喜欢他的粗糙的乐器，也许就是因了它的声音洪大的缘故吧，他对这声音是表示满意的。除唱新闻外，他又喜欢叙述他所知道的一切的事情。

米哈耳进高级中学校时，他们的友谊没有断绝。米哈耳对盖奥尔干不是因为他是自己家里的仆人，却是为的他的净洁的灵魂。米哈耳仍教他写读，惊羡他的惊人的嗜好，同时又满意，觉得他本村中竟有一个人努力想尝试甜蜜的科学的滋味。那时他们有规律地通着信，米哈耳常得到他老友所赠送的金钱。

过了尽久的分离，现在一见面，他们都哑了似的站住了。盖奥尔干外表尚看不出有什么改变,米哈耳则已够进步了。柔软的、栗色的、微稀的胡髭已装饰在他的脸上,长的头发已蜿蜒到他的明亮的额上,只有他的活泼的眼睛尚和他年幼时一般的和气,闪闪地望着。

"但是,学生……你改变得惊人呀!"

"你仍拿着鼓……"

"对的,仍拿着鼓,米哈耳。我用它在人们的头上发出声响来,叫他们省醒。我依然如从前似的常常讲故事给他们听呢,哈!"

"你仍在乡里唱新闻吗?"

"当然。非常好的职业,不吗,米哈耳?唱新闻给人家听……多谢,重要的是,我可以获得面包。你呢,米哈耳?你已经是一个科学家了,不吗?索斐亚的大教师……哦,你现在是一个什么样的教师了,米哈耳,什么样的教师了呀!……"

过了一会,彼得罗夫改变了面色了,他似乎有满腔的心事。

"但是米哈耳,你有什么事情呀?有什么在磨难你吧。你?……唔,米哈耳?"

彼得罗夫沉下眼睑,想掩遮显现在他眼中的弱点。这时他记起了从前曾热烈地恋慕着自由,而且曾对盖奥尔干说过,立刻就觉得惭愧了。他不得不将磨难他的问题对盖奥尔干讲了。

"咳,盖奥尔干,生活真艰苦呵……"

"该诅咒的生活!"盖奥尔干叫了起来,用全力敲着鼓,坐倒在彼得罗夫的旁边。

"真是,困苦的境遇呢,盖奥尔干。人家本已命我去当三年兵。

我要是不求学,我是必须入伍去的。我已尝到了科学的滋味,我不愿丢弃它。但是……我连一个破铜钱也无处去拿,怎样再继续下去呢?"

"阿哈……现在我明白了。你是来娶奥尔马那的女儿来了的。"

盖奥尔干头垂在鼓上,睁着眼睛望着远处。彼得罗夫注视着他。过了尽久的间断,盖奥尔干才转过身去对他的朋友说道:

"唔,当学生需要非常多的钱吗?但我不懂得,也许是你忘记了吧,也许你已饶恕了奥尔马那吧,也许人家引诱着你吧……用了女儿,也许你中意她吧……"

"我一点也不中意她,不……"

"勇敢呀,米哈耳,勇敢呀!这些相似的事情是不会叫你中意的。"

盖奥尔干又热烈地敲了一次鼓,继续着说道:

"你为什么要使你的青春模糊呢,米哈耳?你,一个有价值的人,为什么俯首在乡间掠夺奥尔马那和那种女子的面前呢?"

"这个我知道,盖奥尔干,但是……不这样我的才能将失掉了。我将永远脱离求学去当兵了……"

"为了求学……"盖奥尔干对自己说,摇着头,"不幸的孩子!只为了求学,他就想使自己的生命模糊了!为了求学,我的上帝……为什么呢?难道只有求学才能使人做一个好人吗?难道没有知识的人不能够做一个好人吗?阿,米哈耳,你没有欺骗你自己吧?想一想呀!"

"盖奥尔干!……"

"咳,米哈耳,怎样才能把一切都告诉你呢,怎样……"

彼得罗夫低着头,没有看着盖奥尔干。过了尽久的间断后,他抬起头来对他说道:

"但是你,盖奥尔干……"

"我是一个游民。"

"你的生活是整齐的。"

"这是我自己使我整齐的。我好像是一个王。你明白吗?——王呢!"

盖奥尔干又敲了一下鼓,在这个记号时,两个人的眼光交换了。

"米哈——耳,你知道做自己的主人翁是怎样的吗?那样的简单、贫穷,但——"盖奥尔干的声音低了,"有洁白的良心。"

他们又交换了一次眼光,于是彼得罗夫说道:

"那么,照你的意见,我应该丢开求学去当兵吗?"

"不,米哈耳,不。"盖奥尔干插入说,"仍去求学吧。像你的人不常有,你是一个孤儿,但因此你就属于全世界了。你是一个谨慎而且诚实的孩子。你必须毕了业,你以后好去教人家。人们需要很多的教师,没有教师,人们是要成为无用的人的。因此,我的米哈耳,且去求学吧。贫穷万苦的如直至现在一般,再带着辛劳和希望继续下去,成为一个英雄,做一个真正的人吧。且去吧,我现在……"

盖奥尔干的话间断了,当彼得罗夫疑问似的看着他的时候。

"你为什么疑问似的看着我呀?我得到一千五百格罗肖[注4],我只……用五百格罗肖……"

"盖奥尔干,你……你……"

"是的,是的。我为谁节省着呢?我没有一个亲人。难道你不能当我的……儿子吗?例如,我从前也有过两个儿子,但是他们都死了,我的妻也死了。还为谁呢?我最热烈地爱你,米哈耳!"

盖奥尔干的眼睛润湿了。他含着泪又继续地说道:

"是的,米哈耳,去吧……到索斐亚去,丢开奥尔马那和他的愚蠢的女儿,丢开他的金钱。那金钱是穷人的血汗的结晶,他们是有钱的人家,他们是不会再教育你的。穷人们正非常地需要你……去吧——我助你五百至七百的格罗肖——甚至统统拿了去吧。我自己,人家会供养的,我可以在写字房里过夜。因什么我需要金钱呢?"

彼得罗夫失了魂似的听着盖奥尔干,不知道怎样才能打断他的话,这话使他痛苦。他非常的兴奋,甚至感觉到受了侮辱了,被从前家里的仆人的几句简单的话刺激的。然而他又觉得没有话可以反对。

盖奥尔干没有注意他的神情,仍继续着说道:

"在我是多么的幸福,如其我可以帮助你……呵!米哈耳,你不会明白,我将觉得我是如何的幸福的。你有时可以写信给我……阿,我将尽我的力量诵读你的信……你亲手所写的,你所著作的信……将来有一次,你如有了职务,倘若没有忘记我,那时就带我到索斐亚和别的繁盛的地方去,让我也看看别种的设备,让我看过后,我就可以死了……但是,米哈耳,你已答应了奥尔马那或他的女儿吗?"

"没有。"

"那么,倘若你愿意,你可以抛弃的,是不是?"

"随便什么时候,只要我愿意。"

"哈,你应该这样的,抛弃吧,米哈耳,忘记那些引诱你的钱财,不要踌躇。一定不易地决定,你就极容易地解决了这问题了。"

两个人都静默了。盖奥尔干肩上挂着鼓,两脚伸在旁边,脸上发着光,看着彼得罗夫。彼得罗夫两手叉在膝上,偏着头坐着。

"唔,米哈耳,现在?……我须到那边的村里去了,因为黄昏已上来。你到你的村里去,是不是?"

"那边去,自然。"彼得罗夫嘎声回答说。

"你到你的叔父母那里去吗?"

"我还没有决定。"

"现在去吧,我今晚找你去,我们再谈论,你再讲一点什么给我听,你已许久没有和我通消息了。"

这两个老朋友希望着再见,没有作别就分开了。盖奥尔干渐渐隐没在高大的橡树林中,敲起鼓来。彼得罗夫望了他一会,便向村里去了。

晚间,当盖奥尔干从那边的村里出来时,人家要他唱一点新闻,直至夜深。因此他迟到第二天的清晨才去看彼得罗夫。

他到彼得罗夫的叔叔家里时,没有遇见他。彼得罗夫已离开村中了。

(选自《世界短篇小说集》)

〔作者〕

卢耐夫斯基(St Runevski,1879—1917)为保加利亚著名作家,著有短篇小说集《我们这班人》。

〔注释〕

［注1］币名。

［注2］欢呼的声音。

［注3］这是跋佐夫做的《保加利亚国歌》的一节,盖奥尔干这里用"和我们的米哈耳"代替了"和我们的大将"表示他的快乐。(译者原注)

［注4］币名。

〔解说〕

小说的结构,分"单一的"与"复合的"两种。单一的结构就是全书只讲一件故事;复合的结构便有二件以上的故事合在一起。本篇可以说是"单一的结构"之一例。学生彼得罗夫返乡,将与富翁的女儿结婚,但不是他的自愿。回到家乡,遇见从前的同学、本村里的老人、从前家中的仆人盖奥尔干,结果是离开乡村,不再与富翁的女儿结婚。结构是极单纯的,叙述也是用的"直叙"式。

在施疗室

[日本]平林タイ子 作　沈端先 译

从宪兵队回到病院,天色已经晚了。装满了乘客的马车,放松了缰绳,在倾斜的铺道上向着前面的广场走去。

"啊,没有零钱!"

载着我们的车夫,似乎很麻烦地这样说着,又将那张蓝色的朝鲜银行纸币还给了我。在门口的中国人杂货店里,买了两刀明天要送进牢里去的草纸,方才找回了四枚小小的银币。车夫拿到了一角的银币,方才说声"谢谢",叫前面牵脚踏车的少年吹着喇叭,向前面走去。

门房的老人,在电灯下面伸出头来,我向他深深地行了礼,换了一双油污湿冷的草鞋。肥肿的大腿,觉得非常的钝重。

我很烦躁地梳起了那些卷发,好像有些可怕的忧郁,笼罩在我的额角前面。

走到了半地下室的施疗室[注1]楼梯上面的时候,忽然觉得右脚上有点钝感的疼痛,正在这个瞬间,突然肌肉抽吊起来,不知为着什么原故,好像被绊了一下似的,跌倒在冰冷的水门汀[注2]地上。我用手撑着想要起来,但是膝部发出一种好像金属一般的响声,想要支持我的大肚子[注3]身体的两手,很奇怪地抖战起来。一种不能自主的战栗,从四肢波及我的全身。

我茫然地望着抛着两三尺前面阴暗的地板上的那束白色长方形的草纸,将耳朵贴近地面,等些什么人来,但是到半地下室去的走廊,却寂寞、潮湿,阴暗得像矿道一样。澄清了耳朵一听,只听见住在臭秽的廊下的那些蚊子声音和含有异臭的寒风,一起地在我的颊边吹过。

抱着吃饱了血的蚊子一样的肚子而爬不起来的身体,好像从河里拖上岸来的一根笨重的材木,想到这里,不觉有点悯然起来。用右手来抚摩了一下瘦弱得像一年生草茎一般的左手,忽然在右手的指腹上面,感到了一种好像摸在绉纱上面一般的麻痹。

这是脚气[注4],据人家说,这是妊娠脚气的症状。含有多量赤泥和灰尘的殖民地空气,和长时间食用的三成中国米八成水分的盐苦的恶食,都是造成这种妊娠脚气的原因。

"还要生脚气吗?"在黑暗中,自己无表情地想着。

——但是生产之后假使脚气厉害起来,那么自己的入狱或许可以迁延几时——从无感情的头脑里面,发生了一点淡淡的类似欢喜的感觉。我很怕监牢!稍稍想像一下抱着婴儿的监牢生活,好像内脏也会抽缩起来。最初我发现自己肚子里有了这个孩子的时候,那时候也因为东京大地震的原故,被禁在监狱里面。这个因为我的原故而决定了运命的孩子的一生,或许完全是监狱生活。不但是,这也不妨的。我想生一个前额广阔而两眼稍稍有些吊上的女孩。好,我就在监牢里面养育一个日本的小布尔塞维克[注5]吧!

过了一会,我反抗着冲上心来的胎动,用厚重的嘴唇吹啸起来。这种好像机关车放气一般的啸声,在钥匙一般弯曲着的走廊里面流动起来。

马车铁道[注6]工事的线路破坏了的时候,装货铁车滚下海去的那种凄锐的声响,像回声一般的可以听见。……一切都是悲哀,都是愤怒。

丈夫和三个苦力头脑,都因为计划了的恐怖政策的原故,关进监狱里面。罢工根本的失败,苦力们的团结完全解体。在比罢工以前更苛酷的解雇条件之下,卑屈的苦力们都挑着薄薄的棉被和污秽的布鞋,像货物一般地塞进了南满铁道的火车,去应募张○○的募兵。

剩下来的,只是入狱的四个同志和因为丈夫的入狱而以"行路病者票"入慈善病院等待生产的我。我在马铁公司充当下女,也因为被当作共犯的原故,注定了生产之后入狱的运命。在施医室的我的眠床旁边,常常抓着一块污秽的手巾揩汗的看守警察,不时地管着。

我不想怨恨丈夫,因为在事变之先,我早知看穿了假使实行这种计划,必定会招致哪种结果。但是丈夫和三个同志,却将我的想像笑做怀了孕的女人的卑怯。但是,结果呢,还是和我的预想一样。不过,假使非通过这种过程便不能向前进行,那么顺从这种大势,也是从事革命运动者的义务——也是妻子对于丈夫的义务。我是,一毫都不懊悔的。

人的足音,渐渐地近来。新皮鞋的声音,好像已经接近窗前。在窗子外面晒着的白衬衫前面,茫然地映出一个穿着藏青薄羽纱的上半身来。我于是装出一种倒在地上的样子。原来是管门的老人。

"啊,对不住,请你搀我一搀。"

"为什么?坐在这种地方……"

老人在两眼中门叠起了一层厚厚的皱纹,弯转了身体走近来看。

"不是北村君吗?……要命的!"

老人晓得了我是一个施医病人,说话便乱暴起来,弯着背脊伸出不亲切的手来。我抓住了他的那只干皱的瘦手,将身体靠在墙壁上面。两脚像水果一般的冷,想要移动的时候,关节好像要和手风琴般地折叠拢来。

我将肚子很重的身体,依在那个靠不住的老人身上,走下了到地下室去的梯子。

因为宪兵队的传审,在外面呼吸了一天清爽空气的我,这时候忽然觉得一阵带着茅厕和消毒药臭气的地下室湿气,袭上身来。

患中风的老妇人,像乌贼一般地躺在床上,转动着那双墙壁一般青白色的眼白,凝视着我。我也用同样的眼色反看着她。

从北边的角子上,发生一种消水泡一般的念佛声音。这是一个从旅顺养老院里送来的,一只手已经像树枝一般硬直了的老妇人。听到这种念佛声音,即使我不生病,也会觉得茅厕的臭气更加难堪的。

看守的警察,将旧小说抛在我的枕头旁边,在胸前弯曲着那只穿着洗皱了的白制服的手臂,斜斜地睡在我的棉被上面。

从闭不拢的嘴角里面,流出些水饴一般的口涎,在我的棉被上面,画了一条蚯蚓一般的曲线。

我连铜纽扣一起地抓住了他的制服胸口,将他摇了醒来。

"啊啊! 睡着了! 现在才回来? 老不回来的正在担忧呢。"

我不去理他,拿了挂在枕头对面的一块手巾揩干了棉被套布上面的涎水。

"怎样?"

"有什么怎样呢。"

将背带抛在眠床上面,我像抛出去一般地将身体横在矮床上面,重重地翻了几个转身。

"那么,回去吧,再会。"

"再会。"

一个自杀未遂的妓女,睡在床上似乎不能入睡一般地望着警察出去。制服的伸长了的影子,在走廊的墙壁上摇曳出去。

脚热得很,脚上的筋肉,在膝部感到铅一般的沉重。在自己心里,好像锯齿一般地产生了许多绝望。这莫非是二十二年之间梦想着的我的人生成果吗? 在壁纸的角子上,看到了许多异样的雨渍的地图。

到了夜深的时候,白桦树苗地的夜风,吹向药品仓库,在施医室的玻璃窗上,瑟瑟地有许多砂子吹来。玻璃被风吹着,发出一种格格的响声。

我将左脚搁在右脚上面,望着很长的电灯 Cord,想起了丈夫的事情。

不,他不是丈夫,而是同志。因为将他当作丈夫,所以便会发生种种的不满。在以革命和斗争为前提的同志之间,对于男女关系,那根靠不住的古旧家族制度的线索,是早应该像去年的杂草一样的枯萎的了。但是——那副玻璃很大的墨绿眼镜,还是要吸引人一般地俯视着短小的我。

"光代!恕了我吧!在生产的当儿,我最觉得对不住你,一切都是我的不好。"在俯视着的眼镜里面,流出一滴眼泪,这滴眼泪渐渐地扩大起来。这是今天日间在宪兵里和锁在廊下的丈夫会晤的光景。我突然觉到一种不忍看他的冲动。

为什么会使他这样不能忘情地做出这种卑怯样子来呢?在他那双充血的眼睛里面,究竟在对我要求些什么呢?

妻子的存在,使意志薄弱的他觉得不能忘情。从不能忘情的丈夫所递过来的那根长长的带子,做妻子的是不能不接受的。啊啊!厌讨!厌讨!很像要堕落到什么深渊里去了的样子。我希望像积木细工一般地立刻崩溃下来。

"爱的同志啊!不要看周围,只看前面吧!只看前面吧!"我向着在天花板上描想着的他的幻影,想要这样呼喊。

我将喉咙逼得笛儿一般的圆,用很低的声音,唱出了"民众之旗"的歌词。唱到高音的地方,我将肩膀耸起,逼出肺里的声气,自己听着那种发抖的歌声。一滴眼泪,好像要拖我的耳朵一般地流进了耳内。

我也不知道睡了多少时候,邻床病人的咳嗽声音,使我惊了醒来。窗子还是独自一个格格地在那儿响。

想要变换一下部的位置,将背脊移转了一下,这时候,忽然有一种可怕的疼痛,像蔓草一样地延到了小腹的地方。啊,那是什么呢?

好像有些什么抽缩拢来一般的疼痛,不断地推动起来。为着要忍耐这种痛苦,将背脊弯曲起来,用两手到小腹上去抚摩,这时候在麻痹了的手指和手掌之间,感到一种要将皮肤涨破一般的膨胀。我好好地抚摩了一会。

在眼睑上觉得一种不能忍耐一般的渴睡,但是不多一息又感到了怒号一般的疼痛。痛!真是忍不住的痛!

我冲动地坐了起来,用手抱住了肥肿的膝部,将它按在肚子上面。好像有一种不是自己身体内部一般的热气,传到了冰冷的小腹上面。这种疼痛决不是足部所能够按得住的,于是我重新放开了膝部,倒下身来,好像在背脊中央垫着一块硬硬的枕头一般地,将两手抓住了铁床上面铁杆。潮水一般的疼痛退下去的时候,这种生了锈的铁杆在油腻的手里觉得有点冷得好过。

我好像要牵引铁杆一般地将它捏住,用力地屏住气息,忍耐苦痛。

"呜,呜,呜,呜。"

将颜面的肌肉紧缩在鼻头的周围;将全身的力量,集中到小腹上面。这时候在闭住了的眼睛里面,隐隐现现地看见了许许多多的物事。好像耳朵里可以听见 Truck[注7] 坠进海里去的声音,好像在眼睛里可以看见烟一般飞舞起来的灰尘。

张开眼睛,只见在窗子弹着飞来的砂尘,发出格格的响声。挂在很高的楼板上的电灯,静静地荡着。幽幽的鼾声,和我的绞一般的喊声不相混合地起灭。

我很残忍地听着自己的那种凄惨的野兽一般的呻吟。

被拆散了亲爱的丈夫,谁都不来照顾地在这种殖民地的施医病院里面,像野狗一般的生产。我对于这种不幸,是丝毫都不该悲叹的。

我是在自己心灵里面,守住了一颗不断地燃烧着的火焰而生活着的人!我是相信未来而生活的人。所以即使在这种恶斗里面,我也觉得在这种苦斗的过程前面,有一种鲜红的火光。我不论到什么地步,不论到什么地步,一定要看清了这种火焰而奋斗的!盐味的眼泪,不能阻止地在颦蹙着的脸上流淌。

上午五时,从楼上走下来小解的看护妇长,发现了我的阵痛。在一层沾有污点的旧棉花棉被上面,我生下了一个猴子一般的红色的女孩。闭拢着的眼睛,像一条线一般的有点吊上,像绢丝一般的头发,有五六分长的覆在额角上面,头部特别的长。

天亮起来,玻璃窗子外面完全变成青色。在从育儿院讨来的那床沾满了乳渍的麻叶花纹的棉被上面,小孩子用他那双血红的小脚拨开了上面的盖被,像被烧着一般地哭泣。

光线从外面投射进来,看护妇身上的那种青味染的神经质的白色,刺激着我疲倦了的神经。我很听话地依着看护妇长的吩咐,搁起了脚,闭住了眼。但是两只脚的股部,好像要溶解了一般地没力。

因为手腕的关节疼痛,所以我缩拢了自己的肩膀。当我去摸一摸非常的软弱的腿腹的时候,在手指上面感到一种非常滑润的触觉。两手两足,都好像很厚的米粉粘住了一般地麻木起来。

看护妇长将那镍制的小夹子碰到我的内股的时候,真有一种似乎能够回想到而又不能想出来的那种感触。

"看护长先生!我,我的脚气真厉害得很呢,这样的麻木着……"

我像乞怜一般地用手掌在白的脚皮上摸给她看。

"脚气?不要紧的!"

她挂着眼梢,装着无表情的脸色,将那些吸收了黄色汁水的脱脂棉,丢进了磁盘里面。

"但是 请你看一下,这样的凹进去呢。"

偶然用食指在膝边掀了一下,在皮肤上面便深深地留了一个笑涡一般的注洼。我自己也不觉吃惊起来,再在别的地方掀了一下,又出现了一个指头都可以陷在里面一般的深洼。

"那可真讨厌啦!"

看护长不相信我的说话而用她自己的指头来掀了一下之后,方才像虾背一样地皱着她的眉头,将她的那个卷发很多的头部摇了一下。

我朝着开放着的窗子,推想一下看护长的心事。

产妇脚气，是这个病院最麻烦的毛病。殖民地的产妇脚气，稍稍厉害一点的便非三五年不能行动。第一，便器的处理自己不能动手；第二，背负不能行动的病人的人手太少。在尽可能地要将市政府补助金落腰包的病院长看来，这的确是最讨厌的事情。将同一个病人放在院里三年五年，在功绩上很不经济。在写明了收容病人几千几百几十几人而分送给维持人的报告书上，人的数字减少，是非常不得策的。

看护妇长是院长夫人，也是基督教徒。表面上说是看护妇长，实际上呢，没有医生照会而在替病人诊察或者出诊。外面好像天鹅绒一般的温和，实际上是一个笑里藏刀的女人。

看护妇长将我弄好之后，将那件脱下来的浴衣给我盖在脚上。走到孩子的旁边，将那张小床抛到我的旁边。我呢，眼也不转地痴痴地望着小孩子的怕光而闭着的那双微微有些吊上的眼睛。

我只感到一种奇妙而不能说明的奇怪，我所最恐怕着的"爱"的感情，一点也不发现。

看护长将那条薄薄的茜红棉被轻轻地盖在他的身上，而在他的脚上敲了一下的时候，孩子微微地将胸部动了一下，好像怕痒一般地发出一种柔和的呼声。

在我的心里，好像有些光亮而新锐的东西扩大起来——这是好像走出了很长的隧道一般的感觉，好像晴快的清晨一般的感觉。昨天以前的那些油腻的对于自身的绝望，一起抛弃了吧！我希望这种愿望，不要在一天之内就会消亡。

早上的食物,还是和从前一样的那些上海菜的灰白色的酱汤,在小皿里一撮撮地盛着的盐苦的昆布和切成半月形的两块黄色的萝卜。

我将昆布拌在泞滑的粥里,横睡着地将它倒进了自己的嘴里。

"今天也是上海菜,明天也是上海菜,你们打算用上海菜来药杀我们吗?"

在棉被上面危颤颤地坐着的中风病的老太婆,用尖锐的九州土话喊着,将嚼得糊一般的青菜,一口吐在地板上面。于是大家都被她引得发出了嘴巴里含着食物的笑声。

"喂,老太太!你的酱汤不要吃,和我的酱萝卜调换吧。"

妓女出身的女人,从眠床上面下来,拖了紫橡皮的拖鞋,跑到老太婆的眠床边去。

"啐!又是谋杀小宫的商量!不准,不准!"

在妓女出身的女人前面,一个四十几岁的"被害妄想狂"的女人,用力地将伸出的黄筷子摇动。所谓小宫,就是她十年之前死别了的丈夫。因为她每天地这样说着,所以谁也不觉得好笑。

我将筷子放下,剩下了许多粥和昆布。

想要写信给我的丈夫,但是据那个有流产经验的妓女说,出产之后不能读书写字。我为着避免她的麻烦,所以将杂志放在枕头旁边当做垫子,摊开了从马跌公司里混了来的印着店名的信纸。为着要使劳碌命的他安心,所以最初写得非常愉快,但是到了后来,不知不觉地兴奋起来。

"……脚都立不起了,连处置便器的自由都没有,看见看护妇装着讨厌的脸嘴扫除便器,觉得悲伤起来。加之替小孩子洗裸褓的人都没有。没有别的办法,所以只好讲好了两分钱一块,托楼上的老妈子代洗,但是我现在的钱袋里面,是只有两元七八毛了,不知怎样过得下去。"

不断地意识着想要不写,但是被自己的感情推动着,终于写出了这种话来。我对于这种说话,心里自己也感到轻蔑。于是立刻坐起身来,将信封封好。头脑里觉得奇怪的眩晕,立刻闭了眼睛伏在枕头上面,在耳朵里好像听到一种沉到水底里去的水响一般的声音。这是脑贫血吧——我一面这样想一面望着在窗子上飘飘地上挂着的一块日本手巾,但是正在这个瞬间,忽然失去了我的知觉……

忽然苏醒转来,左手觉得疼痛。揭开袖子一看,在两腕上都菱形地贴着绊伤膏布。注意一望,只见看守警察用他半温不热的右手,捏住了我的手腕。在第二个瞬间,我立刻觉得了他在诊脉,于是我不能抑止一时地冲上来的反感和轻微的惊恐,白起眼睛来望着他的那个须髯丛丛的下颚,用力地将他的那手挥开。

"北村光代××注射一针,上午八时半。"

"晓得!"

清脆的女人声音,在苍蝇打堆的阴暗空气里面,像铃声一样地传布。注射器的箱子盖了下来,发出一种有弹性的强音。

插到中风患者肛门里去的蜡烛一般粗细的灌肠玩具,放在看护妇的服务桌上。

"喂喂,短做的看护小姐!今天给我灌肠吗?啊真高兴!我已经五天不解手了,小肚子像六个月的怀妊一样地……"

妄想狂的女人被中风的老婆子引着,原因也不晓得地"高兴高兴"地喊了出来。

"喂!老太太。你再这样喊,便会将你带到死亡室里去呢!"

妓女出身的和妄想狂开了一句玩笑,于是两个中风病的女人便装着苦脸静默了下去。从前报上登过一节关于这个病院院长的新闻,说他曾经将生长病的病人关进死亡室里而锁了房门,于是她们两人便毫不怀疑地完全相信。只要在病院里耽搁两三个月,不论谁都会碰到一次同室病人的死亡,所以这间花园角子上的死亡室,是没有一个不知道的。在那间白桦树的细叶遮盖着的石造的,广大而无窗的死亡室里,生着青微而没有脚后跟的草鞋,像漂流来的一般地胡乱放着。在解剖台上面,旋不紧的自来水管,不断地流出水来,在石头上面发出一种咯咯的声音。席子般大小的人造石解剖台上,鲜明地刻着臀、腕、头、臂等种形状。因为不断的流水,摆在花岗石上面的人造石块,虽则发生了一条一条的纹路,但是在这种石头上面,还是好像能够使人嗅出一种切过人肉的臭味。在长期间的人生战斗中打了败仗,被生活的链条牵进这间地下室里的人们,在死的最后一瞬,被放在这个解剖石台上面的时候,他们在这一瞬间的感觉,大概比长期间的施医室生活更加难堪。在冰冷的石头上面,将自己的手脚一块块地切了下来,当作生前不曾赏付的医药代价,在这种人们的心里,叫他们又如何能够相信挂在解剖台上面的那张画额一般的和平的升天?

"喂喂,不要说这些怕人的鬼话呢,都使人不高兴!"

在中风的女人们未说之前,妓女出身的女人先代她们说了,像乌龟一般地缩着头颈,伸了一伸舌头,为着预防她们的应付,独自一个地翻起扑克牌来。

"鸡心,好,啊呀!是张方块,喔,又是方块,运气不很好呢!"

我一方面听着妓女出身的那种歇斯底里[注8]的声音,一方将身体靠向小孩子的方面,开始了我的假寐。

到了午后,两只乳房上好像从肩膀上挂着两只袋袋一般地觉得沉重起来。我俯下头来,暂时凝视了一回我自己的那两只像冬瓜一般丑陋的膨胀而变了黑色的乳房。

奶奶——奶奶的问题。从前在砖瓦工厂的时候,曾经看见过一个带孩子的女工同伴,在湿气很多的解板工厂里,她肿起了两只眼皮,常常将患着脚气的奶奶给孩子吃。那时候正是晚秋,小孩子因为连日的下痢,所以瘦得像鬼一样离开了奶奶便会怪声地哭喊。托儿所是不收生病的孩子的。背了孩子来上工的女工们,把几个零钱送给当值的人,而将那些瘦弱的小孩子放在当值室里,那种光景很足使人下泪。后来工厂因为生意不好倒了下来,据说有许多乳儿脚气的孩子,因此丧了性命。我的脚气,也是在这个工场里做工的时候起的。

让他去吧?在这种时候,我觉得可以对自己说的说话,是除出这一句之外没有第二句了。

用拇指和食指将乳头挤了一下,立刻像白线一样的几条乳汁,画着曲线而飞到了枕套旁边。我在枕边的茶碗里面将食指洗了一下，将它拿到孩子的桃色的嘴边，于是体温很高的嘴唇立刻变成圆圆地上来吸取，将指头拿开的时候，他像吸住了一般地哭了出来。

到了傍晚，药品仓库的板墙上忽然来了一只油蝉，像沸油一般热闹地叫了起来。窗外的白桦树细叶，还是受着斜射着夕阳在风中轻轻地摇曳。中国车子的喇叭声音，拖长了尾声远远地传来。

"检温！"

看护妇垂着银表的锁链，立在事务台上和男子们招呼，厚实的肉声和回声混在一起，在狭小的廊下流荡。

我懒洋洋地抬起头来，看了一看挂着的时钟，将冰冷的寒暑表挟在胲间。

牛乳，只要一天有一瓶牛乳，那么这个问题便可以解决了。小孩子是不能给他吃脚气病的奶奶的。

胸部好像用丝线系拢来一样的痛，碰它一下，在沿衣的花纹上便流出了许多乳汁。小孩子呢，只要在下颚碰他一下，便会追着你的衣服来要乳吃。

将寒暑表拿出来向着窗子一看，只见水银升高三十八度五分——就是比平常高了二度五分。我轻轻地在额上按了一下。

"院长巡视！"

年轻的看护妇耸着白色的帽子，跑过来将马口铁的便器拿了出去。像乌贼一般睡着的老婆子的便器揭开来的时候，一阵苍蝇像撒芝麻一般地飞了起来。

不一会,院长夫妇从西面入口走了进来。看护妇长手里拿着橡皮管不断地弹动着的听诊器具,院长跟在她的后面,将两只青筋突起的手塞在裤袋里面。透过他的平光眼镜,在那双脸皮很高的眼睛里面,很显明地可以看得出疲倦的充血。或许,是昨天晚上又饮了酒。

"啊啊,我们的上帝!我们感谢你。今天也赐给我们时间,和这些不幸的人们同在一起!"

"亚门!"妓女出身的女人,用鼻音来和他应和,我呢,在心里正在思量,怎样地和他说起牛乳的问题。我的思量忽然被她的鼻音打断,所以我稍稍含着反感而觉得自己预备得像猫一般的敏捷。我朝天睡着,闭了眼睛。

我听见了看护长带着的手表声音,知道已经到了我的床前,所以好像从熟睡中醒来一般地突然张开了我的眼睛。

"啊,很安静地睡着呢!"

看护妇长揭开了替小孩子遮苍蝇的纱布,院长便走了过来。

"野田!这个瓶做什么用的?"

院长回转头来看着正在翻看病人名册的看护,手里拿着一个小瓶。——我自己不曾注意,这个瓶是在我的枕头边的。

"啊!"

看护妇好像不懂一般地将瓶子高高地拿到眼边,用很尖险的目光看着瓶子上面印着的文字。

"是的,这是今天早晨替这个人注射的药品。"

"注射?注射经过看护长许可的吗?"

"不,因为,因为她忽然晕过去了……常常有脑贫血的毛病的,所以不曾请求看护长的许可。"

"混账东西!"

蓝玻璃的瓶子,立刻在楼板上摔到粉碎,瓶塞子滚了两三丈路。

"你做了两年的看护妇,这个瓶上的德国字,是应该知道的了。这种××××[注9]是一开瓶就没有用处的……一格兰要多少钱你知道吗?在这种穷病院里每逢脑贫血就用这种贵药,还了得吗?"

我听着那种口齿不清的德文浊音,在鼻子孔里笑了出来。

——比一瓶药价更不值钱的病人的性命!

将自己的奶奶给孩子吃的决心,像风一样地走进了寂寞的心灵。

奶奶流得很多,到了第二天早上,乳房的疼痛已经传到了肩部。好像身上的一部正在化脓。晚上有两次将乳头给了孩子含在嘴里,因为舌头和咽喉的吸力,很快地从乳头上吸出了乳汁。

正在吸奶的时候,好像轻微的渴睡一般地觉得有趣,这一定是母性的开始。

很晴快的清晨来了。一直麻木到了乳房以下的身体,皮肤上好像穿了一件洋缎紧身一样的,非常光滑。

牛乳!牛乳!远远地听见这种没有魅力的声音,真是没有法子,但是这也很容易不去理他的。不管他是脚气的奶奶,或者是脓是血,爱着的孩子,不是也很好地在喉咙里发着声音而再咽下去吗?贫农的我的祖父,职工的我的父亲,都是为着要给"蛆虫一般多数的孩子们吃",所以终于磨折死了。"给孩子吃"这一种强烈的要求,这是从古以来就像铁丝一样地贯穿着穷苦人的传统的。

我觉得自己是一张切开过去和未来的纸儿。横竖,这是暂时的母子,在我的前面,监牢像墙壁一样地阻着,成长一点,监牢就要将母子分开,阴惨的监狱生活,是不好给孩子知道的。还有,即使父母有罪,孩子是没有罪的,所以将他关在牢里,便是不法拘束——用这种理由,也可以使孩子出来,但是在这种个人主义的世界,没有母亲的孩子,还能够得到什么自由?!法律的意义,就是说犯了罪的母亲,应该丧失了一切而关进监牢,所以对于她所"爱的东西",也应得加以一种拘束。啊啊!想到了这种地方,我觉得在我的自己里面,又发现了从前曾经使我不能自制的虚无主义。

社会主义者的我,是在入狱这一件事情的前面萎缩着!的确,这是一种萎缩!啊啊!这种可怜的自觉,又使我对于自己绝望起来。

女人呀!相信未来!假使对于孩子的爱着很深,那么,唯其爱着深,所以应该上前去奋斗!

真是一个爽朗的早晨。

男子室里的肺结核患者的呛声和楼上看护妇们抛弃了的桃色樱纸[注10]随着风吹到了窗边的我寝台。妓女出身的女人,发了歇斯底里,在棉被外面露出了雪白的两只脚底,在那里哭泣。在她的那副年轻的耳朵旁边,我们还能够看得出她还不曾被剥尽的天真痕迹,在做姑娘的时代,她大概很漂亮吧。

正要睡着去的时候,忽然被廊下的脚步声音惊了醒来。穿着白衣裳几个看护妇,忽忽地在走廊上跑过。

——死了！——远远地声见有人这样说。

嗳？死了？——我很奇怪自己为什么这样吃惊，立刻抬起头来。脸上有一个笑涡的看护妇练习生，好像跑错了路一般地将自己的手臂按在脸上，"啊啊"地吐了一口吃惊的叹声。

"在重病室里的脚气冲心病人，不晓得在什么时候死了，所以在脸上停满了苍蝇——"

"嗳，苍蝇？"

我想起了苍蝇停在脸上的那种冷而讨厌的感触，立刻用手去驱逐了在小孩子脸上飞舞的苍蝇。小孩子蹙蹙他的眉头，依然如故地睡着。

不多一会，在两根竹竿中间缚着绳索的担架，以明亮的绿叶作为背景而在阴暗的走廊上面走过。在龌龊的毛毡下面，我看见了一只像香瓜一样肿着的人脚。

担架向着广阔的死亡室前面的大井走去，我从眠床的粗格子里面，看见跟在担架后面的中国人的辫子，一步一跳地在后面跳动。中国人走过的园地上面，生在石头缝里的蒲公英草，正在金黄地开花。七月又是半个月过了！

再往房子里面一看，好像夜里一样的黑暗的房间角上，妄想狂的女人念着"南无阿弥陀佛"，独自一个地在笑。

"北村君，方才的那人还活着呢！"

"嗳？"我不懂她的意思，反问了一声。

"方才抬过去的那人还活着呢！"

"不致于吧!"

"不,的确活着……"

她似乎很有趣地说着,翻一个身,从不相称的红法兰绒下面,伸出一只宽皱的脚来,动给我看。

"从这里看去,很清楚地看见,他的脚还是这样地在动!"

"再说这种不吉利的话吗?"

突然,中风的女人,从旁边将用苹果皮掷来。

下午三点钟的回诊完了之后,用白色围身紧紧地包住了身体的医生们,吐着香烟的青烟,向死亡室方面走去。两位教授之外,还有三个曾经替我诊察过的旅顺医大的学生。

有解剖的日子,照例大家都是装着忧郁的样子,连头都不抬起来。这一日,我收到了丈夫的来信。

"我正在奇怪为什么你昨天不来,今天看守才告诉我,报纸上登着你生了孩子,小孩子像我的吗?脚趾上没有什么特别?"

脚趾上没有什么特别这一句说话,使清早就兴奋了的感情哭了出来。丈夫的拇趾,是先天的畸形,只有小趾一般的粗细。这一封信,告诉了我在狱中的丈夫的生活。我觉得有点愤怒,因为在狱中的他还是将他在外面的妻子和生出来的孩子当做第一件事情,同时也觉有点好像要牵住他的一般的感怀,似乎无论如何也不能抑制。

到了傍晚,小孩子忽然很剧烈地下痢起来。混着绿粒子的水粪,不断地打污了他的褓褯,在吃夜饭的时候,忽然从嘴里吐出了黑水。我坐起身来检看褓褯,在着要测量热度而将乳头掀到了他的嘴边,但是，倦极了的身体，忽然背着孩子而闭了眼睛，将乳头拿到他唇边的时候，他只摇头，那种热迷了的状态，使我发生了非常的恐怖。我想要用红葡萄酒色的药水当作奶奶给他吞服，但是连乳汁都不能入口的孩子，当然是不肯咽进那种难吃的药水。他皱着嘴巴将药水吐了出来，在喉咙里又发现了溃烂的症状。几次三番地要求医生来看，于是看护妇似乎很讨厌地将孩子抱上楼去。这一晚我澄着耳朵注意楼上的声音，一直到了天亮。过了十二点钟之后，在看护妇室后面的自费病人，发出了丝毫不像病人的流行歌声，更深之后，连看护妇的足音都没有听见。我等着走下来的看护妇足音，一直到了天亮。

在天亮的时候，看护妇实习学生走到了我的床边，在她的那种笑容上面，我立刻发生了一种直觉。

"真是可怜，正在四点钟的时候没了！"

"噢……"

我好像要遮住她的那种胆怯的声音一般地，用毫不介意的口气回答。事实上，我也不曾引起更多的感情。

"大约很想见一见吧，但是，你不能走路，很为难啊！"

"不，我不想看。"

除出这几句说话之外，她带着笑容，什么说话也不再回答。将和自费病人的男子们胡调作为每天功课的她们，肯替我做些什么事呢？——这种事情，是想也不必想的。

在楼上看护妇们胡调着的诊察室里，我想像了一下因为脚气的奶奶而变成蓄脓一般乳肿着的那个短小的婴儿。闭了眼睛的时候，好像我已经到了梦幻和现实的境界。在黑暗里面只觉得旗子一般的一枚布片在那里飘动,感觉已经死了,我是不幸的吗?

看护妇来通知,尸骸已经搬进死亡室的时候,可以行动的妓女出身的女人,和我说她可以代我买枝香去点点,我就将这件事情嘱咐了她。这样睡在床里,虽则不看见孩子的相貌,但是我可以听见死亡室的流水声音。现在大概已经是解剖的时候了。

解剖的结果,大约可以证明,因为没有人工营养的金钱而让他吸食了脚气的奶奶,所以变了乳儿脚气而至于死亡。在医学界里,因为这种解剖,大概可以更的确地证实"警戒脚气的乳汁,假使母亲脚气的时候,婴儿非用乳母或者人工营养不可"的教训,但是,他们从我的可怜的孩子的解剖里面,无论如何也引导不出"没钱人工营养的人们应该如何"的结论的吧!

第二天我打电话给检查官,履行了入狱的手续。晚上是殖民地不常有的大雨,在病院大门前面,因为节省电力在八点钟已经灭了电灯,所以只有两个警察的佩剑发着亮光。中国人的车夫,扶我上了车子,我的前途,是李家屯的旅顺监狱分所。到了郊外的高阜地方,车子遇着了迎面吹来的夜风,车身发生了摇动。车子摇动的时候,我隔着车围上面的赛璐璐窗子,看见远远的前方有只大红的门灯忽明忽灭。这就是监狱的大门。

〔选自《在施疗室》(作者的短篇小说集)〕

〔作者〕

平林タイ子女士(1905—),日本长野县诹访郡中洲村福岛人氏,为新兴的女流作家。曾学于诹访高等女校,后为工厂女工,从事社会运动,曾加入《文艺战线》一派,现已退出,有短篇集《在施疗室》行世。

〔注释〕

［注1］贫民施诊处。

［注2］建筑用的三和土。

［注3］书中主人已怀孕,故云。

［注4］病名。

［注5］多数派之音译。

［注6］译者注:马车铁道公司(即有轨马车)之略。

［注7］大皮箱。

［注8］Hysteria 的音译,一种女性所患的精神上的症状。

［注9］此为药名,作者略去。

［注10］译者注:一种代手帕用的薄纸。

〔解说〕

作者以本篇获得日本1929年的渡边氏文学奖金。描写的绵密与意识的表现,为新兴小说中稀有之作。

人名索引

Achilles 5、6;亚克里斯 1、2、3、4、5、6/阿喀琉斯

Apollo 6;阿波洛 1、2、3、4/阿波罗

Artemis 6;7;阿尔台米斯 1/阿耳忒弥斯

Athena 6;雅典拉 1、2、3/雅典娜

Hector 6;赫克透 1、2、3、4、5、6/赫克托耳

Hephastue 6/赫斐斯塔斯

Hera 5、6/赫拉

Hermes 6/赫耳墨斯

Mars 6/马尔斯

Paris 6;伯黎 4/帕里斯

Poseidon 6;波色顿 1、2/波塞冬

Priam 6;朴里耶 6;朴尼耶 2、3、4、5/普里阿摩斯

Venus 6;维纳司 1/维纳斯

Zeus 5、6;宙斯 1、5、6/宙斯

埃塞王(King Arthur) 8、9、12、13、14、15、16、17、20、21/亚瑟王

人名索引

蔼利斯(Ellis) 9/埃利斯

爱得哇第三(Edward Ⅲ) 38;爱德哇第三 27/爱德华三世

安杜洛马克 5/安德洛玛刻

巴特洛克拉士(Patroclus) 4、5、6/帕特罗克洛斯

跋佐夫 246/茨威坦·茨威特科夫·拉多斯拉沃夫

拜轮 37/拜伦

倍地皮尔 17、18、19、20/贝狄威尔

勃来克(Blake) 157/威廉·布莱克

勃劳绥惠德尔 184/E. Brausewetter

薄伽丘 22、24

柴霍夫 113、117、118/契科夫

川成 199

大威德明王 194

丹尼生(Tennyson) 9/丁尼生

得胜惠连(William I the Conqueror) 27、38/征服者威廉

德莱登(Dryden) 9、13/德莱顿

迪米特·伊凡洛夫(Dimeter Ivanof) 138;伊林·潘林(Elln Pelin) 133、138/埃林·彼林(迪米特尔·伊万诺夫)

方璧 7

菲兰兑尔(Alexander Filander) 183;亚勒吉阿(Arkio) 179、183、184/亚勒吉阿(亚历山大·菲兰德)

腓力(Philip Malvoisin) 30、35、37、39/菲利普·马尔沃辛

伽耶尔斯坦 132/耶伊尔斯塔姆

盖兰德(Geraint) 9/杰兰特骑士

古勒律奇 37/柯勒律治

国木田独步 84、111

哈代(Thomas Hardy) 83/托马斯·哈代

哈罗而(Harold) 38/哈罗德

海伦 6

海罗陀多思(Herodotus) 158/希罗多德

荷马(Homer) 1、6、158;诃美洛思(Homeros) 158/荷马

赫尔德曼(Hartmann) 9/哈特曼

赫尔麦斯 1/赫尔墨斯

赫非司妥 1、2/赫淮斯托斯

亨利第二(Henry Ⅱ) 26、38/亨利二世

亨利第三 38/亨利三世

亨利第一(Henry Ⅰ) 38/亨利一世

胡愈之 72/胡适

华陀 195

黄石 22

姬尼维亚(Guenever) 9、13、15、16/桂内维尔

济兹 37/济慈

加莱斯(Gareth) 9/加雷思

加能作次郎 70、178

加斯吞·巴里斯(Gaston Paris) 8/加斯顿·帕里斯

加藤武雄 64、159、177

江炼百 194

芥川龙之介 151、185、192、194

金冈 199

久米正雄 151

菊池宽 140、151、177

康瓦尔（Cornwall）10 /康沃尔

拉野蒙（Layamon）9/莱阿门

兰斯罗德（Lancelot）9、14、15、16；兰斯罗得（Lancelot）9/兰斯洛特

雷极那德（Reginald Front-deBoeuf）30、38/雷金纳德

李青崖 49

李却第一（Richard Ⅰ）26、27、37、38/理查一世

僚伯尔（Leopold）37/利奥波德

烈东（Lytton）9/ 李顿

林纾 26

刘复 40

刘玄德 187/刘备

柳安 7

龙树 187

卢耐夫斯基（St Runevski）227、246

鲁迅 140、179、185

马鸣 187

马铁儿达（Matilda）38/玛蒂尔达

麦斯 1/阿瑞斯

梅尔灵 9、10、11、12、13、19/梅林

摩尔陀莱特 16、17/莫德雷德

莫泊三（Guy de Maupassant）49、60、61、112、117、118/莫泊桑

默尼洛斯 6/墨涅拉俄斯

目犍连 187

沛次拉拱 9；乌推尔·沛次拉拱 9；乌推尔 9、10/尤瑟·潘德拉贡

沛里诺尔 12/帕林诺

平林夕イ子 247、269

普棱该忒（Edward John Plunkett）156；丹绥尼 153、157；丹绥尼勋爵 156／邓萨尼勋爵（爱德华·约翰·莫顿·德拉克斯·普伦基特）

乔弗莱帕兰塔格南（Geoffroy Plantagenet）38/若弗鲁瓦五世（若弗鲁瓦·金雀花）

秦始皇 194

舍利弗 187

沈端先 247

沈雁冰 39

圣母玛利亚 33；圣母马利亚 36/圣母玛利亚

司各德（Walter Scott）26、37、39/沃尔特·司各特

斯蒂芬（Stephen）26、38

松村武雄 8、21

隋炀帝 194

田山花袋 111

屠格涅夫（Turgeneve）112

王鲁彦 227

威志华斯（Wordsworth）112/华兹华斯

文殊师利童子菩萨 201

乌尔芬 10/Ulfin

希拉 1、2

夏丏尊 84

夏目漱石 193

小岛法师 111

谢尼曼 5/海因里希·谢里曼

玄珠 133

雪莱 37

严复 自序 2

耶稣 34、39、115、116

耶支(Yeats) 157/叶慈

伊白涅兹(Vicente Blasco Ibáñez) 72、82、83/比森特·布拉斯科·伊瓦涅斯

伊孤蔼隆 10/伊格赖因

约翰(John) 38、39/约翰亲王

约翰尼·哀禾(Juhani Aho) 131;哀禾 119、131、132;勃罗佛尔德(Brofeldt) 131/朱哈尼·阿霍

赵景深 113

郑振铎 7

中村白叶 71

钟子岩 7、8

周作人 64、119、153

左拉(Émile Zola) 40、47、112/爱弥儿·左拉